LES ARBRES

HAUT-DE-FORME

Collection HAUT-DE-FORME

CHAMPFLEURY, *Les Excentriques*
Essai. (épuisé)

JEAN FLORENSAC, *Les Fous de livres*
Anthologie.

JEAN FLORENSAC, *Les Chats*
Anthologie.

JEAN FLORENSAC, *Les Dandys*
Anthologie.

GÉRALD DUCHEMIN, *Les Décadents*
Anthologie.
Prix Littérature 2018 à La Nuit du Livre.

GÉRALD DUCHEMIN, *Les Arbres*
Anthologie.

GÉRALD DUCHEMIN

présente

LES ARBRES

Anthologie

Préface,
Tous ces bruits de force et de vie
que le silence multiplie,
par Gérald Duchemin,

suivie en fin de volume
d'une note littéraire,
Les Maîtres de cérémonie.

EDITIONS LE CHAT ROUGE

1 rue de l'Hôtel de ville
34 110 FRONTIGNAN

lechatrouge.net

Illustration intérieure (p. 264)
et celle du marque-page
par ***Olivier Alvarez***

Illustration de couverture et intérieure (p.7)
par ***Gérald Duchemin***

ISBN 978-2-916202-35-8

Tous ces bruits de force et de vie que le silence multiplie

préface
par **Gérald Duchemin**

L'espoir était donc revenu.
Jean Giono, *L'homme qui plantait des arbres*

Avoir vécu dans l'intimité d'un arbre élu, le temps d'une enfance par exemple, avère un regard et profile un être.

Que ne dois-je pas à mon châtaignier ? Dans cet adjectif *mon* n'entre nulle possession juridique. Se glissent plutôt un réseau racinaire de premiers souvenirs, un rapport d'habitude et d'affection, une admiration, presque un cadre de vie pour le rêveur lucifuge que j'étais.

Je n'avais pas trois ans, mais déjà je poursuivais le puissant vénérable de mes assiduités…

Selon les scientifiques, le châtaignier est un membre de la famille des cupulifères.

Ça m'en fait une belle jambe, d'aucuns diraient.

A tort.

Cupulifère : quatre petites syllabes et nous voilà catapultés en terre étrangère qui n'est que la nôtre, insoupçonnable mais parfaitement vérifiable.

J'adore les mots savants : j'en enrichis ma prose. Leur exotisme lui confère alors un laps de poésie sans y toucher.

Et puis en user dépoussière mon Littré pas fâché d'être ouvert. Cela me déniaise, et me rend intelligent à moindre frais, à condition bien entendu, qu'on ne me demande pas des précisions supplémentaires.

Mon châtaignier, c'est quelqu'un.

Et même, comme on dirait en Afrique, un Grand Quelqu'un.

Il ne souffre d'aucune solitude. Suivant une vieille habitude de quatre siècles, il filtre la pluie et le soleil, dans une vaste châtaigneraie parmi les siens. Sans doute est-il le plus ancien. Il ombre un arpent juste en contre-haut d'un mas nommé Védrines, situé au sud de la Lozère, non loin du Collet-de-Dèze.

Jadis, mon grand-père maternel louait à l'année une partie du mas. Chaque été, et bien des fins de semaine les autres saisons, toute notre famille s'y rendait. La demeure était perchée sur une simple colline, mais chez nous, dans notre curieux idiome de citadins (nous habitions Alès), *aller à la Montagne* signifiait *partir à Védrines*.

A dire vrai, Papy n'avait pas choisi ce lieu de villégiature. C'était le châtaignier qui l'avait séduit, et convaincu de louer.

Qu'un parfait inconnu, de la ville qui plus était, pût s'extasier de la sorte devant un arbre, avait grandement étonné les époux Cabanel, alors fermiers et habitants du mas en son extrémité sud. Ma mère, farouche gardienne des souvenirs, en a archivé l'anecdote.

Ainsi, par la grâce végétale d'un arbre, une famille de Pieds Noirs oranais avait pu fraterniser avec des Cévenols pure souche, pendant des années, et ce de la plus joyeuse façon.

Mon châtaignier ne règne pas tel un vulgaire seigneur en ses terres : c'est un Seigneur de la Terre.

Son être est une majuscule en soi, toute trouvée. Le tronc, cette érection grandiose, jaillit en permanence. Il enivre les branches d'un perpétuel esprit de victoire : une vraie poésie du V.

Tant de trophées, tant de vie à brandir, obligent mon arbre à développer des bras musculeux, dont le baroque des formes n'est pas d'un moindre intérêt.

Les racines, plus secrètes mais tout en audaces, fouinent et fouissent. Sans relâche, elles s'augmentent de vie à creuser leur tombeau. Elles cherchent en terre ce que les rameaux ne sauraient trouver en l'air. Parfois, souvent même, tout leur tombe du ciel, et la pluie flatte leur potomanie. Les racines se livrent alors à des orgies hydriques d'une indécence parfaitement souterraine.

Dire que tout est parti d'un même petit giron à la noix : la graine, ce désir gigantal de s'affirmer et de croître.

Sans doute avais-je hérité du coup de cœur de mon grand-père pour ce château de feuilles. Il s'exclamait devant sa majesté, et m'avait appris à en ramasser les châtaignes, ces grosses noix brunes et coriaces, encapsulées par deux ou par trois dans une bogue (*une cupule*, pour le nom scientifique), verte au printemps, puis rousse ou marronnée à l'automne, recouverte de piquants tel un improbable oursin sylvestre.

Mes promenades dérivaient dans sa direction. Départ ou arrivée, l'arbre était le point de chute.

A l'heure sacrée de la sieste, je végétais gravement à ses côtés. A ses pieds j'étais, et demeurais des heures le bec en l'air, envoûté par sa poésie foliaire et la charité de son ombre.

Parfois, pris par l'urgence, j'y essaimais quelques enfantines selles. Aux crottes de renards, de chiens ou de chèvres, plus ou moins séchées, je joignais les miennes, toutes fraîches.

Je m'essuyais le croupion avec les moyens du bord : les feuilles.

Celles du châtaignier, caduques, oblongues et dentelées, à la nervation pennée et saillante, faisaient l'affaire.

Rien de dégoûtant à cela : juste l'envie sourde de faire partie de la forêt, de participer à son exemplaire économie[1] où l'idée de déchet n'existe pas, où même l'excrément devient souverain bien et mirifiques agapes, notamment pour de gloutonnes mouches multicolores qui, par escouades entières, se faisaient un festin des productions parfumées de mon intestin.

Ce châtaignier a été un des plus gros coefficients de mon enfance.

A l'époque, je m'y rendais comme on dépose les armes, soudain allégé du bruit des hommes, nu d'une nudité bizarre, invoulue.

Le voir cueillait ma solitude comme un fruit mûr et délectable.

Son silence prenait curieusement la parole, et son immobilité me transportait ailleurs.

Son écorce se tenait à l'affût de mes pognes tant mes infructueuses tentatives de grimper à son tronc avaient été nombreuses.

---

[1] Lire en ce sens l'essai de Gunter Pauli, *Soyons aussi intelligents que la nature* (2018), publié aux éditions de l'Observatoire, préfacé par Idriss Aberkane. Un Belge, Gunter Pauli, sauvera-t-il la planète de la pénurie qui s'annonce ? C'est bien possible…

Sa chlorophylle était pour moi pétrie d'azur. Je devinais un élan de spiritualité dans son désir de s'élever.

J'aimais le jaune d'or de ses feuilles en automne. Alors elles éclairaient le sous-bois, et blondaient même son ombre.

Sans connaître le mot ni l'idée de sylvothérapie, j'embrassais mon arbre. En fait, je me plaquais sur lui : l'étreindre à proprement dit m'eût demandé une carrure de cyclope. Personne ne trouvait à redire. J'avais la licence de l'innocent.

A hauteur d'enfant, à même le sol, le tronc s'ouvrait. Une étrange trouée, profonde et noire (un brin refermée depuis), ajoutait de l'obscurité à l'ombre.

Etait-ce une tristesse de l'arbre, la cavité orbitaire d'un œil disparu, une blessure, une désillusion de l'écorce, ou une porte possible pour les rêves dont les bois sont faits ?

De ce creux, j'adorais l'odeur de terre et de sève. J'en goûtais la légère humidité. J'épiais la grouille toujours recommencée des insectes sournois. Et passais en revue les défuntes toiles d'araignées, des fois que…

Cette brèche recélait une chaleur domiciliaire.

S'y musser, c'était rajeunir le châtaignier par mes espiègleries de môme.

S'y lover, c'était prendre sa forme, non se creuser mais se remplir, non échapper au regard d'autrui mais se soustraire au mien, devenir carapace et possibilité de nid, muter en arbre, et comme ce dernier unir le ciel à la terre.

Me souvenir de cet arbre, enfin, ravive chez moi un instant-borne, un moment-fée.

Je n'avais pas quatre ans. Je m'étais dit ceci : au pied de mon arbre, je mourrai heureux.

La conscience, précoce, de ma mortalité ne m'attristait pas.

Au contraire, j'allais un jour ne plus bouger et refroidir, revenir à la terre, comme tout un chacun dans cette forêt.

Par esprit d'imitation, à tour de rôle, j'étais chien, vent, buse, pluie, bouc, frelon, cèpe, vipère, ou fougère. Je faisais belle fourchette de la tambouille donnée aux chèvres par les fermiers. Par ailleurs, j'enviais la voracité de ces petits ruminants à mâcher les feuilles de châtaignier (j'en ai maintes fois imaginé la succulence, faute de la constater par mes papilles, rétives disons), ou encore à prêter au moindre brin d'herbe[1] d'étonnantes qualités gustatives. Avec mon cousin Sébastien, ma cousine Cécile, sans oublier Marion, mon amie d'enfance, nous n'avions pas trouvé plus noble ni plus jouissive occupation que de *couver* des œufs imaginaires, pathétiquement accroupis sur des bassines de plastic orange et bleu, sous le regard hilare de nos parents, surpris d'avoir engendré des gallinacées d'une espèce nouvelle.

Aussi, mourir par imitation me paraissait logique et du meilleur goût ; trépasser au pied de mon arbre, presque un sacre.

Mes rêveries enfantines m'emmenaient jusque dans la terre même des racines, sorte de voûte inversée du ciel.

Ce funèbre terrier n'était en rien macabre à mes yeux : point de terreur, ni larmes ni cris, dans cette vision naturelle du futur.

Juste le désir de rejoindre l'arbre, m'y fondre, et le nourrir de moi. Cela me semblait beau.

M'étais-je imaginé appétissant pour ce pauvre châtaignier ? Je le crains…

Par identification à mon grand-père, je me voyais pourtant atteindre un bel âge canonique, voire bien plus : point de précipitation suicidaire, donc, dans ma songerie à prendre racine un jour.

Si elle se nourrit d'humus et de pluie, entre autres, la terre est nourricière par ricochet. Elle est mère par vocation : si elle carbure à la vie, elle la donne à son tour. Elle est le contraire de la poussière ; en elle fraternisent le repos et la volonté : Gaston Bachelard n'en eût pas disconvenu.

Mais seule la langue de Gabrielle Wittkop, voluptueusement sapide, restitue intacte la poésie de la terre. Dans son *Nécrophile*, magistrale et paradoxale ode à la vie, elle vocalise comme personne sur « le cœur de la terre, l'empire où les larves musquées cheminent entre les racines, où les lames de mica jettent leur

---

[1] A propos d'herbe, lire l'envoûtant et subtile recueil de poèmes de Nicole Drano Stamberg, ... *S'il n'y avait pas d'herbe si la poésie n'existait plus*..., paru en 2015 aux éditions La rumeur libre. Pour Nicole, comme pour tout Africain ou autre personne confrontée au désert, « aucune plante n'est jamais appelée mauvaise herbe ». Il n'est pas comme une absence endémique d'herbes folles pour nous faire entendre raison.

lueur d'argent glacé, là où sourd le sang des futurs chrysanthèmes, parmi les tourbes pulvérulentes, les bourbes sulfureuses. L'odeur des morts est celle du retour au cosmos, celle de la grande alchimie. »

La poésie de la terre : à cinq ans, je n'en concevais pas un traître mot. J'en éprouvais du moins la logique, et même et surtout le bien-être. J'en examinais aussi l'étrange et l'impiété. Mon intuition onirique me réinventait sans Christ. Par diplomatie, je tins secrets mes vagabondages de mécréant. Et priais avec ferveur à la messe.

*

Les arbres vont-ils concurrencer les chats dans le cœur et l'esprit des lecteurs ?

Vu la passion des Français pour deux livres : *La vie secrète des arbres* de Peter Wohlleben, et *Walden ou La vie dans les bois* d'Henry David Thoreau, ce n'est plus une question.

Poussons gaiement le bouchon : à quand l'histoire d'un chat arboricole ?

Blague à part, Thoreau comme Wohlleben méritent leur succès. *La vie secrète des arbres* instruit, déconcerte, et fascine, quand *Walden* témoigne, poétise, et médite.

A moins que ce ne soit l'inverse…

Il est avantageux de lire ces deux œuvres en même temps, ou dans la foulée, pour les ponts qu'elles se jettent : l'étrange cosmicité des petits faits vrais, la beauté de l'observation (et le silence qu'elle implique : on n'observe rien sans commencer par fermer son clapet), la possible spiritualité de la matière, et une défense énamourée de la Nature.

Maintenant gardons les proportions : *Walden ou La vie dans les bois*[1] est un grand livre de littérature et de philosophie mêlées, nonobstant son ascétisme agaçant. Depuis 1854, le nombre de ses lecteurs ne cesse de croître. *La vie secrète des arbres* (2017), sans démériter, ne devrait pas connaître pareil engouement sur la durée. La différence ? Thoreau s'incarne humainement dans son livre, Wohlleben disparaît

---

[1] Dans le sillage de *Walden*, je citerai deux merveilles : *Dans les forêts de Sibérie* (2011) récit halluciné de Sylvain Tesson, sûrement un des plus beaux livres de langue française depuis des lustres, et *Le sage des bois* (2016), roman humoristique, voire hilarant en ses plus grands moments, de Georges Picard, écrivain culte et *philosophe facétieux*.

dans son sujet. Là où Thoreau se tient debout, droit dans ses bottes de sept lieues philosophiques, Wohlleben s'éclipse.

L'un s'enracine, l'autre s'évapore.

Mais tous deux sont des révélateurs : ils nous montrent ce que nous ne sommes pas, ou plus, capables de voir.

Ils changent notre regard.

*

La présente collection (Haut-de-forme) a pour lubie de distribuer la littérature sous *forme* de tribus : les Excentriques, les Fous de livres, les Chats, les Dandys, les Décadents. Notre goût nous porte aux écrivains du XIXe siècle, finiséculaires de préférence, époque *Chat Noir* en particulier.

Tandis que je rêvassais à une éventuelle anthologie sur les Romantiques, sur les Gueux, et les Fous d'Orient, déboula du Septième Ciel l'idée d'en consacrer une aux Arbres.

Le saugrenu de la chose m'a diligemment pris à partie : point de bipèdes, ni de quadrupèdes, et un encombrant trou noir dans les références, à l'exception notable de *mon* châtaignier, premier pilier de ce livre.

Question défi, j'étais servi.

Je décidai, par bravade, de ne pas me laisser intimider par mon ignorance, fût-elle crasse. Je convertis ce manque en chance de le combler. Je me démenai et trouvai. Je lus beaucoup, sur papier, sur écran, sans même négliger YouTube.

Je m'imprégnais du sujet. Mais plus j'avançais en connaissances, en trouvailles, en pépites à publier, plus le territoire de mes lacunes augmentait en proportion : l'ivresse du large !...

Le point d'ancrage fut ce texte étendard de Jules Renard, *Une famille d'arbre*, tiré du recueil *Histoires naturelles* (1909).

Que Peter Wohlleben, forestier allemand, put observer scientifiquement ce qu'un écrivain avait senti et écrit cent ans avant lui, précisait ma joie de bâtir cette anthologie.

Il y avait là une tranquille revanche des poètes, un lien confirmé entre l'imagination et les possibilités du réel.

Je ne saurais trop déflorer cette anthologie sans porter préjudice à votre lecture. Mais attendez-vous à une forêt vindicative, des souvenirs accrochés aux branches, une confession de châtaignier abattu, des arbres apeurés par des moutons, un dieu hêtre, des dryades, une biche aux abois, des réflexions écologistes, un bûcheron mélancolique, des satyres, une vieille femme disgraciée en créature des bois, des faunes, un meurtre, et un oiseau-poète qui sauve un arbre de la hache.

Il se pourrait que l'ombre des arbres déploie notre féérie de vivre.

28 août 2018

Une famille d'arbres

récit

(tiré du recueil *Histoires naturelles*, 1894)

par **Jules Renard**

C'est après avoir traversé une plaine brûlée de soleil que je les rencontre.

Ils ne demeurent pas au bord de la route, à cause du bruit. Ils habitent les champs incultes, sur une source connue des oiseaux seuls.

De loin, ils semblent impénétrables. Dès que j'approche, leurs troncs se desserrent. Ils m'accueillent avec prudence. Je peux me reposer, me rafraîchir, mais je devine qu'ils m'observent et se défient.

Ils vivent en famille, les plus âgés au milieu et les petits, ceux dont les premières feuilles viennent de naître, un peu partout, sans jamais s'écarter.

Ils mettent longtemps à mourir, et ils gardent les morts debout jusqu'à la chute en poussière.

Ils se flattent de leurs longues branches, pour s'assurer qu'ils sont tous là, comme les aveugles. Ils gesticulent de colère si le vent s'essouffle à les déraciner. Mais entre eux aucune dispute. Ils ne murmurent que d'accord.

Je sens qu'ils doivent être ma vraie famille. J'oublierai vite l'autre. Ces arbres m'adopteront peu à peu, et pour le mériter j'apprends ce qu'il faut savoir :

Je sais déjà regarder les nuages qui passent.

Je sais aussi rester en place.

Et je sais presque me taire.

Les sapins

poème

(tiré du recueil *Alcools*, 1913)

par **Guillaume Apollinaire**

Les sapins en bonnets pointus
De longues robes revêtus
Comme des astrologues
Saluent leurs frères abattus
Les bateaux qui sur le Rhin voguent

Dans les sept arts endoctrinés
Par les vieux sapins leurs aînés
Qui sont de grands poètes
Ils se savent prédestinés
À briller plus que des planètes

À briller doucement changés
En étoiles et enneigés
Aux Noëls bienheureuses
Fêtes des sapins ensongés
Aux longues branches langoureuses

Les sapins beaux musiciens
Chantent des noëls anciens
Au vent des soirs d'automne
Ou bien graves magiciens
Incantent le ciel quand il tonne

Des rangées de blancs chérubins
Remplacent l'hiver les sapins
Et balancent leurs ailes
L'été ce sont de grands rabbins
Ou bien de vieilles demoiselles

Sapins médecins divaguants
Ils vont offrant leurs bons onguents
Quand la montagne accouche
De temps en temps sous l'ouragan
Un vieux sapin geint et se couche

L'arbre

poème

(tiré du recueil *La Multiple Splendeur*, 1906)

par **Emile Verhaeren**

Tout seul,
Que le berce l'été, que l'agite l'hiver,
Que son tronc soit givré ou son branchage vert,
Toujours, au long des jours de tendresse ou de
[haine,
Il impose sa vie énorme et souveraine
Aux plaines.

Il voit les mêmes champs depuis cent et cent ans
Et les mêmes labours et les mêmes semailles ;
Les yeux aujourd'hui morts, les yeux
Des aïeules et des aïeux
Ont regardé, maille après maille,
Se nouer son écorce et ses rudes rameaux.
Il présidait tranquille et fort à leurs travaux ;
Son pied velu leur ménageait un lit de mousse ;
Il abritait leur sieste à l'heure de midi
Et son ombre fut douce
A ceux de leurs enfants qui s'aimèrent jadis.

Dès le matin, dans les villages,
D'après qu'il chante ou pleure, on augure du
[temps ;
Il est dans le secret des violents nuages
Et du soleil qui boude aux horizons latents ;
Il est tout le passé debout sur les champs tristes,
Mais quels que soient les souvenirs
Qui, dans son bois, persistent,
Dès que janvier vient de finir
Et que la sève, en son vieux tronc, s'épanche,
Avec tous ses bourgeons, avec toutes ses branches,
— Lèvres folles et bras tordus —
Il jette un cri immensément tendu
Vers l'avenir.

Alors, avec des rais de pluie et de lumière,
Il frôle les bourgeons de ses feuilles premières,
Il contracte ses nœuds, il lisse ses rameaux ;
Il assaille le ciel, d'un front toujours plus haut ;
Il projette si loin ses poreuses racines
Qu'il épuise la mare et les terres voisines

Et que parfois il s'arrête, comme étonné
De son travail muet, profond et acharné.

Mais pour s'épanouir et régner dans sa force,
Ô les luttes qu'il lui fallut subir, l'hiver !
Glaives du vent à travers son écorce.
Cris d'ouragan, rages de l'air,
Givres pareils à quelque âpre limaille,
Toute la haine et toute la bataille,
Et les grêles de l'Est et les neiges du Nord,
Et le gel morne et blanc dont la dent mord,
Jusqu'à l'aubier, l'ample écheveau des fibres,
Tout lui fut mal qui tord, douleur qui vibre,
Sans que jamais pourtant
Un seul instant
Se ralentît son énergie
A fermement vouloir que sa vie élargie
Fût plus belle, à chaque printemps.

En octobre, quand l'or triomphe en son feuillage,
Mes pas larges encore, quoique lourds et lassés,
Souvent ont dirigé leur long pèlerinage
Vers cet arbre d'automne et de vent traversé.
Comme un géant brasier de feuilles et de flammes,
Il se dressait, superbement, sous le ciel bleu,
Il semblait habité par un million d'âmes
Qui doucement chantaient en son branchage creux.
J'allais vers lui les yeux emplis par la lumière,
Je le touchais, avec mes doigts, avec mes mains,
Je le sentais bouger jusqu'au fond de la terre
D'après un mouvement énorme et surhumain ;
Et j'appuyais sur lui ma poitrine brutale,
Avec un tel amour, une telle ferveur,
Que son rythme profond et sa force totale
Passaient en moi et pénétraient jusqu'à mon cœur.

Alors, j'étais mêlé à sa belle vie ample ;
Je me sentais puissant comme un de ses rameaux ;
Il se plantait, dans la splendeur, comme un
[exemple ;
J'aimais plus ardemment le sol, les bois, les eaux,
La plaine immense et nue où les nuages passent ;
J'étais armé de fermeté contre le sort,
Mes bras auraient voulu tenir en eux l'espace ;

Mes muscles et mes nerfs rendaient léger mon corps
Et je criais : « La force est sainte.
Il faut que l'homme imprime son empreinte
Tranquillement, sur ses desseins hardis :
Elle est celle qui tient les clefs des paradis
Et dont le large poing en fait tourner les portes ».
Et je baisais le tronc noueux, éperdument,
Et quand le soir se détachait du firmament,
Je me perdais, dans la campagne morte,
Marchant droit devant moi, vers n'importe où,
Avec des cris jaillis du fond de mon cœur fou.

Wood'stown

nouvelle

(tirée du recueil *Contes choisis*, 1882)

par **Alphonse Daudet**

L'emplacement était superbe pour bâtir une ville. Il n'y avait qu'à déblayer les bords du fleuve, en abattant une partie de la forêt, de l'immense forêt vierge enracinée là depuis la naissance du monde. Alors abritée tout autour par des collines boisées, la ville descendrait jusqu'aux quais d'un port magnifique, établi dans l'embouchure de la Rivière-Rouge, à quatre milles seulement de la mer.

Dès que le gouvernement de Washington eut accordé la concession, charpentiers et bûcherons se mirent à l'œuvre ; mais vous n'avez jamais vu une forêt pareille. Cramponnée au sol de toutes ses lianes, de toutes ses racines, quand on l'abattait par un bout elle repoussait d'un autre, se rajeunissait de ses blessures ; et chaque coup de hache faisait sortir des bourgeons verts. Les rues, les places de la ville à peine tracées étaient envahies par la végétation. Les murailles grandissaient moins vite que les arbres et, sitôt élevées, croulaient sous l'effort des racines toujours vivantes.

Pour venir à bout de cette résistance où s'émoussait le fer des cognées et des haches, on fut obligé de recourir au feu. Jour et nuit une fumée étouffante emplit l'épaisseur des fourrés, pendant que les grands arbres au-dessus flambaient comme des cierges. La forêt essaya de lutter encore, retardant l'incendie avec des flots de sève et la fraîcheur sans air de ses feuillages pressés. Enfin l'hiver arriva. La neige s'abattit comme une seconde mort sur les grands terrains pleins de troncs noircis, de racines consumées. Désormais on pouvait bâtir.

Bientôt une ville immense, toute en bois comme Chicago, s'étendit aux bords de la Rivière-Rouge, avec ses larges rues alignées, numérotées, rayonnant autour des places, sa Bourse, ses halles, ses églises, ses écoles, et tout un attirail maritime de hangars, de douanes, de docks, d'entrepôts, de chantiers de construction pour les navires. La ville de bois, Wood'stown (comme on l'appela), fut vite peuplée par les essuyeurs de plâtres des villes neuves. Une activité fiévreuse circula dans tous ses quartiers ; mais sur les collines environnantes, dominant les rues pleines de foule et le port encombré de vaisseaux, une masse sombre et menaçante s'étalait en demi-cercle. C'était la forêt qui regardait.

Elle regardait cette ville insolente qui lui avait pris sa place au bord du fleuve, et trois milles d'arbres gigantesques. Tout Wood'stown était fait avec sa vie à elle. Les hauts mâts qui se balançaient là-bas dans le port, ces toits innombrables abaissés l'un vers l'autre, jusqu'à la dernière cabane du faubourg le plus éloigné, elle avait tout fourni, même les instruments de travail, même les meubles, mesurant seulement ses services à la longueur de ses branches. Aussi quelle rancune terrible elle gardait contre cette ville de pillards !

Tant que l'hiver dura, on ne s'aperçut de rien. Les gens de Wood'stown entendaient parfois un craquement sourd dans leurs toitures, dans leurs meubles. De temps en temps, une muraille se fendait, un comptoir de magasin éclatait en deux bruyamment. Mais le bois neuf est sujet à ces accidents, et personne n'y attachait d'importance. Cependant, aux approches du printemps, — un printemps subit, violent, si riche de sèves qu'on en sentait sous terre comme un bruissement de sources, — le sol commença à s'agiter, soulevé par des forces invisibles et actives. Dans chaque maison, les meubles, les parois des murs se gonflèrent, et l'on vit sur les planchers de longues boursouflures comme au passage d'une taupe. Ni portes, ni fenêtres, rien ne marchait plus. « C'est l'humidité, disaient les habitants. Avec la chaleur, cela passera ».

Tout à coup, au lendemain d'un grand orage venu de la mer, qui apportait l'été dans ses éclairs brûlants et sa pluie tiède, la ville en se réveillant eut un cri de stupeur. Les toits rouges des monuments publics, les clochers des églises, le plancher des maisons et jusqu'au bois des lits, tout était saupoudré d'une teinte verte, mince comme une moisissure, légère comme une dentelle. De près, c'était une quantité de bourgeons microscopiques, où l'enroulement des feuilles se voyait déjà. Cette bizarrerie des pluies amusa sans inquiéter ; mais, avant le soir, des bouquets de verdure s'épanouissaient partout sur les meubles, sur les murailles. Les branches poussaient à vue d'œil ; légèrement retenues dans la main, on les sentait grandir et se débattre comme des ailes.

Le jour suivant, tous les appartements avaient l'air de serres. Des lianes suivaient les rampes d'escalier. Dans les rues étroites, des branches se joignaient d'un toit à l'autre, mettant au-dessus de la ville bruyante l'ombre des avenues forestières. Cela devenait inquiétant. Pendant que les savants réunis délibéraient sur ce cas de végétation extraordinaire, la foule se pressait dehors pour voir les différents aspects du miracle. Les cris de surprise, la rumeur étonnée de tout ce peuple inactif donnaient de la solennité à cet étrange événement. Soudain quelqu'un cria : « Regardez donc la forêt ! » et l'on s'aperçut avec terreur que depuis deux jours le demi-cercle verdoyant s'était beaucoup rapproché. La forêt avait l'air de descendre vers la ville. Toute une avant-garde de ronces, de lianes s'allongeait jusqu'aux premières maisons des faubourgs.

Alors Wood'stown commença à comprendre et à avoir peur. Évidemment la forêt venait reconquérir sa place au bord du fleuve ; et ses arbres, abattus, dispersés, transformés, se déprisonnaient pour aller au-devant d'elle. Comment résister à l'invasion ? Avec le feu, on risquait d'embraser la ville entière. Et que pouvaient les haches contre cette sève sans cesse renaissante, ces racines monstrueuses attaquant le sol en dessous, ces milliers de graines volantes qui germaient en se brisant et faisaient pousser un arbre partout où elles tombaient ?

Pourtant tout le monde se mit bravement à l'œuvre avec des faux, des herses, des cognées ; et l'on fit un immense abattis de feuillages. Mais en vain. D'heure en heure la confusion des forêts vierges, où l'entrelacement des lianes joint entre elles des pousses gigantesques, envahissait les rues de Wood'stown. Déjà les insectes, les reptiles faisaient irruption. Il y avait des nids dans tous les coins, et de grands coups d'ailes, et des masses de petits becs jaseurs. En une nuit les greniers de la ville furent épuisés par toutes les couvées écloses. Puis, comme une ironie au milieu de ce désastre, des papillons de toutes grandeurs, de toutes couleurs, volaient sur les grappes fleuries, et les abeilles prévoyantes qui cherchent des abris sûrs, au creux de ces arbres si vite poussés installaient leurs rayons de miel comme une preuve de durée.

Vaguement, dans la houle bruyante des feuillages, on entendait les coups sourds des cognées et des haches ; mais le quatrième jour tout travail fut reconnu impossible. L'herbe montait trop haute, trop épaisse. Des lianes grimpantes s'accrochaient aux bras des bûcherons, garrottaient leurs mouvements. D'ailleurs les maisons étaient devenues inhabitables ; les meubles, chargés de feuilles, avaient perdu leurs formes. Les plafonds s'effondraient, percés par la lance des yuccas, la longue épine des acajous ; et à la place des toitures s'étalait le dôme immense des catalpas. C'est fini. Il fallait fuir.

A travers le réseau de plantes et de branches qui se resserraient de plus en plus, les gens de Wood'stown épouvantés se précipitèrent vers le fleuve, emportant le plus qu'ils pouvaient de richesses, d'objets précieux. Mais que de peine pour gagner le bord de l'eau ! Il n'y avait plus de quais. Rien que des roseaux gigantesques. Les chantiers maritimes, où s'abritaient les bois de construction, avaient fait place à des forêts de sapins ; et dans le port tout en fleurs, les navires neufs semblaient des îlots de verdure. Heureusement qu'il se trouvait là quelques frégates blindées sur lesquelles la foule se réfugia et d'où elle put voir la vieille forêt joindre victorieusement la forêt nouvelle.

Peu à peu les arbres confondirent leurs cimes, et, sous le ciel bleu plein de soleil, l'énorme masse de feuillage s'étendit des bords du fleuve à l'horizon lointain. Plus trace de ville, ni de toits, ni de murs. De temps en temps un bruit sourd d'écroulement, dernier écho de la ruine, ou le coup de hache d'un bûcheron enragé, retentissait sous la profondeur du feuillage. Puis plus rien que le silence vibrant, bruissant, bourdonnant, des nuées de papillons blancs tournoyant sur la rivière déserte, et là-bas, vers la haute mer, un navire qui s'enfuyait, trois grands arbres verts dressés au milieu de ses voiles, emportant les derniers émigrés de ce qui fut Wood'stown...

Aux arbres

poème

(tiré du recueil *Les Contemplations*, 1843)

par **Victor Hugo**

Arbres de la forêt, vous connaissez mon âme !
Au gré des envieux, la foule loue et blâme ;
Vous me connaissez, vous ! — vous m'avez vu
[souvent,
Seul dans vos profondeurs, regardant et rêvant.
Vous le savez, la pierre où court un scarabée,
Une humble goutte d'eau de fleur en fleur tombée,
Un nuage, un oiseau, m'occupent tout un jour.
La contemplation m'emplit le cœur d'amour.
Vous m'avez vu cent fois, dans la vallée obscure,
Avec ces mots que dit l'esprit à la nature,
Questionner tout bas vos rameaux palpitants,
Et du même regard poursuivre en même temps,
Pensif, le front baissé, l'œil dans l'herbe profonde,
L'étude d'un atome et l'étude du monde.
Attentif à vos bruits qui parlent tous un peu,
Arbres, vous m'avez vu fuir l'homme et chercher
[Dieu !
Feuilles qui tressaillez à la pointe des branches,
Nids dont le vent au loin sème les plumes blanches,
Clairières, vallons verts, déserts sombres et doux,
Vous savez que je suis calme et pur comme vous.
Comme au ciel vos parfums, mon culte à Dieu
[s'élance,
Et je suis plein d'oubli comme vous de silence !
La haine sur mon nom répand en vain son fiel ;
Toujours, — je vous atteste, ô bois aimés du
[ciel ! —
J'ai chassé loin de moi toute pensée amère,
Et mon cœur est encor tel que le fit ma mère !
Arbres de ces grands bois qui frissonnez toujours,
Je vous aime, et vous, lierre au seuil des autres
[sourds,
Ravins où l'on entend filtrer les sources vives,
Buissons que les oiseaux pillent, joyeux convives !
Quand je suis parmi vous, arbres de ces grands bois,
Dans tout ce qui m'entoure et me cache à la fois,
Dans votre solitude où je rentre en moi-même,
Je sens quelqu'un de grand qui m'écoute et qui
[m'aime !

Aussi, taillis sacrés où Dieu même apparaît,
Arbres religieux, chênes, mousses, forêt,
Forêt ! c'est dans votre ombre et dans votre mystère,
C'est sous votre branchage auguste et solitaire,
Que je veux abriter mon sépulcre ignoré,
Et que je veux dormir quand je m'endormirai.

La forêt vierge

poème
(tiré du recueil *Poèmes barbares*, 1862)

par **Leconte de Lisle**

Depuis le jour antique où germa sa semence,
Cette forêt sans fin, aux feuillages houleux,
S'enfonce puissamment dans les horizons bleus
Comme une sombre mer qu'enfle un soupir
[immense.

Sur le sol convulsif l'homme n'était pas né
Qu'elle emplissait déjà, mille fois séculaire,
De son ombre, de son repos, de sa colère,
Un large pan du globe encore décharné.

Dans le vertigineux courant des heures brèves,
Du sein des grandes eaux, sous les cieux rayonnants,
Elle a vu tour à tour jaillir des continents
Et d'autres s'engloutir au loin, tels que des rêves.

Les étés flamboyants sur elle ont resplendi,
Les assauts furieux des vents l'ont secouée,
Et la foudre à ses troncs en lambeaux s'est nouée ;
Mais en vain : l'indomptable a toujours reverdi.

Elle roule, emportant ses gorges, ses cavernes,
Ses blocs moussus, ses lacs hérissés et fumants
Où, par les mornes nuits, geignent les caïmans
Dans les roseaux bourbeux où luisent leurs yeux
[ternes ;

Ses gorilles ventrus hurlant à pleine voix,
Ses éléphants gercés comme une vieille écorce,
Qui, rompant les halliers effondrés de leur force,
S'enivrent de l'horreur ineffable des bois ;

Ses buffles au front plat, irritables et louches,
Enfouis dans la vase épaisse des grands trous,
Et ses lions rêveurs traînant leurs cheveux roux
Et balayant du fouet l'essaim strident des mouches ;

Ses fleuves monstrueux, débordants, vagabonds,
Tombés des pics lointains, sans noms et sans
[rivages,

Qui versent brusquement leurs écumes sauvages
De gouffre en gouffre avec d'irrésistibles bonds.

Et des ravins, des rocs, de la fange, du sable,
Des arbres, des buissons, de l'herbe, incessamment
Se prolonge et s'accroît l'ancien rugissement
Qu'a toujours exhalé son sein impérissable.

Les siècles ont coulé, rien ne s'est épuisé,
Rien n'a jamais rompu sa vigueur immortelle ;
Il faudrait, pour finir, que, trébuchant sous elle,
Le terre s'écroulât comme un vase brisé.

Ô forêt ! Ce vieux globe a bien des ans à vivre ;
N'en attends point le terme et crains tout de demain,
Ô mère des lions, ta mort est en chemin,
Et la hache est au flanc de l'orgueil qui t'enivre.

Sur cette plage ardente où tes rudes massifs,
Courbant le dôme lourd de leur verdeur première,
Font de grands morceaux d'ombre entourés de
[lumière
Où méditent debout tes éléphants pensifs ;

Comme une irruption de fourmis en voyage
Qu'on écrase et qu'on brûle et qui marchent
[toujours,
Les flots t'apporteront le roi des derniers jours,
Le destructeur des bois, l'homme au pâle visage.

Il aura tant rongé, tari jusqu'à la fin
Le monde où pullulait sa race inassouvie,
Qu'à ta pleine mamelle où regorge la vie
Il se cramponnera dans sa soif et sa faim.

Il déracinera tes baobabs superbes,
Il creusera le lit de tes fleuves domptés ;
Et tes plus forts enfants fuiront épouvantés
Devant ce vermisseau plus frêle que tes herbes.

Mieux que la foudre errant à travers tes fourrés,
Sa torche embrasera coteau, vallon et plaine ;
Tu t'évanouiras au vent de son haleine ;
Son œuvre grandira sur tes débris sacrés.

Plus de fracas sonore aux parois des abîmes ;
Des rires, des bruits vils, des cris de désespoir.
Entre des murs hideux un fourmillement noir ;
Plus d'arceaux de feuillage aux profondeurs
[sublimes.

Mais tu pourras dormir, vengée et sans regret,
Dans la profonde nuit où tout doit redescendre :
Les larmes et le sang arroseront ta cendre,
Et tu rejailliras de la nôtre, ô forêt !

Les Hamadryades

poème

(tiré de *La Forêt des Nymphes – Œuvres complètes*, tome 13, 1931)

par **Pierre Louÿs**

I

Elles marchent dans l'herbe et boivent aux
[ruisseaux,
Celles qu'un destin clair fit nymphes des prairies.
D'autres, essaim lucide, âmes des eaux fleuries,
Nagent sous nos cent bras croisés en noirs arceaux.

Nous, des arbres plaintifs gardiennes enchaînées,
Nudités en péril du jour insidieux,
Nous dressons dans le vent du matin, vers les dieux,
Nos mains vertes, de pluie et de fraîcheur baignées.

Maître des foudres, Zeus sauveur, te verrons-nous
Frapper l'arbre mortel qui ferme nos genoux
Et livrer la terre ivre à nos jambes écloses ?

Connaîtrons-nous les grands horizons nébuleux,
L'eau du fleuve, le lac de lumière, les roses,
Et l'humide sommeil, les champs profonds et
[bleus ?...

II

Des sylvains et des pans se souvient-elle encore
Qui troublaient les bois bleus de leurs bonds
[turbulents ?
Un soir, avec le thyrse et les tambourins blancs,
La danse des pieds nus a suivi Terpsichore.

Solitaire, et mirant la lune dans ses yeux,
L'hamadryade au vent livre ses mains rameuses.
Les fleurs ne meurent plus du repos des dormeuses.
Le chêne se verdit d'un lierre injurieux.

Parfois, sautant l'eau vive au gué des pierres plates,
Le Chèvre-pieds lascif qui tremble sur ses pattes
Étreint le corps flexible, arborescent et frais.

Il combat, et la nymphe hostile se révulse,
Mais rien n'arrachera de ses flancs satisfaits
La corne qui la cloue à l'ægipan bisulce.

III

Les arbres des forêts sont des femmes très belles
Dont l'invisible corps sous l'écorce est vivant.
La plus pure eau du ciel les abreuve, et le vent
En séchant leurs cheveux les couronne d'ombelles.

Leur front n'est pas chargé de la tour des Cybèles :
L'ombre seule des fleurs sur leur regard mouvant
Retombe, et le long de leurs bras se poursuivant,
Tournent les lierres verts qu'empourprent les
[rubelles.

Les arbres des forêts sont des femmes debout
Qui le jour portent l'aigle et la nuit le hibou
Puis les regardent fuir sur la terre inconnue :

La rapide espérance et le rêve incertain
S'envolent tour à tour de leur épaule nue
Et la captive en pleurs s'enracine au destin.

La Petite Roque

nouvelle

(tiré du recueil *La Petite Roque*, 1886)

par **Guy de Maupassant**

I

Le piéton Médéric Rompel, que les gens du pays appelaient familièrement Mé-deri, partit à l'heure ordinaire de la maison de poste de Roüy-le-Tors. Ayant traversé la petite ville de son grand pas d'ancien troupier, il coupa d'abord les prairies de Villaumes pour gagner le bord de la Brindille, qui le conduisait, en suivant l'eau, au village de Carvelin, où commençait sa distribution.

Il allait vite, le long de l'étroite rivière qui moussait, grognait, bouillonnait et filait dans son lit d'herbes, sous une voûte de saules. Les grosses pierres, arrêtant le cours, avaient autour d'elles un bourrelet d'eau, une sorte de cravate terminée en nœud d'écume. Par places, c'étaient des cascades d'un pied, souvent invisibles, qui faisaient, sous les feuilles, sous les lianes, sous un toit de verdure, un gros bruit colère et doux ; puis plus loin, les berges s'élargissant, on rencontrait un petit lac paisible où nageaient des truites parmi toute cette chevelure verte qui ondoie au fond des ruisseaux calmes.

Médéric allait toujours, sans rien voir, et ne songeant qu'à ceci : « Ma première lettre est pour la maison Poivron, puis j'en ai une pour M. Renardet ; faut donc que je traverse la futaie. »

Sa blouse bleue serrée à la taille par une ceinture de cuir noir passait d'un train rapide et régulier sur la haie verte des saules ; et sa canne, un fort bâton de houx, marchait à son côté du même mouvement que ses jambes.

Donc, il franchit la Brindille sur un pont fait d'un seul arbre, jeté d'un bord à l'autre, ayant pour unique rampe une corde portée par deux piquets enfoncés dans les berges.

La futaie, appartenant à M. Renardet, maire de Carvelin et le plus gros propriétaire du lieu, était une sorte de bois d'arbres antiques, énormes, droits comme des colonnes, et s'étendant sur une demi-lieue de longueur, sur la rive gauche du ruisseau qui servait de limite à cette immense voûte de feuillage. Le long de l'eau, de grands arbustes avaient poussé, chauffés par le soleil ; mais sous la futaie, on ne trouvait rien que de la mousse, de la mousse épaisse, douce et molle, qui répandait dans l'air stagnant une odeur légère de moisi et de branches mortes.

Médéric ralentit le pas, ôta son képi noir orné d'un galon rouge et s'essuya le front, car il faisait déjà chaud dans les prairies, bien qu'il ne fût pas encore huit heures du matin.

Il venait de se recouvrir et de reprendre son pas accéléré quand il aperçut, au pied d'un arbre, un couteau, un petit couteau d'enfant. Comme il le ramassait, il découvrit encore un dé à coudre, puis un étui à aiguilles deux pas plus loin.

Ayant pris ces objets, il pensa : « Je vas les confier à M. le maire » ; et il se remit en route, mais il ouvrait l'œil à présent, s'attendant toujours à trouver autre chose.

Soudain, il s'arrêta net, comme s'il se fût heurté contre une barre de bois ; car, à dix pas devant lui, gisait, étendu sur le dos, un corps d'enfant, tout nu, sur la mousse. C'était une petite fille d'une douzaine d'années. Elle avait les bras ouverts, les jambes écartées, la face couverte d'un mouchoir. Un peu de sang maculait ses cuisses.

Médéric se mit à avancer sur la pointe des pieds, comme s'il eût craint de faire du bruit, redouté quelque danger ; et il écarquillait les yeux.

Qu'était-ce que cela ? Elle dormait, sans doute ? Puis il réfléchit qu'on ne dort pas ainsi tout nu, à sept heures et demie du matin, sous des arbres frais. Alors elle était morte ; et il se trouvait en présence d'un crime. À cette idée, un frisson froid lui courut dans les reins, bien qu'il fût un ancien soldat. Et puis c'était chose si rare dans le pays, un meurtre, et le meurtre d'une enfant encore, qu'il n'en pouvait croire ses yeux. Mais elle ne portait aucune blessure, rien que ce sang figé sur sa jambe. Comment donc l'avait-on tuée ?

Il s'était arrêté tout près d'elle ; et il la regardait, appuyé sur son bâton.

Certes, il la connaissait, puisqu'il connaissait tous les habitants de la contrée ; mais ne pouvant voir son visage, il ne pouvait deviner son nom. Il se pencha pour ôter le mouchoir qui lui couvrait la face ; puis s'arrêta, la main tendue, retenu par une réflexion.

Avait-il le droit de déranger quelque chose à l'état du cadavre avant les constatations de la justice ? Il se figurait la justice comme une espèce de général à qui rien n'échappe et qui attache autant d'importance à un bouton perdu qu'à un coup de couteau dans le ventre. Sous ce mouchoir, on trouverait peut-être une preuve capitale ; c'était une pièce à conviction, enfin, qui pouvait perdre de sa valeur, touchée par une main maladroite.

Alors, il se releva pour courir chez M. le maire ; mais une autre pensée le retint de nouveau. Si la fillette était encore vivante, par hasard, il ne pouvait pas l'abandonner ainsi. Il se mit à genoux, tout doucement, assez loin d'elle par prudence, et tendit la main vers son pied. Il était froid, glacé de ce froid terrible qui rend effrayante la chair morte, et qui ne laisse plus de doute. Le facteur, à ce toucher, sentit son cœur retourné, comme il le dit plus tard, et la salive séchée dans sa bouche. Se relevant brusquement, il se mit à courir sous la futaie vers la maison de M. Renardet.

Il allait au pas gymnastique, son bâton sous le bras, les poings fermés, la tête en avant ; et son sac de cuir, plein de lettres et de journaux, lui battait les reins en cadence.

La demeure du maire se trouvait au bout du bois qui lui servait de parc et trempait tout un coin de ses murailles dans un petit étang que formait en cet endroit la Brindille.

C'était une grande maison carrée, en pierre grise, très ancienne, qui avait subi des sièges autrefois, et terminée par une tour énorme, haute de vingt mètres, bâtie dans l'eau.

Du haut de cette citadelle, on surveillait jadis tout le pays. On l'appelait la tour du Renard, sans qu'on sût au juste pourquoi ; et de cette appellation sans doute était venu le nom de Renardet que portaient les propriétaires de ce fief resté dans la même famille depuis plus de deux cents ans, disait-on. Car les Renardet faisaient partie de cette bourgeoisie presque noble qu'on rencontrait souvent dans les provinces avant la Révolution.

Le facteur entra d'un élan dans la cuisine où déjeunaient les domestiques, et cria : « Monsieur le maire est-il levé ? Faut que je li parle sur l'heure. » On savait Médéric un homme de poids et d'autorité, et on comprit aussitôt qu'une chose grave s'était passée.

M. Renardet, prévenu, ordonna qu'on l'amenât. Le piéton, pâle et essoufflé, son képi à la main, trouva le maire assis devant une longue table couverte de papiers épars.

C'était un gros et grand homme, lourd et rouge, fort comme un bœuf, et très aimé dans le pays, bien que violent à l'excès. Âgé à peu près de quarante ans et veuf depuis six mois, il vivait sur ses terres en gentilhomme des champs. Son tempérament fougueux lui avait souvent attiré des affaires pénibles dont le tiraient toujours les magistrats de Roüy-le-Tors, en amis indulgents et discrets. N'avait-il pas, un jour, jeté du haut de son siège le conducteur de la diligence parce qu'il avait failli écraser son chien d'arrêt Micmac ? N'avait-il pas enfoncé les côtes d'un garde-chasse qui verbalisait contre lui, parce qu'il traversait, fusil au bras, une terre appartenant au voisin ? N'avait-il pas même pris au collet le sous-préfet qui s'arrêtait dans le village au cours d'une tournée administrative qualifiée par M. Renardet de tournée électorale ; car il faisait de l'opposition au gouvernement par tradition de famille.

Le maire demanda : « Qu'y a-t-il donc, Médéric ?

— J'ai trouvé une p'tite fille morte sous vot' futaie. »

Renardet se dressa, le visage couleur de brique :

— Vous dites… Une petite fille ?

— Oui, m'sieu, une p'tite fille, toute nue, sur le dos, avec du sang, morte, bien morte.

Le maire jura : « Nom de Dieu ; je parie que c'est la petite Roque. On vient de me prévenir qu'elle n'était pas rentrée hier soir chez sa mère. À quel endroit l'avez-vous découverte ? »

Le facteur expliqua la place, donna des détails, offrit d'y conduire le maire.

Mais Renardet devint brusque : « Non. Je n'ai pas besoin de vous. Envoyez-moi tout de suite le garde champêtre, le secrétaire de la mairie et le médecin, et continuez votre tournée. Vite, vite, allez, et dites-leur de me rejoindre sous la futaie. »

Le piéton, homme de consigne, obéit et se retira, furieux et désolé de ne pas assister aux constatations.

Le maire sortit à son tour, prit son chapeau, un grand chapeau mou, de feutre gris, à bords très larges, et s'arrêta quelques secondes sur le seuil de sa demeure. Devant lui s'étendait un vaste gazon où éclataient trois grandes taches, rouge, bleue et blanche, trois larges corbeilles de fleurs épanouies, l'une en face de la maison et les autres sur les côtés. Plus loin, se dressaient jusqu'au ciel les premiers arbres de la futaie, tandis qu'à gauche, par-dessus la Brindille élargie en étang, on apercevait de longues prairies, tout un pays vert et plat, coupé par des rigoles et des haies de saules pareils à des monstres, nains, trapus, toujours ébranchés, et portant sur un tronc énorme et court un plumeau frémissant de branches minces.

À droite, derrière les écuries, les remises, tous les bâtiments qui dépendaient de la propriété, commençait le village, riche, peuplé d'éleveurs de bœufs.

Renardet descendit lentement les marches de son perron, et, tournant à gauche, gagna le bord de l'eau qu'il suivit à pas lents, les mains derrière le dos. Il allait, le front penché ; et de temps en temps il regardait autour de lui s'il n'apercevait point les personnes qu'il avait envoyé quérir.

Lorsqu'il fut arrivé sous les arbres, il s'arrêta, se découvrit et s'essuya le front comme avait fait Médéric ; car l'ardent soleil de juillet tombait en pluie de feu sur la terre. Puis le maire se remit en route, s'arrêta encore, revint sur ses pas. Soudain, se baissant, il trempa son mouchoir dans le ruisseau qui glissait à ses pieds et l'étendit sur sa tête, sous son chapeau. Des gouttes d'eau lui coulaient le long des tempes, sur ses oreilles toujours violettes, sur son cou puissant et rouge, et entraient, l'une après l'autre, sous le col blanc de sa chemise.

Comme personne n'apparaissait encore, il se mit à frapper du pied, puis il appela : « Ohé ! ohé ! »

Une voix répondit à droite : « Ohé ! ohé ! »

Et le médecin apparut sous les arbres. C'était un petit homme maigre, ancien chirurgien militaire, qui passait pour très capable aux environs. Il boitait, ayant été blessé au service, et s'aidait d'une canne pour marcher.

Puis on aperçut le garde champêtre et le secrétaire de la mairie, qui, prévenus en même temps, arrivaient ensemble. Ils avaient des figures effarées et accouraient en soufflant, marchant et trottant tour à tour pour se hâter, et agitant si fort les bras qu'ils semblaient accomplir avec eux plus de besogne qu'avec leurs jambes.

Renardet dit au médecin : « Vous savez de quoi il s'agit ?

— Oui, un enfant mort trouvé dans le bois par Médéric.

— C'est bien. Allons. »

Ils se mirent à marcher côte à côte, et suivis des deux hommes. Leurs pas, sur la mousse, ne faisaient aucun bruit ; leurs yeux cherchaient, là-bas, devant eux.

Le docteur Labarbe tendit le bras tout à coup : « Tenez, le voilà ! »

Très loin, sous les arbres, on apercevait quelque chose de clair. S'ils n'avaient point su ce que c'était, ils ne l'auraient pas deviné. Cela semblait luisant et si blanc qu'on l'eût pris pour un linge tombé ; car un rayon de soleil glissé entre les branches illuminait la chair pâle d'une grande raie oblique à travers le ventre. En approchant, ils distinguaient peu à peu la forme, la tête voilée, tournée vers l'eau et les deux bras écartés comme par un crucifiement.

— J'ai rudement chaud, dit le maire.

Et, se baissant vers la Brindille, il y trempa de nouveau son mouchoir qu'il replaça encore sur son front.

Le médecin hâtait le pas, intéressé par la découverte. Dès qu'il fut auprès du cadavre, il se pencha pour l'examiner, sans y toucher. Il avait mis un pince-nez comme lorsqu'on regarde un objet curieux, et tournait autour tout doucement.

Il dit sans se redresser : « Viol et assassinat que nous allons constater tout à l'heure. Cette fillette est d'ailleurs presque une femme, voyez sa gorge. »

Les deux seins, assez forts déjà, s'affaissaient sur sa poitrine, amollis par la mort.

Le médecin ôta légèrement le mouchoir qui couvrait la face. Elle apparut noire, affreuse, la langue sortie, les yeux saillants. Il reprit : « Parbleu, on l'a étranglée une fois l'affaire faite. »

Il palpait le cou : « Étranglée avec les mains sans laisser d'ailleurs aucune trace particulière, ni marque d'ongle ni empreinte de doigt. Très bien. C'est la petite Roque, en effet. »

Il replaça délicatement le mouchoir : « Je n'ai rien à faire ; elle est morte depuis douze heures au moins. Il faut prévenir le parquet. »

Renardet, debout, les mains derrière le dos, regardait d'un œil fixe le petit corps étalé sur l'herbe. Il murmura : « Quel misérable ! Il faudrait retrouver les vêtements. »

Le médecin tâtait les mains, les bras, les jambes. Il dit : « Elle venait sans doute de prendre un bain. Ils doivent être au bord de l'eau. »

Le maire ordonna : « Toi, Principe (c'était le secrétaire de la mairie), tu vas me chercher ces hardes-là le long du ruisseau. Toi, Maxime (c'était le garde champêtre), tu vas courir à Roüy-le-Tors et me ramener le juge d'instruction avec la gendarmerie. Il faut qu'ils soient ici dans une heure. Tu entends. »

Les deux hommes s'éloignèrent vivement ; et Renardet dit au docteur : « Quel gredin a bien pu faire un pareil coup dans ce pays-ci ? »

Le médecin murmura : « Qui sait ? Tout le monde est capable de ça. Tout le monde en particulier et personne en général. N'importe, ça doit être quelque rôdeur, quelque ouvrier sans travail. Depuis que nous sommes en république, on ne rencontre que ça sur les routes. »

Tous deux étaient bonapartistes.

Le maire reprit : « Oui, ça ne peut être qu'un étranger, un passant, un vagabond sans feu ni lieu… »

Le médecin ajouta avec une apparence de sourire : « Et sans femme. N'ayant ni bon souper ni bon gîte, il s'est procuré le reste. On ne sait pas ce qu'il y a d'hommes sur la terre capables d'un forfait à un moment donné. Saviez-vous que cette petite avait disparu ? »

Et du bout de sa canne, il touchait l'un après l'autre les doigts roidis de la morte, appuyant dessus comme sur les touches d'un piano.

— Oui. La mère est venue me chercher hier, vers neuf heures du soir, l'enfant n'étant pas rentrée à sept heures pour souper. Nous l'avons appelée jusqu'à minuit sur les routes ; mais nous n'avons point pensé à la futaie. Il fallait le jour, du reste, pour opérer des recherches vraiment utiles.

— Voulez-vous un cigare ? dit le médecin.

— Merci, je n'ai pas envie de fumer. Ça me fait quelque chose de voir ça.

Ils restaient debout tous les deux en face de ce frêle corps d'adolescente, si pâle, sur la mousse sombre. Une grosse mouche à ventre bleu qui se promenait le long d'une cuisse, s'arrêta sur les taches de sang, repartit, remontant toujours, parcourant le flanc de sa marche vive et saccadée, grimpa sur un sein, puis redescendit pour explorer l'autre, cherchant quelque chose à boire sur cette morte. Les deux hommes regardaient ce point noir errant.

Le médecin dit : « Comme c'est joli, une mouche sur la peau. Les dames du dernier siècle avaient bien raison de s'en coller sur la figure. Pourquoi a-t-on perdu cet usage-là ? »

Le maire semblait ne point l'entendre, perdu dans ses réflexions.

Mais, tout d'un coup, il se retourna, car un bruit l'avait surpris ; une femme en bonnet et en tablier bleu accourait sous les arbres. C'était la mère, la Roque. Dès qu'elle aperçut Renardet, elle se mit à hurler : « Ma p'tite, ous qu'est ma p'tite ? » tellement affolée qu'elle ne regardait point par terre. Elle la vit tout à coup, s'arrêta net, joignit les mains et leva ses deux bras en poussant une clameur aiguë et déchirante, une clameur de bête mutilée.

Puis elle s'élança vers le corps, tomba à genoux et enleva, comme si elle l'eût arraché, le mouchoir qui couvrait la face. Quand elle vit cette figure affreuse, noire et convulsée, elle se redressa d'une secousse, puis s'abattit le visage contre terre, en jetant dans l'épaisseur de la mousse des cris affreux et continus.

Son grand corps maigre sur qui ses vêtements collaient, secoué de convulsions, palpitait. On voyait ses chevilles osseuses et ses mollets secs enveloppés de gros bas bleus frissonner horriblement ; et elle creusait le sol de ses doigts crochus comme pour y faire un trou et s'y cacher.

Le médecin, ému, murmura : « Pauvre vieille ! » Renardet eut dans le ventre un bruit singulier ; puis il poussa une sorte d'éternuement bruyant qui lui sortit en même temps par le nez et par la bouche ; et, tirant son mouchoir de sa poche, il se mit à pleurer dedans, toussant, sanglotant et se mouchant avec bruit. Il balbutiait : « Cré… cré… cré nom de Dieu de cochon qui a fait ça… Je… je voudrais le voir guillotiner… »

Mais Principe reparut, l'air désolé et les mains vides. Il murmura : « Je ne trouve rien, m'sieu le maire, rien de rien nulle part. »

L'autre, effaré, répondit d'une voix grasse, noyée dans les larmes : « Qu'est-ce que tu ne trouves pas ?

— Les hardes de la petite.

— Eh bien !… eh bien !… cherche encore… et… et… trouve-les… ou… tu auras affaire à moi.

L'homme, sachant qu'on ne résistait pas au maire, repartit d'un pas découragé en jetant sur le cadavre un coup d'œil oblique et craintif.

Des voix lointaines s'élevaient sous les arbres, une rumeur confuse, le bruit d'une foule qui approchait ; car Médéric, dans sa tournée, avait semé la nouvelle de porte en porte. Les gens du pays, stupéfaits d'abord, avaient causé de ça dans la rue, d'un seuil à l'autre ; puis ils s'étaient réunis ; ils avaient jasé, discuté, commenté l'événement pendant quelques minutes ; et maintenant ils s'en venaient pour voir.

Ils arrivaient par groupes, un peu hésitants et inquiets, par crainte de la première émotion. Quand ils aperçurent le corps, ils s'arrêtèrent, n'osant plus avancer et parlant bas. Puis ils s'enhardirent, firent quelques pas, s'arrêtèrent encore, avancèrent de nouveau, et ils formèrent bientôt autour de la morte, de sa mère, du médecin et de Renardet, un cercle épais, agité et bruyant qui se resserrait sous les poussées subites des derniers venus. Bientôt ils touchèrent le cadavre. Quelques-uns même se baissèrent pour le palper. Le médecin les écarta. Mais le maire, sortant brusquement de sa torpeur, devint furieux et, saisissant la canne du docteur Labarbe, il se jeta sur ses administrés en balbutiant : « Foutez-moi le camp… foutez-moi le camp… tas de brutes… foutez-moi le camp… » En une seconde le cordon de curieux s'élargit de deux cents mètres.

La Roque s'était relevée, retournée, assise, et elle pleurait maintenant dans ses mains jointes sur sa face.

Dans la foule, on discutait la chose ; et des yeux avides de garçons fouillaient ce jeune corps découvert. Renardet s'en aperçut, et, enlevant brusquement sa veste de toile, il la jeta sur la fillette qui disparut tout entière sous le vaste vêtement.

Les curieux se rapprochaient doucement ; la futaie s'emplissait de monde ; une rumeur continue de voix montait sous le feuillage touffu des grands arbres.

Le maire, en manches de chemise, restait debout, sa canne à la main, dans une attitude de combat. Il semblait exaspéré par cette curiosité du peuple et répétait : « Si un de vous approche, je lui casse la tête comme à un chien. »

Les paysans avaient grand'peur de lui ; ils se tinrent au large. Le docteur Labarbe, qui fumait, s'assit à côté de la Roque, et il lui parla, cherchant à la distraire. La vieille femme aussitôt ôta ses mains de son visage et elle répondit avec un flux de mots larmoyants, vidant sa douleur dans l'abondance de sa parole. Elle raconta toute sa vie, son mariage, la mort de son homme, piqueur de bœufs, tué d'un coup de corne, l'enfance de sa fille, son existence misérable de veuve sans ressources avec la petite. Elle n'avait que ça, sa petite Louise ; et on l'avait tuée ; on l'avait tuée dans ce bois. Tout d'un coup, elle voulut la revoir, et, se traînant sur les genoux jusqu'au cadavre, elle souleva par un coin le vêtement qui le couvrait ; puis elle le laissa retomber et se remit à hurler. La foule se taisait, regardant avidement tous les gestes de la mère.

Mais, soudain, un grand remous eut lieu ; on cria : « Les gendarmes, les gendarmes ! »

Deux gendarmes apparaissaient au loin, arrivant au grand trot, escortant leur capitaine et un petit monsieur à favoris roux qui dansait comme un singe sur une haute jument blanche.

Le garde champêtre avait justement trouvé M. Putoin, le juge d'instruction, au moment où il enfourchait son cheval pour faire sa promenade de tous les jours, car il posait pour le beau cavalier, à la grande joie des officiers.

Il mit pied à terre avec le capitaine et serra les mains du maire et du docteur en jetant un regard de fouine sur la veste de toile que gonflait le corps couché dessous.

Quand il fut bien au courant des faits, il fit d'abord écarter le public que les gendarmes chassèrent de la futaie, mais qui reparut bientôt dans la prairie, et forma haie, une grande haie de têtes excitées et remuantes tout le long de la Brindille, de l'autre côté du ruisseau.

Le médecin, à son tour, donna les explications que Renardet écrivait au crayon sur son agenda. Toutes les constatations furent faites, enregistrées et commentées sans amener aucune découverte. Principe aussi était revenu sans avoir trouvé trace des vêtements.

Cette disparition surprenait tout le monde, personne ne pouvant l'expliquer que par un vol ; et, comme ces guenilles ne valaient pas vingt sous, ce vol même était inadmissible.

Le juge d'instruction, le maire, le capitaine et le docteur s'étaient mis eux-mêmes à chercher deux par deux, écartant les moindres branches le long de l'eau.

Renardet disait au juge : « Comment se fait-il que ce misérable ait caché ou emporté les hardes et ait laissé ainsi le corps en plein air, en pleine vue ? »

L'autre, sournois et perspicace, répondit : « Hé ! hé ! Une ruse peut-être ? Ce crime a été commis ou par une brute ou par un madré coquin. Dans tous les cas, nous arriverons bien à le découvrir. »

Un roulement de voiture leur fit tourner la tête. C'étaient le substitut, le médecin et le greffier du tribunal qui arrivaient à leur tour. On recommença les recherches tout en causant avec animation.

Renardet dit tout à coup : « Savez-vous que je vous garde à déjeuner ? »

Tout le monde accepta avec des sourires, et le juge d'instruction, trouvant qu'on s'était assez occupé, pour ce jour-là, de la petite Roque, se tourna vers le maire :

— Je peux faire porter chez vous le corps, n'est-ce pas ? Vous avez bien une chambre pour me le garder jusqu'à ce soir.

L'autre se troubla, balbutiant :

— Oui, non… non… À vrai dire, j'aime mieux qu'il n'entre pas chez moi… à cause… à cause de mes domestiques… qui… qui parlent déjà de revenants dans… dans ma tour, dans la tour du Renard… Vous savez… je ne pourrais plus en garder un seul… Non… J'aime mieux ne pas l'avoir chez moi.

Le magistrat se mit à sourire : « Bon… Je vais le faire emporter tout de suite à Roüy, pour l'examen légal. Et se tournant vers le substitut : « Je peux me servir de votre voiture, n'est-ce pas ?

— Oui, parfaitement. »

Tout le monde revint vers le cadavre. La Roque, maintenant assise à côté de sa fille, lui tenait la main, et elle regardait devant elle, d'un œil vague et hébété.

Les deux médecins essayèrent de l'emmener pour qu'elle ne vît pas enlever la petite ; mais elle comprit tout de suite ce qu'on allait faire, et, se jetant sur le corps, elle le saisit à pleins bras. Couchée dessus, elle criait : « Vous ne l'aurez pas, c'est à moi, c'est à moi à c't'heure. On me l'a tuée ; j'veux la garder, vous l'aurez pas ! »

Tous les hommes, troublés et indécis, restaient debout autour d'elle. Renardet se mit à genoux pour lui parler : « Écoutez, la Roque, il le faut, pour savoir celui qui l'a tuée ; sans ça on ne saurait pas ; il faut bien qu'on le cherche pour le punir. On vous la rendra quand on l'aura trouvé, je vous le promets. »

Cette raison ébranla la femme et une haine s'éveillant dans son regard affolé : « Alors on le prendra ? dit-elle.

— Oui, je vous le promets. »

Elle se releva, décidée à laisser faire ces gens ; mais le capitaine ayant murmuré : « C'est surprenant qu'on ne retrouve pas ses vêtements », une idée nouvelle qu'elle n'avait pas encore eue, entra brusquement dans sa tête de paysanne et elle se demanda :

— Ous qu'é sont ses hardes ; c'est à mé. Je les veux. Ous qu'on les a mises ?

On lui expliqua comment elles demeuraient introuvables ; alors elle les réclama avec une obstination désespérée, pleurant et gémissant : « C'est à mé, je les veux ; ous qu'é sont, je les veux ? »

Plus on tentait de la calmer, plus elle sanglotait, s'obstinait. Elle ne demandait plus le corps, elle voulait les vêtements, les vêtements de sa fille, autant peut-être par inconsciente cupidité de misérable pour qui une pièce d'argent représente une fortune, que par tendresse maternelle.

Et quand le petit corps, roulé en des couvertures qu'on était allé chercher chez Renardet, disparut dans la voiture, la vieille, debout sous les arbres, soutenue par le maire et le capitaine, criait : « J'ai pu rien, pu rien, pu rien au monde, pu rien, pas seulement son p'tit bonnet, son p'tit bonnet ; j'ai pu rien, pu rien, pas seulement son p'tit bonnet. »

Le curé venait d'arriver ; un tout jeune prêtre déjà gras. Il se chargea d'emmener la Roque, et ils s'en allèrent ensemble vers le village. La douleur de la mère s'atténuait sous la parole sacrée de l'ecclésiastique qui lui promettait mille compensations. Mais elle répétait sans cesse : « Si j'avais seulement son p'tit bonnet… », s'obstinant à cette idée qui dominait à présent toutes les autres.

Renardet cria de loin : « Vous déjeunez avec nous, monsieur l'abbé. Dans une heure. »

Le prêtre tourna la tête et répondit : « Volontiers, monsieur le maire. Je serai chez vous à midi. »

Et tout le monde se dirigea vers la maison dont on apercevait à travers les branches la façade grise et la grande tour plantée au bord de la Brindille.

Le repas dura longtemps ; on parlait du crime. Tout le monde se trouva du même avis ; il avait été accompli par quelque rôdeur, passant là par hasard, pendant que la petite prenait un bain.

Puis les magistrats retournèrent à Roüy, en annonçant qu'ils reviendraient le lendemain de bonne heure ; le médecin et le curé rentrèrent chez eux, tandis que Renardet après une longue promenade par les prairies, s'en revint sous la futaie où il se promena jusqu'à la nuit, à pas lents, les mains derrière le dos.

Il se coucha de fort bonne heure et il dormait encore le lendemain quand le juge d'instruction pénétra dans sa chambre. Il se frottait les mains ; il avait l'air content ; il dit :

— Ah ! ah ! vous dormez encore ! Eh bien ! mon cher, nous avons du nouveau ce matin.

Le maire s'était assis sur son lit.

— Quoi donc ?

— Oh ! quelque chose de singulier. Vous vous rappelez bien comme la mère réclamait, hier, un souvenir de sa fille, son petit bonnet, surtout. Eh bien, en ouvrant sa porte, ce matin, elle a trouvé, sur le seuil, les deux petits sabots de l'enfant. Cela prouve que le crime a été commis par quelqu'un du pays, par quelqu'un qui a eu pitié d'elle. Voilà en outre le facteur Médéric qui m'apporte le dé, le couteau et l'étui à aiguilles de la morte. Donc l'homme, en emportant les vêtements pour les cacher, a laissé tomber les objets contenus dans la poche. Pour moi, j'attache surtout de l'importance au fait des sabots qui indique une certaine culture morale et une faculté d'attendrissement chez l'assassin. Nous allons donc, si vous le voulez bien, passer en revue ensemble les principaux habitants de votre pays.

Le maire s'était levé. Il sonna afin qu'on lui apportât de l'eau chaude pour sa barbe. Il disait : « Volontiers ; mais ce sera assez long, et nous pouvons commencer tout de suite. »

M. Putoin s'était assis à cheval sur une chaise, continuant, même dans les appartements, sa manie d'équitation.

M. Renardet, à présent, se couvrait le menton de mousse blanche en se regardant dans la glace ; puis il aiguisa son rasoir sur le cuir et il reprit : « Le principal habitant de Carvelin s'appelle Joseph Renardet, maire, riche propriétaire, homme bourru qui bat les gardes et les cochers... »

Le juge d'instruction se mit à rire : « Cela suffit ; passons au suivant...

— Le second en importance est M. Pelledent, adjoint, éleveur de bœufs, également riche propriétaire, paysan madré, très sournois, très retors en toute question d'argent, mais incapable, à mon avis, d'avoir commis un tel forfait. »

M. Putoin dit : « Passons. »

Alors, tout en se rasant et se lavant, Renardet continua l'inspection morale de tous les habitants de Carvelin. Après deux heures de discussion, leurs soupçons s'étaient arrêtés sur trois individus assez suspects : un braconnier nommé Cavalle, un pêcheur de truites et d'écrevisses nommé Paquet, et un piqueur de bœufs nommé Clovis.

II

Les recherches durèrent tout l'été ; on ne découvrit pas le criminel. Ceux qu'on soupçonna et qu'on arrêta prouvèrent facilement leur innocence, et le parquet dut renoncer à la poursuite du coupable.

Mais cet assassinat semblait avoir ému le pays entier d'une façon singulière. Il était resté aux âmes des habitants une inquiétude, une vague peur, une sensation d'effroi mystérieux, venue non seulement de l'impossibilité de découvrir aucune trace, mais aussi et surtout de cette étrange trouvaille des sabots devant la porte de la Roque, le lendemain. La certitude que le meurtrier avait assisté aux constatations, qu'il vivait encore dans le village, sans doute, hantait les esprits, les obsédait, paraissait planer sur le pays comme une incessante menace.

La futaie, d'ailleurs, était devenue un endroit redouté, évité, qu'on croyait hanté. Autrefois, les habitants venaient s'y promener chaque dimanche dans l'après-midi. Ils s'asseyaient sur la mousse au pied des grands arbres énormes, ou bien s'en allaient le long de l'eau en guettant les truites qui filaient sous les herbes. Les garçons jouaient aux boules, aux quilles, au bouchon, à la balle, en certaines places où ils avaient découvert, aplani et battu le sol ; et les filles, par rangs de quatre ou cinq, se promenaient en se tenant par le bras, piaillant de leurs voix criardes des romances qui grattaient l'oreille, dont les notes fausses troublaient l'air tranquille et agaçaient les nerfs des dents ainsi que des gouttes de vinaigre. Maintenant personne n'allait plus sous la voûte épaisse et haute, comme si on se fût attendu à y trouver toujours quelque cadavre couché.

L'automne vint, les feuilles tombèrent. Elles tombaient jour et nuit, descendaient en tournoyant, rondes et légères, le long des grands arbres ; et on commençait à voir le ciel à travers les branches. Quelquefois, quand un coup de vent passait sur les cimes, la pluie lente et continue s'épaississait brusquement, devenait une averse vaguement bruissante qui couvrait la mousse d'un épais tapis jaune, criant un peu sous les pas. Et le murmure presque insaisissable, le murmure flottant, incessant, doux et triste de cette chute, semblait une plainte, et ces feuilles, tombant toujours, semblaient des larmes, de grandes larmes versées par les grands arbres tristes qui pleuraient jour et nuit sur la fin de l'année, sur la fin des aurores tièdes et des doux crépuscules, sur la fin des brises chaudes et des clairs soleils, et aussi peut-être sur le crime qu'ils avaient vu commettre sous leur ombre, sur l'enfant violée et tuée à leur pied. Ils pleuraient dans le silence du bois désert et vide, du bois abandonné et redouté, où devait errer, seule, l'âme, la petite âme de la petite morte.

La Brindille, grossie par les orages, coulait plus vite, jaune et colère, entre ses berges sèches, entre deux haies de saules maigres et nus.

Et voilà que Renardet, tout à coup, revint se promener sous la futaie. Chaque jour, à la nuit tombante, il sortait de sa maison, descendait à pas lents son perron, et s'en allait sous les arbres d'un air songeur, les mains dans les poches. Il marchait longtemps sur la mousse humide et molle, tandis qu'une légion de corbeaux, accourue de tous les voisinages pour coucher dans les grandes cimes, se déroulait à travers l'espace, à la façon d'un immense voile de deuil flottant au vent, en poussant des clameurs violentes et sinistres.

Quelquefois, ils se posaient, criblant de taches noires les branches emmêlées sur le ciel rouge, sur le ciel sanglant des crépuscules d'automne. Puis, tout à coup, ils repartaient en croassant affreusement et en déployant de nouveau au-dessus du bois le long feston sombre de leur vol.

Ils s'abattaient enfin sur les faîtes les plus hauts et cessaient peu à peu leurs rumeurs, tandis que la nuit grandissante mêlait leurs plumes noires au noir de l'espace.

Renardet errait encore au pied des arbres, lentement ; puis, quand les ténèbres opaques ne lui permettaient plus de marcher, il rentrait, tombait comme une masse dans son fauteuil, devant la cheminée claire, en tendant au foyer ses pieds humides qui fumaient longtemps contre la flamme.

Or, un matin, une grande nouvelle courut dans le pays : le maire faisait abattre sa futaie.

Vingt bûcherons travaillaient déjà. Ils avaient commencé par le coin le plus proche de la maison, et ils allaient vite en présence du maître.

D'abord, les ébrancheurs grimpaient le long du tronc.

Liés à lui par un collier de corde, ils l'enlacent d'abord de leurs bras, puis, levant une jambe, ils le frappent fortement d'un coup de pointe d'acier fixée à leur semelle. La pointe entre dans le bois, y reste enfoncée, et l'homme s'élève dessus comme sur une marche pour frapper de l'autre pied avec l'autre pointe sur laquelle il se soutiendra de nouveau en recommençant avec la première.

Et, à chaque montée, il porte plus haut le collier de corde qui l'attache à l'arbre ; sur ses reins, pend et brille la hachette d'acier. Il grimpe toujours doucement comme une bête parasite attaquant un géant, il monte lourdement le long de l'immense colonne, l'embrassant et l'éperonnant pour aller le décapiter.

Dès qu'il arrive aux premières branches, il s'arrête, détache de son flanc la serpe aiguë et il frappe. Il frappe avec lenteur, avec méthode, entaillant le membre tout près du tronc ; et, soudain, la branche craque, fléchit, s'incline, s'arrache et s'abat en frôlant dans sa chute les arbres voisins. Puis elle s'écrase sur le sol avec un grand bruit de bois brisé, et toutes ses menues branchettes palpitent longtemps.

Le sol se couvrait de débris que d'autres hommes taillaient à leur tour, liaient en fagots et empilaient en tas, tandis que les arbres restés encore debout semblaient des poteaux démesurés, des pieux gigantesques amputés et rasés par l'acier tranchant des serpes.

Et, quand l'ébrancheur avait fini sa besogne, il laissait au sommet du fût droit et mince le collier de corde qu'il y avait porté, il redescendait ensuite à coups d'éperon le long du tronc découronné que les bûcherons alors attaquaient par la base en frappant à grands coups qui retentissaient dans tout le reste de la futaie.

Quand la blessure du pied semblait assez profonde, quelques hommes tiraient, en poussant un cri cadencé, sur la corde fixée au sommet, et l'immense mât soudain craquait et tombait sur le sol avec le bruit sourd et la secousse d'un coup de canon lointain.

Et le bois diminuait chaque jour, perdant ses arbres abattus comme une armée perd ses soldats.

Renardet ne s'en allait plus ; il restait là du matin au soir, contemplant, immobile et les mains derrière le dos, la mort lente de sa futaie. Quand un arbre était tombé, il posait le pied dessus, ainsi que sur un cadavre. Puis il levait les yeux sur le suivant avec une sorte d'impatience secrète et calme, comme s'il eût attendu, espéré, quelque chose à la fin du massacre.

Cependant, on approchait du lieu où la petite Roque avait été trouvée. On y parvint enfin, un soir, à l'heure du crépuscule.

Comme il faisait sombre, le ciel étant couvert, les bûcherons voulurent arrêter leur travail, remettant au lendemain la chute d'un hêtre énorme, mais le maître s'y opposa, et exigea qu'à l'heure même on ébranchât et abattit ce colosse qui avait ombragé le crime.

Quand l'ébrancheur l'eut mis à nu, eut terminé sa toilette de condamné, quand les bûcherons en eurent sapé la base, cinq hommes commencèrent à tirer sur la corde attachée au faîte.

L'arbre résista ; son tronc puissant, bien qu'entaillé jusqu'au milieu, était rigide comme du fer. Les ouvriers, tous ensemble, avec une sorte de saut régulier, tendaient la corde en se couchant jusqu'à terre, et ils poussaient un cri de gorge essoufflé qui montrait et réglait leur effort.

Deux bûcherons, debout contre le géant, demeuraient la hache au poing, pareils à deux bourreaux prêts à frapper encore, et Renardet, immobile, la main sur l'écorce, attendait la chute avec une émotion inquiète et nerveuse.

Un des hommes lui dit : « Vous êtes trop près, monsieur le maire ; quand il tombera, ça pourrait vous blesser. »

Il ne répondit pas et ne recula point ; il semblait prêt à saisir lui-même à pleins bras le hêtre pour le terrasser comme un lutteur.

Ce fut tout à coup, dans le pied de la haute colonne de bois, un déchirement qui sembla courir jusqu'au sommet comme une secousse douloureuse ; et elle s'inclina un peu, prête à tomber, mais résistant encore. Les hommes, excités, roidirent leurs bras, donnèrent un effort plus grand ; et comme l'arbre, brisé, croulait, soudain Renardet fit un pas en avant, puis s'arrêta, les épaules soulevées pour recevoir le choc irrésistible, le choc mortel qui l'écraserait sur le sol.

Mais le hêtre, ayant un peu dévié, lui frôla seulement les reins, le rejetant sur la face à cinq mètres de là.

Les ouvriers s'élancèrent pour le relever ; il s'était déjà soulevé lui-même sur les genoux, étourdi, les yeux égarés, et passant la main sur son front, comme s'il se réveillait d'un accès de folie.

Quand il se fut remis sur ses pieds, les hommes, surpris, l'interrogèrent, ne comprenant point ce qu'il avait fait. Il répondit, en balbutiant, qu'il avait eu un moment d'égarement, ou, plutôt, une seconde de retour à l'enfance, qu'il s'était imaginé avoir le temps de passer sous l'arbre, comme les gamins passent en courant devant les voitures au trot, qu'il avait joué au danger, que, depuis huit jours, il sentait cette envie grandir en lui, en se demandant, chaque fois qu'un arbre craquait pour tomber, si on pourrait passer dessous sans être touché. C'était une bêtise, il l'avouait ; mais tout le monde a de ces minutes d'insanité et de ces tentations d'une stupidité puérile.

Il s'expliquait lentement, cherchant ses mots, la voix sourde ; puis il s'en alla en disant : « À demain, mes amis, à demain. »

Dès qu'il fut rentré dans sa chambre, il s'assit devant sa table, que sa lampe, coiffée d'un abat-jour, éclairait vivement, et, prenant son front entre ses mains, il se mit à pleurer.

Il pleura longtemps, puis s'essuya les yeux, releva la tête et regarda sa pendule. Il n'était pas encore six heures. Il pensa : « J'ai le temps avant le dîner », et il alla fermer sa porte à clef. Il revint alors s'asseoir devant sa table ; il fit sortir le tiroir du milieu, prit dedans un revolver et le posa sur ses papiers, en pleine clarté. L'acier de l'arme luisait, jetait des reflets pareils à des flammes.

Renardet le contempla quelque temps avec l'œil trouble d'un homme ivre ; puis il se leva et se mit à marcher.

Il allait d'un bout à l'autre de l'appartement, et de temps en temps s'arrêtait pour repartir aussitôt. Soudain, il ouvrit la porte de son cabinet de toilette, trempa une serviette dans la cruche à eau et se mouilla le front, comme il avait fait le matin du crime. Puis il se remit à marcher. Chaque fois qu'il passait devant sa table, l'arme brillante attirait son regard, sollicitait sa main ; mais il guettait la pendule et pensait : « J'ai encore le temps. »

La demie de six heures sonna. Il prit alors le revolver, ouvrit la bouche toute grande avec une affreuse grimace, et enfonça le canon dedans comme s'il eût voulu l'avaler. Il resta ainsi quelques secondes, immobile, le doigt sur la gâchette, puis, brusquement secoué par un frisson d'horreur, il cracha le pistolet sur le tapis.

Et il retomba sur son fauteuil en sanglotant : « Je ne peux pas. Je n'ose pas ! Mon Dieu ! Mon Dieu ! Comment faire pour avoir le courage de me tuer ! »

On frappait à la porte ; il se dressa, affolé. Un domestique disait : « Le dîner de monsieur est prêt. » Il répondit : « C'est bien. Je descends. »

Alors il ramassa l'arme, l'enferma de nouveau dans le tiroir, puis se regarda dans la glace de la cheminée pour voir si son visage ne lui semblait pas trop convulsé. Il était rouge, comme toujours, un peu plus rouge peut-être. Voilà tout. Il descendit et se mit à table.

Il mangea lentement, en homme qui veut faire traîner le repas, qui ne veut point se retrouver seul avec lui-même. Puis il fuma plusieurs pipes dans la salle pendant qu'on desservait. Puis il remonta dans sa chambre.

Dès qu'il s'y fut enfermé, il regarda sous son lit, ouvrit toutes ses armoires, explora tous les coins, fouilla tous les meubles. Il alluma ensuite les bougies de sa cheminée, et, tournant plusieurs fois sur lui-même, parcourant de l'œil tout l'appartement avec une angoisse d'épouvante qui lui crispait la face, car il savait bien qu'il allait la voir, comme toutes les nuits, la petite Roque, la petite fille qu'il avait violée, puis étranglée.

Toutes les nuits, l'odieuse vision recommençait. C'était d'abord dans ses oreilles une sorte de ronflement comme le bruit d'une machine à battre ou le passage lointain d'un train sur un pont. Il commençait alors à haleter, à étouffer, et il lui fallait déboutonner son col de chemise et sa ceinture. Il marchait pour faire circuler le sang, il essayait de lire, il essayait de chanter ; c'était en vain ; sa pensée, malgré lui, retournait au jour du meurtre, et le lui faisait recommencer dans ses détails les plus secrets, avec toutes ses émotions les plus violentes de la première minute à la dernière.

Il avait senti, en se levant, ce matin-là, le matin de l'horrible jour, un peu d'étourdissement et de migraine qu'il attribuait à la chaleur, de sorte qu'il était resté dans sa chambre jusqu'à l'appel du déjeuner. Après le repas, il avait fait la sieste ; puis il était sorti vers la fin de l'après-midi pour respirer la brise fraîche et calmante sous les arbres de sa futaie.

Mais, dès qu'il fut dehors, l'air lourd et brûlant de la plaine l'oppressa davantage. Le soleil, encore haut dans le ciel, versait sur la terre calcinée, sèche et assoiffée, des flots de lumière ardente. Aucun souffle de vent ne remuait les feuilles. Toutes les bêtes, les oiseaux, les sauterelles elles-mêmes se taisaient. Renardet gagna les grands arbres et se mit à marcher sur la mousse où la Brindille évaporait un peu de fraîcheur sous l'immense toiture de branches. Mais il se sentait mal à l'aise. Il lui semblait qu'une main inconnue, invisible, lui serrait le cou ; et il ne songeait presque à rien, ayant d'ordinaire peu d'idées dans la tête. Seule, une pensée vague le hantait depuis trois mois, la pensée de se remarier. Il souffrait de vivre seul, il en souffrait moralement et physiquement. Habitué depuis dix ans à sentir une femme près de lui, accoutumé à sa présence de tous les instants, à son étreinte quotidienne, il avait besoin, un besoin impérieux et confus de son contact incessant et de son baiser régulier. Depuis la mort de Mme Renardet, il souffrait sans cesse sans bien comprendre pourquoi, il souffrait de ne plus sentir sa robe frôler ses jambes tout le jour, et de ne plus pouvoir se calmer et s'affaiblir entre ses bras surtout. Il était veuf depuis six mois à peine et il cherchait déjà dans les environs quelle jeune fille ou quelle veuve il pourrait épouser lorsque son deuil serait fini.

Il avait une âme chaste, mais logée dans un corps puissant d'Hercule, et des images charnelles commençaient à troubler son sommeil et ses veilles. Il les chassait ; elles revenaient ; et il murmurait par moment en souriant de lui-même : « Me voici comme saint Antoine. »

Ayant eu ce matin-là plusieurs de ces visions obsédantes, le désir lui vint tout à coup de se baigner dans la Brindille pour se rafraîchir et apaiser l'ardeur de son sang.

Il connaissait un peu plus loin un endroit large et profond où les gens du pays venaient se tremper quelquefois en été. Il y alla.

Des saules épais cachaient ce bassin clair où le courant se reposait, sommeillait un peu avant de repartir. Renardet, en approchant, crut entendre un léger bruit, un faible clapotement qui n'était point celui du ruisseau sur les berges. Il écarta doucement les feuilles et regarda. Une fillette, toute nue, toute blanche à travers l'onde transparente, battait l'eau des deux mains, en dansant un peu dedans, et tournant sur elle-même avec des gestes gentils. Ce n'était plus une enfant, ce n'était pas encore une femme ; elle était grasse et formée, tout en gardant un air de gamine précoce, poussée vite, presque mûre. Il ne bougeait plus, perclus de surprise, d'angoisse, le souffle coupé par une émotion bizarre et poignante. Il demeurait là, le cœur battant comme si un de ses rêves sensuels venait de se réaliser, comme si une fée impure eût fait apparaître devant lui cet être troublant et trop jeune, cette petite Vénus paysanne, née dans les bouillons du ruisselet, comme l'autre, la grande, dans les vagues de la mer.

Soudain l'enfant sortit du bain, et, sans le voir, s'en vint vers lui pour chercher ses hardes et se rhabiller. À mesure qu'elle approchait à petits pas hésitants, par crainte des cailloux pointus, il se sentait poussé vers elle par une force irrésistible, par un emportement bestial qui soulevait toute sa chair, affolait son âme et le faisait trembler des pieds à la tète.

Elle resta debout, quelques secondes, derrière le saule qui le cachait. Alors, perdant toute raison, il ouvrit les branches, se rua sur elle et la saisit dans ses bras. Elle tomba, trop effarée pour résister, trop épouvantée pour appeler, et il la posséda sans comprendre ce qu'il faisait.

Il se réveilla de son crime, comme on se réveille d'un cauchemar. L'enfant commençait à pleurer.

Il dit : « Tais-toi, tais-toi donc. Je te donnerai de l'argent. »

Mais elle n'écoutait pas ; elle sanglotait.

Il reprit : « Mais tais-toi donc. Tais-toi donc. Tais-toi donc. »

Elle hurla en se tordant pour s'échapper.

Il comprit brusquement qu'il était perdu ; et il la saisit par le cou pour arrêter dans sa bouche ces clameurs déchirantes et terribles. Comme elle continuait à se débattre avec la force exaspérée d'un être qui veut fuir la mort, il ferma ses mains de colosse sur la petite gorge gonflée de cris, et il l'eut étranglée en quelques instants, tant il serrait furieusement, sans qu'il songeât à la tuer, mais seulement pour la faire taire.

Puis il se dressa, éperdu d'horreur.

Elle gisait devant lui, sanglante et la face noire. Il allait se sauver, quand surgit dans son âme bouleversée l'instinct mystérieux et confus qui guide tous les êtres en danger.

Il faillit jeter le corps à l'eau ; mais une autre impulsion le poussa vers les hardes dont il fit un mince paquet. Alors, comme il avait de la ficelle dans ses poches, il le lia et le cacha dans un trou profond du ruisseau, sous un tronc d'arbre dont le pied baignait dans la Brindille.

Puis il s'en alla, à grands pas, gagna les prairies, fit un immense détour pour se montrer à des paysans qui habitaient fort loin de là, de l'autre côté du pays, et il rentra pour dîner à l'heure ordinaire en racontant à ses domestiques tout le parcours de sa promenade.

Il dormit pourtant cette nuit-là ; il dormit d'un épais sommeil de brute, comme doivent dormir quelquefois les condamnés à mort. Il n'ouvrit les yeux qu'aux premières lueurs du jour, et il attendit, torturé par la peur du forfait découvert, l'heure ordinaire de son réveil.

Puis il dut assister à toutes les constatations. Il le fit à la façon des somnambules, dans une hallucination qui lui montrait les choses et les hommes à travers une sorte de songe, dans un nuage d'ivresse, dans ce doute d'irréalité qui trouble l'esprit aux heures des grandes catastrophes.

Seul le cri déchirant de la Roque lui traversa le cœur. À ce moment il faillit se jeter aux genoux de la vieille femme en criant : « C'est moi. » Mais il se contint. Il alla pourtant, durant la nuit, repêcher les sabots de la morte, pour les porter sur le seuil de sa mère.

Tant que dura l'enquête, tant qu'il dut guider et égarer la justice, il fut calme, maître de lui, rusé et souriant. Il discutait paisiblement avec les magistrats toutes les suppositions qui leur passaient par l'esprit, combattait leurs opinions, démolissait leurs raisonnements. Il prenait même un certain plaisir âcre et douloureux à troubler leurs perquisitions, à embrouiller leurs idées, à innocenter ceux qu'ils suspectaient.

Mais à partir du jour où les recherches furent abandonnées, il devint peu à peu nerveux, plus excitable encore qu'autrefois, bien qu'il maîtrisât ses colères. Les bruits soudains le faisaient sauter de peur ; il frémissait pour la moindre chose, tressaillait parfois des pieds à la tête quand une mouche se posait sur son front. Alors un besoin impérieux de mouvement l'envahit, le força à des courses prodigieuses, le tint debout des nuits entières, marchant à travers sa chambre.

Ce n'était point qu'il fût harcelé par des remords. Sa nature brutale ne se prêtait à aucune nuance de sentiment ou de crainte morale. Homme d'énergie et même de violence, né pour faire la guerre, ravager les pays conquis et massacrer les vaincus, plein d'instincts sauvages de chasseur et de batailleur, il ne comptait guère la vie humaine. Bien qu'il respectât l'Église, par politique, il ne croyait ni à Dieu, ni au diable, n'attendant par conséquent, dans une autre vie, ni châtiment, ni récompense de ses actes en celle-ci. Il gardait pour toute croyance une vague philosophie faite de toutes les idées des encyclopédistes du siècle dernier ; et il considérait la Religion comme une sanction morale de la Loi, l'une et l'autre ayant été inventées par les hommes pour régler les rapports sociaux.

Tuer quelqu'un en duel, ou à la guerre, ou dans une querelle, ou par accident, ou par vengeance, ou même par forfanterie, lui eût semblé une chose amusante et crâne, et n'eût pas laissé plus de traces en son esprit que le coup de fusil tiré sur un lièvre ; mais il avait ressenti une notion profonde du meurtre de cette enfant. Il l'avait commis d'abord dans l'affolement d'une ivresse irrésistible, dans une espèce de tempête sensuelle emportant sa raison. Et il avait gardé au cœur, gardé dans sa chair, gardé sur ses lèvres, gardé jusque dans ses doigts d'assassin une sorte d'amour bestial, en même temps qu'une horreur épouvantée pour cette fillette surprise par lui et tuée lâchement. À tout instant sa pensée revenait à cette scène horrible ; et bien qu'il s'efforçât de chasser cette image, qu'il l'écartât avec terreur, avec dégoût, il la sentait rôder dans son esprit, tourner autour de lui, attendant sans cesse le moment de réapparaître.

Alors il eut peur des soirs, peur de l'ombre tombant autour de lui. Il ne savait pas encore pourquoi les ténèbres lui semblaient effrayantes ; mais il les redoutait d'instinct ; il les sentait peuplées de terreurs. Le jour clair ne se prête point aux épouvantes. On y voit les choses et les êtres ; aussi n'y rencontre-t-on que les choses et les êtres naturels qui peuvent se montrer dans la clarté. Mais la nuit, la nuit opaque, plus épaisse que des murailles, et vide, la nuit infinie, si noire, si vaste, où l'on peut frôler d'épouvantables choses, la nuit où l'on sent errer, rôder l'effroi mystérieux, lui paraissait cacher un danger inconnu, proche et menaçant. Lequel ?

Il le sut bientôt. Comme il était dans son fauteuil, assez tard, un soir qu'il ne dormait pas, il crut voir remuer le rideau de sa fenêtre. Il attendit, inquiet, le cœur battant ; la draperie ne bougeait plus ; puis soudain, elle s'agita de nouveau ; du moins il pensa qu'elle s'agitait. Il n'osait point se lever ; il n'osait plus respirer ; et pourtant il était brave ; il s'était battu souvent et il aurait aimé découvrir chez lui des voleurs.

Était-il vrai qu'il remuait, ce rideau ? Il se le demandait, craignant d'être trompé par ses yeux. C'était si peu de chose, d'ailleurs, un léger frisson de l'étoffe, une sorte de tremblement des plis, à peine une ondulation comme celle que produit le vent. Renardet demeurait les yeux fixes, le cou tendu ; et brusquement il se leva, honteux de sa peur, fit quatre pas, saisit la draperie à deux mains et l'écarta largement. Il ne vit rien d'abord que les vitres noires, noires comme des plaques d'encre luisante. La nuit, la grande nuit impénétrable s'étendait par-derrière jusqu'à l'invisible horizon. Il restait debout en face de cette ombre illimitée ; et tout à coup il y aperçut une lueur, une lueur mouvante, qui semblait éloignée. Alors il approcha son visage du carreau, pensant qu'un pêcheur d'écrevisses braconnait sans doute dans la Brindille, car il était minuit passé, et cette lueur rampait au bord de l'eau, sous la futaie. Comme il ne distinguait pas encore, Renardet enferma ses yeux entre ses mains ; et brusquement cette lueur devint une clarté, et il aperçut la petite Roque nue et sanglante sur la mousse.

Il recula crispé d'horreur, heurta son siège et tomba sur le dos. Il y resta quelques minutes l'âme en détresse, puis il s'assit et se mit à réfléchir. Il avait eu une hallucination, voilà tout ; une hallucination venue de ce qu'un maraudeur de nuit marchait au bord de l'eau avec son fanal. Quoi d'étonnant d'ailleurs à ce que le souvenir de son crime était en lui, parfois, la vision de la morte.

S'étant relevé, il but un verre d'eau, puis s'assit. Il songeait : « Que vais-je faire, si cela recommence ? » Et cela recommencerait, il le sentait, il en était sûr. Déjà la fenêtre sollicitait son regard, l'appelait, l'attirait. Pour ne plus la voir, il tourna sa chaise ; puis il prit un livre et essaya de lire ; mais il lui sembla entendre bientôt s'agiter quelque chose derrière lui, et il fit brusquement pivoter sur un pied son fauteuil. Le rideau remuait encore ; certes, il avait remué, cette fois ; il n'en pouvait plus douter ; il s'élança et le saisit d'une main si brutale qu'il le jeta bas avec sa galerie ; puis il colla avidement sa face contre la vitre. Il ne vit rien. Tout était noir au dehors ; et il respira avec la joie d'un homme dont on vient de sauver la vie.

Donc il retourna s'asseoir ; mais presque aussitôt le désir le reprit de regarder de nouveau par la fenêtre. Depuis que le rideau était tombé, elle faisait une sorte de trou sombre attirant, redoutable, sur la campagne obscure. Pour ne point céder à cette dangereuse tentation, il se dévêtit, souffla ses lumières, se coucha et ferma les yeux.

Immobile, sur le dos, la peau chaude et moite, il attendait le sommeil. Une grande lumière tout à coup traversa ses paupières. Il les ouvrit, croyant sa demeure en feu. Tout était noir, et il se mit sur son coude pour tâcher de distinguer sa fenêtre qui l'attirait toujours, invinciblement. À force de chercher à voir, il aperçut quelques étoiles ; et il se leva, traversa sa chambre à tâtons, trouva les carreaux avec ses mains étendues, appliqua son front dessus. Là-bas, sous les arbres, le corps de la fillette luisait comme du phosphore, éclairant l'ombre autour de lui !

Renardet poussa un cri et se sauva vers son lit, où il resta jusqu'au matin, la tête cachée sous l'oreiller.

À partir de ce moment, sa vie devint intolérable. Il passait ses jours dans la terreur des nuits ; et chaque nuit, la vision recommençait. À peine enfermé dans sa chambre, il essayait de lutter ; mais en vain. Une force irrésistible le soulevait et le poussait à sa vitre, comme pour appeler le fantôme et il le voyait aussitôt, couché d'abord au lieu du crime, couché les bras ouverts, les jambes ouvertes, tel que le corps avait été trouvé. Puis la morte se levait et s'en venait, à petits pas, ainsi que l'enfant avait fait en sortant de la rivière. Elle s'en venait, doucement, tout droit en passant sur le gazon et sur la corbeille de fleurs desséchées ; puis elle s'élevait dans l'air, vers la fenêtre de Renardet. Elle venait vers lui, comme elle était venue le jour du crime, vers le meurtrier. Et l'homme reculait devant l'apparition, il reculait jusqu'à son lit et s'affaissait dessus, sachant bien que la petite était entrée et qu'elle se tenait maintenant derrière le rideau qui remuerait tout à l'heure. Et jusqu'au jour il le regardait, ce rideau, d'un œil fixe, s'attendant sans cesse à voir sortir sa victime. Mais elle ne se montrait plus ; elle restait là, sous l'étoffe agitée parfois d'un tremblement. Et Renardet, les doigts crispés sur ses draps, les serrait ainsi qu'il avait serré la gorge de la petite Roque. Il écoutait sonner les heures ; il entendait battre dans le silence le balancier de sa pendule et les coups profonds de son cœur. Et il souffrait, le misérable, plus qu'aucun homme n'avait jamais souffert.

Puis, dès qu'une ligne blanche apparaissait au plafond, annonçant le jour prochain, il se sentait délivré, seul enfin, seul dans sa chambre ; et il se recouchait. Il dormait alors quelques heures, d'un sommeil inquiet et fiévreux, où il recommençait souvent en rêve l'épouvantable vision de ses veilles.

Quand il descendait plus tard pour le déjeuner de midi, il se sentait courbaturé comme après de prodigieuses fatigues ; et il mangeait à peine, hanté toujours par la crainte de celle qu'il reverrait la nuit suivante.

Il savait bien pourtant que ce n'était pas une apparition, que les morts ne reviennent point, et que son âme malade, son âme obsédée par une pensée unique, par un souvenir inoubliable, était la seule cause de son supplice, la seule évocatrice de la morte ressuscitée par elle, appelée par elle et dressée aussi par elle devant ses yeux où restait empreinte l'image ineffaçable. Mais il savait aussi qu'il ne guérirait pas, qu'il n'échapperait jamais à la persécution sauvage de sa mémoire ; et il se résolut à mourir, plutôt que de supporter plus longtemps ces tortures.

Alors il chercha comment il se tuerait. Il voulait quelque chose de simple et de naturel, qui ne laisserait pas croire à un suicide. Car il tenait à sa réputation, au nom légué par ses pères ; et si on soupçonnait la cause de sa mort, on songerait sans doute au crime inexpliqué, à l'introuvable meurtrier, et on ne tarderait point à l'accuser du forfait.

Une idée étrange lui était venue, celle de se faire écraser par l'arbre au pied duquel il avait assassiné la petite Roque. Il se décida donc à faire abattre sa futaie et à simuler un accident. Mais le hêtre refusa de lui casser les reins.

Rentré chez lui, en proie à un désespoir éperdu, il avait saisi son revolver, et puis il n'avait pas osé tirer.

L'heure du dîner sonna ; il avait mangé, puis était remonté. Et il ne savait pas ce qu'il allait faire. Il se sentait lâche maintenant qu'il avait échappé une première fois. Tout à l'heure il était prêt, fortifié, décidé, maître de son courage et de sa résolution ; à présent, il était faible et il avait peur de la mort, autant que de la morte.

Il balbutiait : « Je n'oserai plus, je n'oserai plus » ; et il regardait avec terreur, tantôt l'arme sur sa table, tantôt le rideau qui cachait sa fenêtre. Il lui semblait aussi que quelque chose d'horrible aurait lieu sitôt que sa vie cesserait ! Quelque chose ? Quoi ? Leur rencontre peut-être ? Elle le guettait, elle l'attendait, l'appelait, et c'était pour le prendre à son tour, pour l'attirer dans sa vengeance et le décider à mourir qu'elle se montrait ainsi tous les soirs.

Il se mit à pleurer comme un enfant, répétant : « Je n'oserai plus, je n'oserai plus. » Puis il tomba sur les genoux, et balbutia : « Mon Dieu, mon Dieu. » Sans croire à Dieu, pourtant. Et il n'osait plus, en effet, regarder sa fenêtre où il savait blottie l'apparition, ni sa table où luisait son revolver.

Quand il se fut relevé, il dit tout haut : « Ça ne peut pas durer, il faut en finir. » Le son de sa voix dans la chambre silencieuse lui fit passer un frisson de peur le long des membres ; mais comme il ne se décidait à prendre aucune résolution, comme il sentait bien que le doigt de sa main refuserait toujours de presser la gâchette de l'arme, il retourna cacher sa tête sous les couvertures de son lit, et il réfléchit.

Il lui fallait trouver quelque chose qui le forcerait à mourir, inventer une ruse contre lui-même qui ne lui laisserait plus aucune hésitation, aucun retard, aucun regret possibles. Il enviait les condamnés qu'on mène à l'échafaud au milieu des soldats. Oh ! s'il pouvait prier quelqu'un de tirer ; s'il pouvait, avouant l'état de son âme, avouant son crime à un ami sûr qui ne le divulguerait jamais, obtenir de lui la mort. Mais à qui demander ce service terrible ? À qui ? Il cherchait parmi les gens qu'il connaissait. Le médecin ? Non. Il raconterait cela plus tard, sans doute ? Et tout à coup, une bizarre pensée traversa son esprit. Il allait écrire au juge d'instruction, qu'il connaissait intimement, pour se dénoncer lui-même. Il lui dirait tout, dans cette lettre, et le crime, et les tortures qu'il endurait, et sa résolution de mourir, et ses hésitations, et le moyen qu'il employait pour forcer son courage défaillant. Il le supplierait au nom de leur vieille amitié de détruire sa lettre dès qu'il aurait appris que le coupable s'était fait justice. Renardet pouvait compter sur ce magistrat, il le savait sûr, discret, incapable même d'une parole légère. C'était un de ces hommes qui ont une conscience inflexible gouvernée, dirigée, réglée par leur seule raison.

À peine eut-il formé ce projet qu'une joie bizarre envahit son cœur. Il était tranquille à présent. Il allait écrire sa lettre, lentement, puis, au jour levant, il la déposerait dans la boîte clouée au mur de sa métairie, puis il monterait sur sa tour pour voir arriver le facteur, et quand l'homme à la blouse bleue s'en irait, il se jetterait la tête la première sur les roches où s'appuyaient les fondations. Il prendrait soin d'être vu d'abord par les ouvriers qui abattaient son bois. Il pourrait donc grimper sur la marche avancée qui portait le mât du drapeau déployé aux jours de fête. Il casserait ce mât d'une secousse et se précipiterait avec lui. Comment douter d'un accident ? Et il se tuerait net, étant donné son poids et la hauteur de sa tour.

Il sortit aussitôt de son lit, gagna sa table et se mit à écrire ; il n'oublia rien, pas un détail du crime, pas un détail de sa vie d'angoisses, pas un détail des tortures de son cœur, et il termina en annonçant qu'il s'était condamné lui-même, qu'il allait exécuter le criminel, et en priant son ami, son ancien ami, de veiller à ce que jamais on n'accusât sa mémoire.

En achevant sa lettre, il s'aperçut que le jour était venu. Il la ferma, la cacheta, écrivit l'adresse, puis il descendit à pas légers, courut jusqu'à la petite boite blanche collée au mur, au coin de la ferme, et quand il eut jeté dedans ce papier qui énervait sa main, il revint vite, referma les verrous de la grande porte et grimpa sur sa tour pour attendre le passage du piéton qui emporterait son arrêt de mort.

Il se sentait calme, maintenant, délivré, sauvé !

Un vent froid, sec, un vent de glace lui passait sur la face. Il l'aspirait avidement, la bouche ouverte, buvant sa caresse gelée. Le ciel était rouge, d'un rouge ardent, d'un rouge d'hiver, et toute la plaine blanche de givre brillait sous les premiers rayons du soleil, comme si elle eut été poudrée de verre pilé. Renardet, debout, nutête, regardait le vaste pays, les prairies à gauche, à droite le village dont les cheminées commençaient à fumer pour le repas du matin.

À ses pieds il voyait couler la Brindille, dans les roches où il s'écraserait tout à l'heure. Il se sentait renaître dans cette belle aurore glacée, et plein de force, plein de vie. La lumière le baignait, l'entourait, le pénétrait comme une espérance. Mille souvenirs l'assaillaient, des souvenirs de matins pareils, de marche rapide sur la terre dure qui sonnait sous les pas, de chasses heureuses au bord des étangs où dorment les canards sauvages. Toutes les bonnes choses qu'il aimait, les bonnes choses de l'existence accouraient dans son souvenir, l'aiguillonnaient de désirs nouveaux, réveillaient tous les appétits vigoureux de son corps actif et puissant.

Et il allait mourir ? Pourquoi ? Il allait se tuer subitement parce qu'il avait peur d'une ombre ? peur de rien ? Il était riche et jeune encore ! Quelle folie ! Mais il lui suffisait d'une distraction, d'une absence, d'un voyage pour oublier ! Cette nuit même, il ne l'avait pas vue, l'enfant, parce que sa pensée préoccupée, s'était égarée sur autre chose. Peut-être ne la reverrait-il plus ? Et si elle le hantait encore dans cette maison, certes, elle ne le suivrait pas ailleurs ! La terre était grande, et l'avenir long ! Pourquoi mourir ?

Son regard errait sur les prairies, et il aperçut une tache bleue dans le sentier le long de la Brindille. C'était Médéric qui s'en venait apporter les lettres de la ville et emporter celles du village.

Renardet eut un sursaut, la sensation d'une douleur le traversant, et il s'élança dans l'escalier tournant pour reprendre sa lettre, pour la réclamer au facteur. Peu lui importait d'être vu, maintenant ; il courait à travers l'herbe où moussait la glace légère des nuits, et il arriva devant la boîte, au coin de la ferme, juste en même temps que le piéton.

L'homme avait ouvert la petite porte de bois et prenait les quelques papiers déposés là par des habitants du pays.

Renardet lui dit :

— Bonjour, Médéric.

— Bonjour, m'sieu le maire.

— Dites donc, Médéric, j'ai jeté à la boite une lettre dont j'ai besoin. Je viens vous demander de me la rendre.

— C'est bien, m'sieu le maire, on vous la donnera.

Et le facteur leva les yeux. Il demeura stupéfait devant le visage de Renardet ; il avait les joues violettes, le regard trouble, cerclé de noir, comme enfoncé dans la tête, les cheveux en désordre, la barbe mêlée, la cravate défaite. Il était visible qu'il ne s'était point couché.

L'homme demanda : « C'est-il que vous êtes malade, m'sieu le maire ? »

L'autre, comprenant soudain que son allure devait être étrange, perdit contenance, balbutia : « Mais non... mais non... Seulement, j'ai sauté du lit pour vous demander cette lettre... Je dormais... Vous comprenez ?... »

Un vague soupçon passa dans l'esprit de l'ancien soldat. Il reprit : « Qué lettre ?

— Celle que vous allez me rendre. »

Maintenant, Médéric hésitait, l'attitude du maire ne lui paraissait pas naturelle. Il y avait peut-être un secret dans cette lettre, un secret de politique. Il savait que Renardet n'était pas républicain, et il connaissait tous les trucs et toutes les supercheries qu'on emploie aux élections.

Il demanda : « À qui qu'elle est adressée, c'te lettre ?

— À M. Putoin, le juge d'instruction ; vous savez bien, M. Putoin, mon ami ! »

Le piéton chercha dans les papiers et trouva celui qu'on lui réclamait. Alors il se mit à le regarder, le tournant et le retournant dans ses doigts, fort perplexe, fort troublé par la crainte de commettre une faute grave ou de se faire un ennemi du maire.

Voyant son hésitation, Renardet fit un mouvement pour saisir la lettre et la lui arracher. Ce geste brusque convainquit Médéric qu'il s'agissait d'un mystère important et le décida à faire son devoir, coûte que coûte.

Il jeta donc l'enveloppe dans son sac et le referma, en répondant :

— Non, j' peux pas, m'sieu le maire. Du moment qu'elle allait à la justice, j'peux pas.

Une angoisse affreuse étreignit le cœur de Renardet qui balbutia :

— Mais vous me connaissez bien. Vous pouvez même reconnaître mon écriture. Je vous dis que j'ai besoin de ce papier.

— J' peux pas.

— Voyons, Médéric, vous savez que je suis incapable de vous tromper, je vous dis que j'en ai besoin.

— Non. J' peux pas.

Un frisson de colère passa dans l'âme violente de Renardet.

— Mais, sacrebleu, prenez garde. Vous savez que je ne badine pas, moi, et que je peux vous faire sauter de votre place, mon bonhomme, et sans tarder encore. Et puis je suis le maire du pays, après tout ; et je vous ordonne maintenant de me rendre ce papier.

Le piéton répondit avec fermeté : « Non, je n'peux pas, m'sieu le maire ! »

Alors Renardet, perdant la tête, le saisit par les bras pour lui enlever son sac ; mais l'homme se débarrassa d'une secousse et, reculant, leva son gros bâton de houx. Il prononça, toujours calme : « Oh ! ne me touchez pas, m'sieu le maire, ou je cogne. Prenez garde. Je fais mon devoir, moi ! »

Se sentant perdu, Renardet, brusquement devint humble, doux, implorant comme un enfant qui pleure.

— Voyons, voyons, mon ami, rendez-moi cette lettre, je vous récompenserai, je vous donnerai de l'argent, tenez, tenez, je vous donnerai cent francs, vous entendez, cent francs.

L'homme tourna les talons et se mit en route.

Renardet le suivit, haletant, balbutiant :

— Medéric, Médéric, écoutez, je vous donnerai mille francs, vous entendez, mille francs.

L'autre allait toujours, sans répondre. Renardet reprit : « Je ferai votre fortune… vous entendez, ce que vous voudrez… Cinquante mille francs… Cinquante mille francs pour cette lettre… Qu'est-ce que ça vous fait ?… Vous ne voulez pas ?… Eh bien ! cent mille… dites… cent mille francs… comprenez-vous ? cent mille francs… cent mille francs. »

Le facteur se retourna, la face dure, l'œil sévère : « En voilà assez, ou bien je répéterai à la justice tout ce que vous venez de me dire là. »

Renardet s'arrêta net. C'était fini. Il n'avait plus d'espoir. Il se retourna et se sauva vers sa maison, galopant comme une bête chassée.

Alors Médéric à son tour s'arrêta et regarda cette fuite avec stupéfaction. Il vit le maire rentrer chez lui, et il attendit encore comme si quelque chose de surprenant ne pouvait manquer d'arriver.

Bientôt, en effet, la haute taille de Renardet apparut au sommet de la tour du Renard. Il courait autour de la plate-forme comme un fou ; puis il saisit le mat du drapeau et le secoua avec fureur sans parvenir à le briser, puis soudain, pareil à un nageur qui pique une tête, il se lança dans le vide, les deux mains en avant.

Médéric s'élança pour porter secours. En traversant le parc, il aperçut les bûcherons allant au travail. Il les héla en leur criant l'accident ; et ils trouvèrent au pied des murs un corps sanglant dont la tête s'était écrasée sur une roche. La Brindille entourait cette roche, et sur ses eaux élargies en cet endroit, claires et calmes, on voyait couler un long filet rose de cervelle et de sang mêlés.

Mais dans les arbres j'ai vu...

poème
(tiré du recueil *Salutations*, 1893)

par **Max Elskamp**

Mais dans les arbres j'ai vu,
Marie du soleil et des pluies,
Mais dans les arbres j'ai vu
Encor vos couronnes reluies,
Et sur vos bras rire Jésus.

A cette douceur des choses
Qu'avaient autrefois les mois de Mai,
Fleuris pour la bonne cause
De roses, comme plus jamais
Je ne verrai des fleurs de roses.

Or, aujourd'hui, dans les choses
De décor enfantinement,
Dans les arbres couleur de choses
Et de jouets très tendrement,
J'ai vu comme une apothéose,

Et, Marie, aux pommiers doux,
J'ai bien vu par les pommes rouges
Qu'en ex-voto c'étaient les joues,
Marie, sous les pommiers doux,
Qu'avaient laissées les anges rouges

Aux arbres du sacrement
Et de vos robes isocèles,
Aux arbres du sacrement,
Triangle de foi permanent
Avec aux coins un ange en ailes.

Le grand arbre

poème

(tiré du recueil *Les Souvenirs*, 1872)

par **Albert Mérat**

Dans un parc oublié dont le silence amorce
Les rêveurs, sentinelle ancienne du seuil,
Le grand arbre muet isole son orgueil,
Et vers le ciel étend ses branches avec force.

Son tronc noir se roidit musculeux comme un
[torse,
Et son cœur dépouillé ferait un bon cercueil.
Il a l'air de porter l'empreinte d'un long deuil,
Et l'âge a sillonné profondément l'écorce.

Il sent qu'il n'est pas fait pour prêter aux
[amants
L'ombre, dont le secret rassure les serments
Et les baisers, concert matériel des rêves.

Inutile à l'amour trop vulgaire pour lui,
Apre et dur, il attend venir avec ennui
La fermentation violente des sèves.

Le chêne abandonné

poème
(tiré du recueil *Poèmes dorés*, 1873)

par **Anatole France**

Dans la tiède forêt que baigne un jour vermeil,
Le grand chêne noueux, le père de la race,
Penche sur le coteau sa rugueuse cuirasse
Et, solitaire aïeul, se réchauffe au soleil.

Du fumier de ses fils étouffés sous son ombre,
Robuste, il a nourri ses siècles florissants,
Fait bouillonner la sève en ses membres puissants,
Et respiré le ciel avec sa tête sombre.

Mais ses plus fiers rameaux sont morts, squelettes
[noirs
Sinistrement dressés sur sa couronne verte ;
Et dans la profondeur de sa poitrine ouverte
Les larves ont creusé de vastes entonnoirs.

La sève du printemps vient irriter l'ulcère
Que suinte la torpeur de ses acres tissus.
Tout un monde pullule en ses membres moussus,
Et le fauve lichen de sa rouille l'enserre.

Sans cesse un bois inerte et qui vécut en lui
Se brise sur son corps et tombe. Un vent d'orage
Peut finir de sa mort le séculaire ouvrage,
Et peut-être qu'il doit s'écrouler aujourd'hui.

Car déjà la chenille aux anneaux d'émeraude
Déserte lentement son feuillage peu sûr ;
D'insectes soulevant leurs élytres d'azur
Tout un peuple inquiet sur son écorce rôde ;

Dès hier, un essaim d'abeilles a quitté
Sa demeure d'argile aux branches suspendue ;
Ce matin, les frelons, colonie éperdue,
Sous d'autres pieds rameux transportaient leur cité :

Un lézard, sur le tronc, au bord d'une fissure,
Darde sa tête aiguë, observe, hésite, et fuit ;
Et voici qu'inondant l'arbre glacé, la nuit
Vient hâter sur sa chair la pâle moisissure.

Les arbres

poème

(tiré du recueil *Dans les brandes*, 1877)

par **Maurice Rollinat**

Arbres, grands végétaux, martyrs des saisons fauves,
Sombres lyres des vents, ces noirs musiciens,
Que vous soyez feuillus ou que vous soyez chauves,
Le poète vous aime et vos spleens sont les siens.

Quand le regard du peintre a soif de pittoresque,
C'est à vous qu'il s'abreuve avec avidité,
Car vous êtes l'immense et formidable fresque
Dont la terre sans fin pare sa nudité.

De vous un magnétisme étrange se dégage,
Plein de poésie âpre et d'amères saveurs ;
Et quand vous bruissez, vous êtes le langage
Que la nature ébauche avec les grands rêveurs.

Quand l'éclair et la foudre enflent rafale et grêle,
Les forêts sont des mers dont chaque arbre est un
[flot,
Et tous, le chêne énorme et le coudrier grêle,
Dans l'opaque fouillis poussent un long sanglot.

Alors, vous qui parfois, muets comme des marbres,
Vous endormez, pareils à des cœurs sans remords,
Vous tordez vos grands bras, vous hurlez, pauvres
[arbres,
Sous l'horrible galop des éléments sans mors.

L'été, plein de langueur, l'oiseau clôt ses paupières
Et dort paisiblement sur vos mouvants hamacs,
Vous êtes les écrans des herbes et des pierres
Et vous mêlez votre ombre à la fraîcheur des lacs.

Et quand la canicule, aux vivants si funeste,
Pompe les étangs bruns, miroirs des joncs fluets,
Dans l'atmosphère lourde où fermente la peste,
Vous immobilisez vos branchages muets.

Votre mélancolie, à la fin de l'automne,
Est pénétrante, alors que sans fleurs et sans nids,
Sous un ciel nébuleux où d'heure en heure il tonne,
Vous semblez écrasés par vos rameaux jaunis.

Les seules nuits de mai, sous les rayons stellaires,
Aux parfums dont la terre emplit ses encensoirs,
Vous oubliez parfois vos douleurs séculaires
Dans un sommeil bercé par le zéphyr des soirs.

Une brume odorante autour de vous circule
Quand l'aube a dissipé la nocturne stupeur,
Et, quand vous devenez plus grands au crépuscule,
Le poète frémit comme s'il avait peur.

Sachant qu'un drame étrange est joué sous vos
[dômes,
Par les bêtes le jour, par les spectres la nuit,
Pour voir rôder les loups et glisser les fantômes,
Vos invisibles yeux s'ouvrent au moindre bruit.

Et le soleil vous mord, l'aquilon vous cravache,
L'hiver vous coud tout vifs dans un froid linceul
[blanc,
Et vous souffrez toujours jusqu'à ce que la hache
Taillade votre chair et vous tranche en sifflant.

Partout où vous vivez, chênes, peupliers, ormes,
Dans les cités, aux champs, et sur les rocs déserts,
Je fraternise avec les tristesses énormes
Que vos sombres rameaux épandent par les airs.

Conseil

poème

(tiré du recueil *Les Cariatides*, 1842)

par **Théodore de Banville**

Eh bien ! mêle ta vie à la verte forêt !
Escalade la roche aux nobles altitudes.
Respire, et libre enfin des vieilles servitudes,
Fuis les regrets amers que ton cœur savourait.

Dès l'heure éblouissante où le matin paraît,
Marche au hasard ; gravis les sentiers les plus rudes.
Va devant toi, baisé par l'air des solitudes,
Comme une biche en pleurs qu'on effaroucherait.

Cueille la fleur agreste au bord du précipice.
Regarde l'antre affreux que le lierre tapisse
Et le vol des oiseaux dans les chênes touffus.

Marche et prête l'oreille en tes sauvages courses ;
Car tout le bois frémit, plein de rythmes confus,
Et la Muse aux beaux yeux chante dans l'eau des
[sources.

juillet 1842.

Première soirée

poème

(tiré du recueil « Cahier de Douai », 1870)

par **Arthur Rimbaud**

« — Elle était fort déshabillée
Et de grands arbres indiscrets
Aux vitres jetaient leur feuillée
Malinement, tout près, tout près.

Assise sur ma grande chaise,
Mi-nue elle joignait les mains.
Sur le plancher frissonnaient d'aise
Ses petits pieds si fins, si fins.

— Je regardai, couleur de cire
Un petit rayon buissonnier
Papillonner dans son sourire
Et sur son sein ; mouche au rosier.

— Je baisai ses fines chevilles.
Elle eut un doux rire brutal
Qui s'égrenait en claires trilles,
Un joli rire de cristal.

Les petits pieds sous la chemise
Se sauvèrent : « Veux-tu finir ! »
— La première audace permise,
Le rire feignait de punir !

— Pauvrets palpitants sous ma lèvre,
Je baisai doucement ses yeux :
— Elle jeta sa tête mièvre
En arrière : « Oh c'est encor mieux !...

« Monsieur, j'ai deux mots à te dire... »
— Je lui jetai le reste au sein
Dans un baiser, qui la fit rire
D'un bon rire qui voulait bien...

Elle était fort déshabillée
Et de grands arbres indiscrets
Aux vitres jetaient leur feuillée
Malinement, tout près, tout près.

Le Bois de Boulogne

(Extrait du roman *Du côté de chez Swann*, 1913)

par **Marcel Proust**

Cette complexité du Bois de Boulogne qui en fait un lieu factice et, dans le sens zoologique ou mythologique du mot, un Jardin, je l'ai retrouvée cette année comme je le traversais pour aller à Trianon, un des premiers matins de ce mois de novembre où, à Paris, dans les maisons, la proximité et la privation du spectacle de l'automne qui s'achève si vite sans qu'on y assiste, donnent une nostalgie, une véritable fièvre des feuilles mortes qui peut aller jusqu'à empêcher de dormir. Dans ma chambre fermée, elles s'interposaient depuis un mois, évoquées par mon désir de les voir, entre ma pensée et n'importe quel objet auquel je m'appliquais, et tourbillonnaient comme ces taches jaunes qui parfois, quoi que nous regardions, dansent devant nos yeux. Et ce matin-là, n'entendant plus la pluie tomber comme les jours précédents, voyant le beau temps sourire aux coins des rideaux fermés comme aux coins d'une bouche close qui laisse échapper le secret de son bonheur, j'avais senti que ces feuilles jaunes, je pourrais les regarder traversées par la lumière, dans leur suprême beauté ; et ne pouvant pas davantage me tenir d'aller voir des arbres qu'autrefois, quand le vent soufflait trop fort dans ma cheminée, de partir pour le bord de la mer, j'étais sorti pour aller à Trianon, en passant par le bois de Boulogne. C'était l'heure et c'était la saison où le Bois semble peut-être le plus multiple, non seulement parce qu'il est plus subdivisé, mais encore parce qu'il l'est autrement. Même dans les parties découvertes où l'on embrasse un grand espace, çà et là, en face des sombres masses lointaines des arbres qui n'avaient pas de feuilles ou qui avaient encore leurs feuilles de l'été, un double rang de marronniers orangés semblait, comme dans un tableau à peine commencé, avoir seul encore été peint par le décorateur qui n'aurait pas mis de couleur sur le reste, et tendait son allée en pleine lumière pour la promenade épisodique de personnages qui ne seraient ajoutés que plus tard.

Plus loin, là où toutes leurs feuilles vertes couvraient les arbres, un seul, petit, trapu, étêté et têtu, secouait au vent une vilaine chevelure rouge. Ailleurs encore c'était le premier éveil de ce mois de mai des feuilles, et celles d'un empelopsis merveilleux et souriant, comme une épine rose de l'hiver, depuis le matin même étaient tout en fleur. Et le Bois avait l'aspect provisoire et factice d'une pépinière ou d'un parc, où, soit dans un intérêt botanique, soit pour la préparation d'une fête, on vient d'installer, au milieu des arbres de sorte commune qui n'ont pas encore été déplantés, deux ou trois espèces précieuses aux feuillages fantastiques et qui semblent autour d'eux réserver du vide, donner de l'air, faire de la clarté. Ainsi c'était la saison où le Bois de Boulogne trahit le plus d'essences diverses et juxtapose le plus de parties distinctes en un assemblage composite. Et c'était aussi l'heure. Dans les endroits où les arbres gardaient encore leurs feuilles, ils semblaient subir une altération de leur matière à partir du point où ils étaient touchés par la lumière du soleil, presque horizontale le matin, comme elle le redeviendrait quelques heures plus tard au moment où dans le crépuscule commençant, elle s'allume comme une lampe, projette à distance sur le feuillage un reflet artificiel et chaud, et fait flamber les suprêmes feuilles d'un arbre qui reste le candélabre incombustible et terne de son faîte incendié. Ici, elle épaississait comme des briques, et, comme une jaune maçonnerie persane à dessins bleus, cimentait grossièrement contre le ciel les feuilles des marronniers, là au contraire les détachait de lui, vers qui elles crispaient leurs doigts d'or. À mi-hauteur d'un arbre habillé de vigne vierge, elle greffait et faisait épanouir, impossible à discerner nettement dans l'éblouissement, un immense bouquet comme de fleurs rouges, peut-être une variété d'œillet. Les différentes parties du Bois, mieux confondues l'été dans l'épaisseur et la monotonie des verdures, se trouvaient dégagées. Des espaces plus éclaircis laissaient voir l'entrée de presque toutes, ou bien un feuillage somptueux la désignait comme une oriflamme. On distinguait, comme sur une carte en couleur, Armenonville, le Pré Catelan, Madrid, le Champ de courses, les bords du Lac. Par moments apparaissait quelque construction inutile, une fausse grotte, un moulin à qui les arbres en s'écartant faisaient place ou qu'une pelouse portait en avant sur sa moelleuse plate-forme. On sentait que le Bois n'était pas qu'un bois, qu'il répondait à une destination étrangère à la vie de ses arbres ; l'exaltation que j'éprouvais n'était pas causée que par l'admiration de l'automne, mais par un désir. Grande source d'une joie que l'âme ressent d'abord sans en reconnaître la cause, sans comprendre que rien au dehors ne la motive. Ainsi regardais-je les arbres avec une tendresse insatisfaite qui les dépassait et se portait à mon insu vers ce chef-d'œuvre des belles promeneuses qu'ils enferment chaque jour pendant quelques heures. J'allais vers l'allée des Acacias. Je traversais des futaies où la lumière du matin, qui leur imposait des divisions nouvelles, émondait les arbres, mariait ensemble les tiges diverses et composait des bouquets. Elle attirait adroitement à elle deux arbres ; s'aidant du ciseau puissant du rayon et de l'ombre, elle retranchait à chacun une moitié de son tronc et de ses branches, et, tressant ensemble les deux moitiés qui restaient, en faisait soit un seul pilier d'ombre, que délimitait l'ensoleillement d'alentour, soit un seul fantôme de clarté dont un réseau d'ombre noire cernait le factice et tremblant contour. Quand un rayon de soleil dorait les plus hautes branches, elles semblaient, trempées d'une humidité étincelante, émerger seules de l'atmosphère liquide et couleur d'émeraude, où la futaie tout entière était plongée comme sous la mer. Car les arbres continuaient à vivre de leur vie propre et, quand ils n'avaient plus de feuilles, elle brillait mieux sur le fourreau de velours vert qui enveloppait leurs troncs ou dans l'émail blanc des sphères de gui qui étaient semées au faîte des peupliers, rondes comme le soleil et la lune dans la Création de Michel-Ange. Mais forcés depuis tant d'années par une sorte de greffe à vivre en commun avec la femme, ils m'évoquaient la dryade, la belle mondaine rapide et colorée qu'au passage ils couvrent de leurs branches et obligent à ressentir comme eux la puissance de la saison ; ils me rappelaient le temps heureux de ma croyante jeunesse, quand je venais avidement aux lieux où des chefs-d'œuvre d'élégance féminine se réaliseraient pour quelques instants entre les feuillages inconscients et complices. Mais la beauté que faisaient désirer les sapins et les acacias du bois de Boulogne, plus troublants en cela que les marronniers et les lilas de Trianon que j'allais voir, n'était pas fixée en dehors de moi dans les souvenirs d'une époque historique, dans des œuvres d'art, dans un petit temple à l'amour au pied duquel s'amoncellent les feuilles palmées d'or. Je rejoignis les bords du Lac, j'allai jusqu'au Tir aux pigeons. L'idée de perfection que je portais en moi, je l'avais prêtée alors à la hauteur d'une victoria, à la maigreur de ces chevaux furieux et légers comme des guêpes, les yeux injectés de sang comme les cruels chevaux de Diomède, et que maintenant, pris d'un désir de revoir ce que j'avais aimé, aussi ardent que celui qui me poussait bien des années auparavant dans ces mêmes chemins, je voulais avoir de nouveau sous les yeux, au moment où l'énorme cocher de Mme Swann, surveillé par un petit groom gros comme le poing et aussi enfantin que saint Georges, essayait de maîtriser leurs ailes d'acier qui se débattaient effarouchées et palpitantes. Hélas ! il n'y avait plus que des automobiles conduites par des mécaniciens moustachus qu'accompagnaient de grands valets de pied. Je voulais tenir sous les yeux de mon corps, pour savoir s'ils étaient aussi charmants que les voyaient les yeux de ma mémoire, de petits chapeaux de femmes si bas qu'ils semblaient une simple couronne. Tous maintenant étaient immenses, couverts de fruits et de fleurs et d'oiseaux variés. Au lieu des belles robes dans lesquelles Mme Swann avait l'air d'une reine, des tuniques gréco-saxonnes relevaient avec les plis des Tanagra, et quelquefois dans le style du Directoire, des chiffons liberty semés de fleurs comme un papier peint. Sur la tête des messieurs qui auraient pu se promener avec Mme Swann dans l'allée de la Reine Marguerite, je ne trouvais pas le chapeau gris d'autrefois, ni même un autre. Ils sortaient nu-tête. Et toutes ces parties nouvelles du spectacle, je n'avais plus de croyance à y introduire pour leur donner la consistance, l'unité, l'existence ; elles passaient éparses devant moi, au hasard, sans vérité, ne contenant en elles aucune beauté que mes yeux eussent pu essayer comme autrefois de composer. C'étaient des femmes quelconques, en l'élégance desquelles je n'avais aucune foi et dont les toilettes me semblaient sans importance. Mais quand disparaît une croyance, il lui survit — et de plus en plus vivace, pour masquer le manque de la puissance que nous avons perdue de donner de la réalité à des choses nouvelles — un attachement fétichiste aux anciennes qu'elle avait animées, comme si c'était en elles et non en nous que le divin résidait et si notre incrédulité actuelle avait une cause contingente, la mort des dieux.

Quelle horreur ! me disais-je : peut-on trouver ces automobiles élégantes comme étaient les anciens attelages ? je suis sans doute déjà trop vieux — mais je ne suis pas fait pour un monde où les femmes s'entravent dans des robes qui ne sont pas même en étoffe. À quoi bon venir sous ces arbres, si rien n'est plus de ce qui s'assemblait sous ces délicats feuillages rougissants, si la vulgarité et la folie ont remplacé ce qu'ils encadraient d'exquis. Quelle horreur ! Ma consolation, c'est de penser aux femmes que j'ai connues, aujourd'hui qu'il n'y a plus d'élégance. Mais comment des gens qui contemplent ces horribles créatures sous leurs chapeaux couverts d'une volière ou d'un potager, pourraient-ils même sentir ce qu'il y avait de charmant à voir Mme Swann coiffée d'une simple capote mauve ou d'un petit chapeau que dépassait une seule fleur d'iris toute droite. Aurais-je même pu leur faire comprendre l'émotion que j'éprouvais par les matins d'hiver à rencontrer Mme Swann à pied, en paletot de loutre, coiffée d'un simple béret que dépassaient deux couteaux de plumes de perdrix, mais autour de laquelle la tiédeur factice de son appartement était évoquée, rien que par le bouquet de violettes qui s'écrasait à son corsage et dont le fleurissement vivant et bleu en face du ciel gris, de l'air glacé, des arbres aux branches nues, avait le même charme de ne prendre la saison et le temps que comme un cadre, et de vivre dans une atmosphère humaine, dans l'atmosphère de cette femme, qu'avaient dans les vases et les jardinières de son salon, près du feu allumé, devant le canapé de soie, les fleurs qui regardaient par la fenêtre close la neige tomber. D'ailleurs il ne m'eût pas suffi que les toilettes fussent les mêmes qu'en ces années-là. À cause de la solidarité qu'ont entre elles les différentes parties d'un souvenir et que notre mémoire maintient équilibrées dans un assemblage où il ne nous est pas permis de rien distraire, ni refuser, j'aurais voulu pouvoir aller finir la journée chez une de ces femmes, devant une tasse de thé, dans un appartement aux murs peints de couleurs sombres, comme était encore celui de Mme Swann (l'année d'après celle où se termine la première partie de ce récit) et où luiraient les feux orangés, la rouge combustion, la flamme rose et blanche des chrysanthèmes dans le crépuscule de novembre, pendant des instants pareils à ceux où (comme on le verra plus tard) je n'avais pas su découvrir les plaisirs que je désirais. Mais maintenant, même ne me conduisant à rien, ces instants me semblaient avoir eu eux-mêmes assez de charme. Je voudrais les retrouver tels que je me les rappelais. Hélas ! il n'y avait plus que des appartements Louis XVI tout blancs, émaillés d'hortensias bleus. D'ailleurs, on ne revenait plus à Paris que très tard. Mme Swann m'eût répondu d'un château qu'elle ne rentrerait qu'en février, bien après le temps des chrysanthèmes, si je lui avais demandé de reconstituer pour moi les éléments de ce souvenir que je sentais attaché à une année lointaine, à un millésime vers lequel il ne m'était pas permis de remonter, les éléments de ce désir devenu lui-même inaccessible comme le plaisir qu'il avait jadis vainement poursuivi. Et il m'eût fallu aussi que ce fussent les mêmes femmes, celles dont la toilette m'intéressait parce que, au temps que je croyais encore, mon imagination les avait individualisées et les avait pourvues d'une légende. Hélas ! dans l'avenue des Acacias — l'allée de Myrtes — j'en revis quelques-unes, vieilles, et qui n'étaient plus que les ombres terribles de ce qu'elles avaient été, errant, cherchant désespérément on ne sait quoi dans les bosquets virgiliens. Elles avaient fui depuis longtemps que j'étais encore à interroger vainement les chemins désertés. Le soleil s'était caché. La nature recommençait à régner sur le Bois d'où s'était envolée l'idée qu'il était le Jardin élyséen de la Femme ; au-dessus du moulin factice le vrai ciel était gris ; le vent ridait le Grand Lac de petites vaguelettes, comme un lac ; de gros oiseaux parcouraient rapidement le Bois, comme un bois, et poussant des cris aigus se posaient l'un après l'autre sur les grands chênes qui, sous leur couronne druidique et avec une majesté dodonéenne, semblaient proclamer le vide inhumain de la forêt désaffectée, et m'aidaient à mieux comprendre la contradiction que c'est de chercher dans la réalité les tableaux de la mémoire, auxquels manquerait toujours le charme qui leur vient de la mémoire même et de n'être pas perçus par les sens. La réalité que j'avais connue n'existait plus. Il suffisait que Mme Swann n'arrivât pas toute pareille au même moment, pour que l'Avenue fût autre. Les lieux que nous avons connus n'appartiennent pas qu'au monde de l'espace où nous les situons pour plus de facilité. Ils n'étaient qu'une mince tranche au milieu d'impressions contiguës qui formaient notre vie d'alors ; le souvenir d'une certaine image n'est que le regret d'un certain instant ; et les maisons, les routes, les avenues, sont fugitives, hélas ! comme les années.

La parole est cet arbre majestueux

réflexion
(tirée du *Discours sur l'essence et la forme de la poésie*, 1803)

par **Antoine Fabre d'Olivet**

Ah ! si la parole était un art mécanique, une institution arbitraire, comme l'ont avancé Hobbes et avant lui Gorgias et les sophistes de son école, aurait-elle, je le demande, ces racines profondes, qui, sortant d'une petite quantité de signes et se confondant d'un côté avec les éléments mêmes de la nature, jettent de l'autre ces immenses ramifications qui, colorées de tous les feux du génie, envahissent le domaine de la pensée, et semblent atteindre jusqu'aux limites de l'infini ? Voit-on rien de semblable dans les jeux de hasard ? Les institutions humaines, si parfaites qu'elles soient, ont-elles jamais cette marche progressive d'agrandissement et de force ? Quel est l'ouvrage mécanique qui, sorti de la main des hommes, puisse se comparer à cet orme altier dont le tronc, surchargé maintenant de rameaux, dormait naguère enseveli dans un germe imperceptible ? Ne sent-on point que cet arbre puissant, qui d'abord faible brin d'herbe, perçait à peine le sol qui en recelait les principes, ne peut, en aucune manière, être considéré comme la production d'une force aveugle et capricieuse ; mais, au contraire, comme celle d'une sagesse éclairée et constante en ses desseins.

Or la parole est cet arbre majestueux. Ainsi que lui, elle a son germe ; ainsi que lui elle jette ses racines, en petit nombre, dans une nature féconde dont les éléments sont inconnus ; ainsi que lui, elle rompt ses liens, elle s'élève ; elle échappe aux ténèbres terrestres ; elle s'élance dans des régions nouvelles, où, comme lui, aspirant un élément plus pur, abreuvée d'une lumière divine, elle étend ses rameaux et les couvre de fleurs et de fruits.

Le Dieu Hêtre

poème
(tiré du recueil *Les Trophées*, 1893)

par **José-Maria de Heredia**

La Garumne a bâti sa rustique maison
Sous un grand hêtre au tronc musculeux comme un
[torse
Dont la sève d'un Dieu gonfle la blanche écorce.
La forêt maternelle est tout son horizon.

Car l'homme libre y trouve, au gré de la saison,
Les faines, le bois, l'ombre et les bêtes qu'il force
Avec l'arc ou l'épieu, le filet ou l'amorce,
Pour en manger la chair et vêtir leur toison.

Longtemps il a vécu riche, heureux et sans maître,
Et le soir, lorsqu'il rentre au logis, le vieux Hêtre
De ses bras familiers semble lui faire accueil ;

Et quand le Mort viendra courber sa tête franche,
Ses petits-fils auront pour tailler son cercueil
L'incorruptible cœur de la maîtresse branche.

Chœur des cèdres du Liban

poème

(tiré du recueil *La Chute d'un ange*, 1838)

par **Alphonse de Lamartine**

Saint, saint, saint le Seigneur qu'adore la colline !
Derrière ces soleils, d'ici nous le voyons ;
Quand le souffle embaumé de la nuit nous incline,
Comme d'humbles roseaux sous sa main nous
[plions !
Mais pourquoi plions-nous ? C'est que nous le
[prions !
C'est qu'un intime instinct de la vertu divine
Fait frissonner nos troncs du dôme à la racine,
Comme un vent du courroux qui rougit leur narine,
Et qui ronfle dans leur poitrine,
Fait ondoyer les crins sur les cous des lions.

Glissez, glissez, brises errantes,
Changez en cordes murmurantes
La feuille et les membres des bois !
Nous sommes l'instrument sonore
Où le nom que la lune adore
À tout moment meurt pour éclore
Sous nos frémissantes parois.
Venez, des nuits tièdes haleines ;
Tombez du ciel, montez des plaines,
Dans nos branches, du grand nom pleines,
Passez, repassez mille fois !
Si vous cherchez qui le proclame,
Laissez là l'éclair et la flamme !
Laissez là la mer et la lame !
Et nous, n'avons-nous pas une âme,
Dont chaque feuille est une voix ?

Tu le sais, ciel des nuits à qui parlent nos cimes ;
Vous, rochers que nos pieds sondent jusqu'aux
[abîmes
Pour y chercher la sève et les sucs nourrissants ;
Soleils dont nous buvons les dards éblouissants ;
Vous le savez, ô nuits dont nos feuilles avides
Pompent les frais baisers et les perles humides :
Dites si nous avons des sens !
Des sens dont n'est douée aucune créature,
Qui s'emparent d'ici de toute la nature,

Qui respirent sans lèvre et contemplent sans yeux,
Qui sentent les saisons avant qu'elles éclosent ;
Des sens qui palpent l'air et qui le décomposent,
D'une immortelle vie agents mystérieux !
Et pour qui donc seraient ces siècles d'existence ?
Et pour qui donc seraient l'âme et l'intelligence ?
Est-ce donc pour l'arbuste nain ?
Est-ce pour l'insecte et l'atome,
Ou pour l'homme, léger fantôme,
Qui sèche à mes pieds comme un chaume,
Qui dit la terre son royaume,
Et disparaît du jour avant que de mon dôme
Ma feuille de ses pas ait jonché le chemin ?
Car les siècles, pour nous, c'est hier et demain !!!

Oh ! gloire à toi, Père des choses !
Dis quel doigt terrible tu poses
Sur le plus faible des ressorts,
Pour que notre fragile pomme,
Qu'écraserait le pied de l'homme,
Renferme en soi nos vastes corps !

Pour que de ce cône fragile,
Végétant dans un peu d'argile,
S'élancent ces hardis piliers
Dont les gigantesques étages
Portent les ombres par nuages,
Et les passereaux par milliers !

Et quel puissant levain de vie
Dans la sève, goutte de pluie
Que boirait le bec d'un oiseau,
Pour que ses ondes toujours pleines,
Se multipliant dans nos veines,
En désaltèrent le réseau !

Pour que cette source éternelle
Dans tous les ruisseaux renouvelle
Ce torrent que rien n'interrompt,
Et de la crête à la racine
Verdisse l'immense colline
Qui végète dans un seul tronc !

Dites quel jour des jours nos racines sont nées,
Rochers qui nous servez de base et d'aliment !
De nos dômes flottants montagnes couronnées,
Qui vivez innombrablement ;
Soleils éteints du firmament,
Étoiles de la nuit par Dieu disséminées,
Parlez, savez-vous le moment ?
Si l'on ouvrait nos troncs plus durs qu'un diamant,
On trouverait des cents et des milliers d'années
Écrites dans le cœur de nos fibres veinées,
Comme aux couches d'un élément !

Aigles qui passez sur nos têtes,
Allez dire aux vents déchaînés
Que nous défions leurs tempêtes
Avec nos mâts enracinés.
Qu'ils montent, ces tyrans de l'onde ;

Que leur aile s'ameute et gronde
Pour assaillir nos bras nerveux !
Allons ! leurs plus fougueux vertiges
Ne feront que bercer nos tiges
Et que siffler dans nos cheveux !

Fils du rocher, nés de nous-même,
Sa main divine nous planta ;
Nous sommes le vert diadème
Qu'aux sommets d'Éden il jeta.
Quand ondoiera l'eau du déluge,
Nos flancs creux seront le refuge
De la race entière d'Adam ;
Et les enfants du patriarche
Dans notre bois tailleront l'arche
Du Dieu nomade d'Abraham !

C'est nous, quand les tribus captives
Auront vu les hauteurs d'Hermon,
Qui couvrirons de nos solives
L'arche immense de Salomon.
Quand, plus tard, un Verbe fait homme
D'un nom plus saint adore et nomme
Son Père du haut d'une croix,
Autels de ce grand sacrifice,
De l'instrument de son supplice
Nos rameaux fourniront le bois.

Nos rameaux fourniront le bois.
En mémoire de ces prodiges,
Des hommes inclinant leurs fronts
Viendront adorer nos vestiges,
Coller leurs lèvres à nos troncs ;
Les saints, les poètes, les sages,
Écouteront dans nos feuillages
Des bruits pareils aux grandes eaux,
Et sous nos ombres prophétiques
Formeront leurs plus beaux cantiques
Des murmures de nos rameaux.

Glissez comme une main sur la harpe qui vibre
Glisse de corde en corde, arrachant à la fois
A chaque corde une âme, à chaque âme une voix ;
Glissez, brises des nuits, et que de chaque fibre
Un saint tressaillement jaillisse sous vos doigts !
Que vos ailes frôlant les cintres de nos voûtes,
Que des larmes du ciel les résonnantes gouttes,
Que les gazouillements du bulbul dans son nid,
Que les élancements de la mer dans son lit,
L'eau qui filtre, l'herbe qui plie,
La sève qui découle en pluie,
La brute qui hurle et qui crie,
Tous ces bruits de force et de vie
Que le silence multiplie,
Et ce bruissement du monde végétal
Qui palpite à nos pieds du brin d'herbe au métal,
Que ces voix qu'un grand chœur rassemble
Dans cet air où notre ombre tremble
S'élèvent pour chanter ensemble
Celui qui les a faits, Celui qui les entend,

Celui dont le regard à leurs besoins s'étend :
Dieu, Dieu, Dieu, mer sans bords qui contient tout
[en elle,
Foyer dont chaque vie est la pâle étincelle,
Bloc dont chaque existence est une humble
[parcelle !
Qu'il vive sa vie éternelle,
Complète, immense, universelle ;
Qu'il vive à jamais renaissant
Avant la nature, après elle ;
Qu'il vive et qu'il se renouvelle
Et que chaque soupir de l'heure qu'il rappelle
Remonte à lui, d'où tout descend !!!

Le pin des Landes

poème
(tiré du recueil *España*, 1845)

par **Théophile Gautier**

On ne voit en passant par les Landes désertes,
Vrai Sahara français, poudré de sable blanc,
Surgir de l'herbe sèche et des flaques d'eaux vertes
D'autre arbre que le pin avec sa plaie au flanc,

Car, pour lui dérober ses larmes de résine,
L'homme, avare bourreau de la création,
Qui ne vit qu'aux dépens de ceux qu'il assassine,
Dans son tronc douloureux ouvre un large sillon !

Sans regretter son sang qui coule goutte à goutte,
Le pin verse son baume et sa sève qui bout,
Et se tient toujours droit sur le bord de la route,
Comme un soldat blessé qui veut mourir debout.

Le poëte est ainsi dans les Landes du monde ;
Lorsqu'il est sans blessure, il garde son trésor.
Il faut qu'il ait au cœur une entaille profonde
Pour épancher ses vers, divines larmes d'or !

1840.

Notes sur des oasis et sur Alger

(tirées du recueil *Le Roman du lièvre*, 1922)

par **Francis Jammes**

CHETMA

Souv. du 28 mars 1896.

Souviens-toi des vergers délicieux, des sources vives sous les palmiers, les figuiers et les grenadiers.

Rappelle-toi ces jeunes filles qui vivent en des jardins où règne un éternel crépuscule. Elles plongeaient aux ruisseaux tièdes leurs jambes nues, si fines que l'on eût dit des quenouilles d'ambre longtemps filées et polies par des mains royales.

Elles étaient les filles de l'immortelle beauté.

D'emplir des outres auxquelles on avait conservé la forme d'un animal, une eau en cascade ruisselait sur elles, et, sur elles, nos pensées poudroyaient pareilles à des papillons d'azur.

Dans cette oasis, les jeunes gens étaient beaux et tristes. Ils ressemblaient à des amphores de bronze et de neige dont la ligne ondulerait lentement.

Ils évoquaient des Aladdins mystérieux, des lampes d'or, des palais blancs.

Leurs yeux pareils à de noires corolles se penchaient alanguis vers la terre parfumée, y semblaient guetter rêveusement la soudaine éclosion d'un génie dans une fumerolle d'aromates.

Torride était l'après-midi, en dehors des jardins. La psalmodie continuelle dont se berçaient, dans la mosquée, les hommes saints, nous donnait envie de mourir.

Athmann, comme une fleur de soie, nous précédait noblement, et, sur sa gandourah pâle, nervée de bleu-de-ciel, son mouchoir bariolé pendait comme un flot d'étamines.

Souviens-toi de Chetma ! de la passée de la rivière, des chameaux chargés de guenilles, qui s'enfuyaient vers l'Infini, épaves animées des sables douloureux…

Il y avait un moulin sur un torrent d'eau tiède, dans l'ombre glacée d'un verger… Il y avait d'étranges enfants rongés de maladie, dont les yeux s'agrandissaient encore sous des halos de mouches — et leurs ongles étaient pareils, sous le henné, à des pétales de roses desséchées.

Chetma ! Nos âmes fleurissaient comme les magnolias d'un jardin de volupté, s'emplissaient d'aromes invraisemblables, éclataient comme des fruits de pierre précieuse dans le parc vénéneux où le Magicien conduisit son filleul.

Et ces images s'effacent. Et il me reste à peine le souvenir des mélopées funèbres dont nous berçait Athmann. Elles flottaient autour de nous, se posaient à nos âmes ainsi que des lépidoptères noirs sur des calices de douleur.

BISKRA

Au clair de lune, la modulation des flûtes douces aux lèvres violettes des petits Soudanais enchantait nos âmes.

Petit Mhammhar, petit pauvre gentil, ton crâne d'ébène bleue était comme un fruit singulier, un de ces fruits lourds que, sous la voûte opaque des feuillages de l'île, trouvait Robinson Crusoë.

Aux quartiers arabes, dans les flammes, les épiceries et les musiques, les corolles des femmes vénéneuses s'épanouissaient…

Mais elles ondulaient, comme l'eût désiré Flaubert, venaient à nous du fond du café maure, lentement, la tête haute, abruties par l'étourdissant et continuel frappement des tambours funèbres, pâles sous les fards, bruissantes sous les colliers et les jugulaires d'or.

Elles agitaient sur elles de changeantes soies et, brusquement, faisaient tressaillir leurs seins. Elles étaient si graves qu'elles paraissaient mortes.

Et l'on eût dit, sous ce résonnement de peaux d'âne tendues, l'éclatement de fleurs du mal sous un écho d'orage.

Ma douleur s'endormait aux teintes et aux sonorités, semblable à ce pâle extatique, plus pâle que son burnous, et qui s'hypnotisait aux grêles cris des fifres nasillards, à la menace des tambours sourds, à l'éblouissement des sequins.

⁂

Au matin, le long des cassis et des mimosas, les trompettes fraîches des soldats éclataient.

Les palmiers rigides, pareils à des bouquets de fer, tranchaient l'azur.

La Mer des cyprès de Biskra tombait, comme une larme immense et noire, à l'horizon du village nègre…

Le village nègre !… Ils étaient quelques-uns, jouant aux osselets sur des damiers crasseux, fumant du haschisch dans de petites pipes dont ils secouaient la cendre parfumée sur des terrines rouges, et, parfois, ils buvaient de l'eau pure dans un vase goudronné.

Les yeux de ces fumeurs étaient si tristes qu'ils semblaient refléter leur vie.

Midi flambait. Dans l'ombre, quelque scribe presbyte à barbe blanche, revenu de la Mecque, écrivait avec un roseau. Il faisait le recensement. Il y avait auprès de lui, dans l'angle de la muraille sableuse, un blême adolescent qui, les jambes croisées, burinait aussi.

Cet enfant n'était qu'un profil de lumière, qu'une lampe d'argent vivante dérobée à quelque enchanteur, qu'un pétale de magnolia tombé un jour d'orage dans un verger. Tous deux, le vieillard et lui, évoquaient les trafics poétiques des longs comptoirs d'une Arabie heureuse, les magasins d'étoffes où doit venir la Dame, l'obséquiosité des salamalecs, les marchandages.

Nous revenions à pas lents par le marché où les chameaux renâclaient en broutant du bois sec. On y vendait beaucoup de marchandises : des dattes écrasées, du nougat et des piments.

KEF EL DOH'R

En route vers Tuggurth le sombre, sombre à force d'éclatement…

La Mort était partout. Désolation des désolations.

Où trouverions-nous les gourdes, les outres, les vergers ?

Mon âme s'assoiffait. Ma fièvre espérait en vain les palais blancs de Sinbad et les rues d'eau de rose, les seuils de marbre, les repas, les récits de voyages, les alcarazas, Sinbad et les pièces d'argent.

Après le sable, le sable.

Dans ce désert implacable, nous trouvâmes cependant trois coloquintes pareilles à des balles d'enfant.

Nous les cueillîmes à tort. Peut-être étaient-elles le cœur de ce sable insensé ? Peut-être les gardait-il, jaloux, au fond de lui, comme un mystérieux amour ? Peut-être avait-il volé à la mort qui le recouvrait cette parcelle de vie ? Peut-être aimait-il ces humbles fruits ?

Le sable. Le sable.

Mais tout changea.

À Kef el doh'r, l'air vibrait sur les chotts. Des Méditerranées d'azur, mirages merveilleux, naquirent du terrible Rien. C'était, peut-être, les rêves géants du Désert endormi.

Sur des eaux glissèrent des voiles, surgirent des rocs. D'inexistantes oasis bercèrent leurs palmes au-dessus de l'horizon qui pâlissait en s'éloignant.

Le Songe de l'Eau s'épaississait, devenait bleu de Prusse et jaune. Des plages brillaient comme des fleurs de palmier mâle, lorsqu'elles ne sont pas mûres et que les mangent les enfants.

Des constructions s'élevèrent. Elles évoquaient des villes mortes, des villes de l'Industrie abandonnées des hommes, des palais de marbre où des singes adroits et mystérieux se seraient retirés pour y mener, loin des multitudes, une vie de volupté, pour se bercer, au soir, des grognements des crocodiles dans les réservoirs croupis tachés de poissons d'or.

Le sel des lacs luisait traîtreusement. On croyait à la neige. Sur eux régnait un ciel d'une infinie douceur, pâle et bleu comme une tempe de vierge.

MOGAR

À Mogar, un mariage.

Des bruits de tambours funèbres mouraient dans les sables. Les aigres clarinettes jouaient sans discontinuer. De petites filles, semblables à des fruits pourris, nous regardaient curieusement.

Elles portaient, suspendues à leurs fronts tatoués, des molaires énormes et des branches de corail. Cette fête nous épouvantait…

Un vieillard s'agenouilla devant nous.

TUGGURTH

Souv. du 5 avril 1896.

Vers onze heures, le soleil inondait le marché. Des jarres vides de goudron bâillaient sous l'azur insensé. Les dromadaires furieux criaient. Nous buvions d'étranges boissons, nous mâchions d'une espèce de résine. La lumière était de feu. Elle ternissait les cœurs sanglants des piments, auprès des têtes de moutons et des dattes sèches. Elle noircissait les caillots coagulés aux poils poussiéreux des cuisses de chameaux tués pour la boucherie.

Vers cinq heures, tout s'adoucissait. Les cafés maures étaient calmes. Au loin ronflait un tambour sourd. Un bêlement de chèvre emplissait l'étendue mortelle.

Le soleil sombrait aux sables. Les chameaux tangueurs, aux rognures bleues, et les ânes patients emportaient des feuilles vers Temacin.

C'étaient de mouvants parterres sur des morceaux de désert mouvant.

Partout, à cette époque pascale, les palmes semblaient pleurer de n'être plus foulées par un Dieu.

Les lamentations des muezzins, vers la Mecque, s'effeuillaient comme des roses taciturnes.

Je vis passer un marabout ; il appuyait sa main droite à l'épaule d'un pâle adolescent. Sans doute, il lui expliquait la sagesse, et, dans la tombée du jour, je me sentis ému à pleurer.

Çà et là, sous un dernier poudroiement de soleil, luisaient des crânes d'hommes que l'on rasait.

Quelque chameau, semblable à quelque grand navire échoué, surgissait au coin d'une rue, près d'une porte, tendant son cou de limaçon géant vers le ciel bleu tendre et doré.

Les couloirs avaient le parfum des roses, parce que dans l'air immobile flottaient les nuages du kief et des tabacs aromatisés.

Des ossements étincelaient aux murs des vergers…

Une jeune négresse, belle comme la nuit, passait, un pompon vert au front ; une autre négresse, revêtue d'un pagne bleu foncé, tenait un fuseau de laine blanche ; un Soudanais se promenait ; une branche verte pendait de sa chéchia sur sa figure.

Les caravanes agenouillées tressaillaient dans le crépuscule, chargées d'herbes violettes.

À mon approche, quelque dromadaire furieux se levait en renâclant du milieu de ses frères, sautait sur trois jambes, l'une ayant été reployée par les chameliers.

… Dans un café maure, la nuit venue, une femme, pourpre et or, dansa. Les bras levés, elle remuait les mains d'un mouvement si brusque et gracieux, que les poignets semblaient rouler sur des billes d'ivoire.

… Des chants nuptiaux s'élevèrent. On conduisait à leur nuit d'amour deux jeunes époux montés sur un âne. Des lanternes brillaient autour d'eux. Ils avaient l'air, l'un devant l'autre, dans leurs vêtements pâles, de grandes fleurs fatiguées.

EL-KANTARA

El-Kantara lorsque tu ouvris ta « *porte d'or* », mon âme s'épanouit en tressaillant comme la fleur de tes grenadiers luisants et magnifiques. Ta rivière dorée, coulant parmi tes lauriers roses, avait la splendeur d'une écharpe barbare. Et les raquettes foncées de tes cactus étaient pareilles aux mains tendues vers nous de noires courtisanes.

El-Kantara ! Les cigognes planaient sur tes palmiers. Elles planaient comme des rêves, ou encore comme les cerfs-volants d'octobre des enfants d'Europe. Elles regagnaient, flottantes et les pattes en arrière, les hauts nids où elles emportaient des ronces.

Sur la berge, le roseau léger tremblait comme une plume tremble aux mains du poète, et semblait inscrire sur le ciel implacable un poème d'amour. Il élevait son fuseau vers les seins dorés et sanglants des grenades prochaines.

Une éternelle volupté semblait flotter sur toi.

Tu évoquais de profonds puits d'or et de grandes clés d'argent.

Tu es le vantail superbe des rêves merveilleux, tu es l'auberge délicieuse où s'abreuvaient les peintres romantiques, épris du grondement des lions et de l'azur invraisemblable…

De ceux qui envoyaient outre-mer de longues missives jaunies aux châtelains aux longs cheveux et aux cénacles artistiques.

Tu es la contrée des botaniques, tu es la porte d'or de Fromentin, tu es l'Enchantée !

ALGER

« Réservoir de la Synagogue. »

C'était, dans les quartiers sales et puant la marée, un bâtiment carré, une impropreté magnifique et mystérieuse, une vision d'eau croupie aux grandes époques du choléra, une distribution de poissons blancs et secs et salés, en temps de famine, par des rabbins à barbes en tubes, par des rabbins souriant aux plus belles du quartier auxquelles ils eussent donné les meilleures parts.

« Réservoir de la Synagogue. »

La saleté magnifique et mystérieuse soudain se revêtait d'or et de feuilles épaisses. La poésie chantait en moi sur un autre ton. Elle disait, elle chantait :

Réservoirs ! Eaux d'argent ! Toi, Rachel, ô belle fille de Laban, tu t'en allais vers les puits d'azur ! Abreuvez les troupeaux et les dromadaires. Nous sommes de Caran. L'amour est immense et les pluies ont gonflé les citernes qui pleurent de joie comme Jacob.

Et tout, ainsi, dans cette Alger, s'emplissait de volupté. Et ce n'était pas l'impression première du jour où, y débarquant, les bouquets d'ombre et d'eau des oasis lointaines m'attendaient pour paître les troupeaux mélancoliques de mon âme…

Non, le morne Tuggurth avait dépassé mon attente. Mon cœur, toujours avide de tristesse, s'était empli de pleurs ainsi qu'une urne funéraire ; et les visions bibliques du Sud avaient, d'un geste, semé dans mon âme tout ce qu'elle pouvait contenir d'ivraie.

À ce retour, Alger m'apparut surtout française. D'ailleurs, les boutiques blêmes où cousaient les petits Mzabites devenaient un rêve pâle de langueur parfumée et morte.

Je n'allais plus aux taudis maures, mais je regardais la mer, assis à la terrasse d'un café dont la banalité luxueuse me plaisait. J'avais une joie d'enfant à demander une absinthe, à me sentir seul, tandis que le soleil de midi semblait faire chanter pour moi son ombre et sa lumière.

C'était un chant de patrie. Ce n'était déjà plus les flûtes des Biskris. C'était le grand amour dont souvent j'avais souri, l'appel des parents et des amis, la forêt douce où les ramiers perchent.

Et je pleurais presque de joie.

Tout était joli : les magasins des libraires, les grues françaises, la poste.

La poussière du soleil flottait sur la place du Gouvernement et l'ombre des arcades faisait, dans la rue Bab-el-oued, comme un palais de songes.

La ville riait. Sur la hauteur, la fraîcheur des maisons mauresques bâillait d'un sourire adorable, un sourire de marbre pâle et de porcelaine bleue. Une langueur m'envahissait. J'avais faim de fruits glacés et de femmes tièdes. Le soleil de volupté évoquait, sur la mer violette, des filets aux mailles d'or ruisselants, emplis de prostituées d'argent et de dorades.

Un son de guitare mourait là-bas.

Alger, c'est toi qui commenças et terminas mon rêve. Tu m'apparus et tu m'apparais encore comme une ville délicieuse, et je désire que ce mot ne soit entendu que par ceux qui peuvent le comprendre. Mon orgueil ridicule et ma tristesse eurent à lutter, près des oasis, avec quelque chose d'analogue à mon cœur : la désolation.

Le sable avait-il la notion de sa tristesse ? Je fus aussi triste que lui et je ne trouvai rien, dans son horreur, que je ne fusse capable de contenir et d'aimer. Pas un de mes nerfs n'a tressailli à l'aspect des chevaux morts dans l'implacable Océan pétrifié.

Les bêlements lointains des chèvres de Tuggurth, le fiévreux misérable qui grelottait sur la terre embrasée de Drôh, les plaies bleues des dromadaires, les femmes haletantes qui suivaient les caravanes à côté des ânes rogneux, ne dépassèrent point la mesure de mon âme.

J'en demande pardon à Dieu : peut-être mon excuse est-elle dans la pitié.

J'ai retrouvé dans Alger les choses mesquines et agréables auxquelles notre faible cœur peut concéder bien des choses.

En forêt

poème
(tiré du recueil *Poésies d'Humilis et vers inédits*, 1924)

par **Germain Nouveau**

Dans la forêt étrange c'est la nuit ;
C'est comme un noir silence qui bruit ;

Dans la forêt, ici blanche et là brune,
En pleurs de lait filtre le clair de lune.

Un vent d'été, qui souffle on ne sait où,
Erre en rêvant comme une âme de fou :

Et, sous des yeux d'étoile épanouie,
La forêt chante avec un bruit de pluie.

Parfois il vient des gémissements doux
Des lointains bleus plein d'oiseaux et de
[loups ;

Il vient aussi des senteurs de repaire ;
C'est l'heure froide où dorment les vipères,

L'heure où l'amour s'épreuve au fond du
[nid,
Où s'élabore en secret l'aconit :

Où l'être qui garde une chère offense,
Se sentant seul et loin des hommes, pense.

— Pourtant la lune est bonne dans le ciel
Qui verse, avec un sourire de miel,

Son âme calme et ses pâleurs amies
Au troupeau roux des roches endormies.

L'arbre

poème en prose
(tiré du recueil *Les Chansons de Bilitis*, 1894)

par **Pierre Louÿs**

Je me suis dévêtue pour monter à un arbre ; mes cuisses nues embrassaient l'écorce lisse et humide ; mes sandales marchaient sur les branches.

Tout en haut, mais encore sous les feuilles et à l'ombre de la chaleur, je me suis mise à cheval sur une fourche écartée en balançant mes pieds dans le vide.

Il avait plu. Des gouttes d'eau tombaient et coulaient sur ma peau. Mes mains étaient tachées de mousse, et mes orteils étaient rouges, à cause des fleurs écrasées.

Je sentais le bel arbre vivre quand le vent passait au travers ; alors je serrais mes jambes davantage et j'appliquais mes lèvres ouvertes sur la nuque chevelue d'un rameau.

Les petits arbres

poème

(tiré du recueil *Les Souvenirs*, 1872)

par **Albert Mérat**

Malingres, laids, tendant de longs bras d'araignées,
Le corps cerclé de linge et les pieds dans du fer,
A deux pas des maisons, sans espace, sans air,
Les petits arbres vont en bandes alignées.

Ils sont libres de croître aux places assignées ;
On les garde de la chaleur et de l'hiver.
Ils ont sur eux le ciel des villes, jamais clair,
Toujours morne, et qui sied aux poses résignées.

L'été, quand l'air profond s'exhale dans la nuit,
Peut-être que de loin, des bois natals, un bruit,
Une voix leur parvient qui leur parle sans haine :

« Qu'êtes-vous devenus, ô nos frères bannis,
« Platane au tronc d'argent, orme rude, et toi, chêne,
« Abrités mais captifs, tranquilles mais sans nids ? »

Notes sur quelques arbres

(tirées du recueil *Feuilles dans le vent*, 1914)

par **Francis Jammes**

Les carrières du ciel d'hiver s'éboulent et les nuages descendent sur la terre pour se fixer aux branches nues et laissent le vide bleu s'installer à leur place. Ici des nuages blancs et roses font un fruitier ; là des nuages lilas, mauves et couleur de chair, font un jardin d'agrément ; ici des nuages noirs font une forêt ; là des nuages de pur soleil font une bande d'ajoncs.

Je veux écrire l'éloge de quelques arbres :

Premièrement, du pêcher.

Il est pareil à un essaim d'abeilles qui seraient roses et aussi parfumées que leurs rayons. C'est pourquoi son fruit, velu comme l'abeille, a la couleur du miel.

Deuxièmement, du pommier.

Il est rond. Son fruit est rond et rose et blanc comme est blanche, rose et ronde la joue de ce petit enfant maraudeur qui saute le mur du verger.

Troisièmement, de l'amandier.

Les doigts de Dieu ont aplati l'amande et laissé sur l'écorce un peu d'encens et dans la coque un peu de lait caillé.

Quatrièmement, du poirier.

Il est comme un pèlerin vêtu d'une robe conique, appuyé sur un bâton noueux, et qui assiste à ce miracle que ses gourdes puisent leur eau fraîche dans le feu du soleil.

Cinquièmement, du prunier.

La peau de ses fruits est si fine, que lorsqu'on la détache, elle forme des lanières transparentes. Et la chair mise à vif est toute saignante de soleil.

Sixièmement, du cerisier.

Le cerisier est le corail de la mer céleste. Et un rameau chargé de cerises est plus lourd qu'on ne pourrait croire.

Septièmement, du néflier.

Ses fleurs sont des églantines blanches. La peau de son fruit rond, creusé au sommet en couronne, est lisse, rousse et parfois argentée comme la jeune branche de chêne ; la chair acide et douce, couleur de tan, contient plusieurs noyaux osseux. La nèfle ne se manque que décomposée, en décembre. On dirait d'une crème de feuilles mortes, et elle porte la bure parce qu'elle demeure solitaire dans le verger.

Huitièmement, du lilas.

L'azur s'enflamme au bout de ses branches et la jeune fille qui tient ces torches parfumées sur son cœur qu'elles dévorent pense que tout le ciel brûle aussi.

Neuvièmement, du marronnier d'Inde.

Ses mains d'ombre ridées entourent mille thyrses saumon ou blancs tachés de rose. Ses boules vertes puis brunes, hérissées comme des masses d'armes, tombent et s'ouvrent en laissant échapper d'une peau blanche et glissante les marrons rebondissants, vernis comme de vieux meubles.

Dixièmement, du citronnier.

Sa canne, veinée comme une noix muscade, s'élève d'une caisse verte et carrée. Feuilles et fleurs sont roides, et ces dernières si parfumées que l'on dirait de grains d'encens que le soleil liquéfie et qui s'égouttent dans l'allée. Le fruit, d'un jaune clair, si on le coupe transversalement, a la forme et la transparence d'une rosace d'église.

Onzièmement, de l'acacia-boule.

Sa forme est celle d'un grand bilboquet. Il n'indique que la présence d'une administration des ponts et chaussées. Il ne fleurit jamais. Planté au bord des routes, il se sent assimilé à une borne kilométrique.

Douzièmement, du peuplier.

Quand Sully, qui les fit planter au long des avenues de France, encourageait les travaux des campagnes, les fuseaux des fileuses aimaient les quenouilles des peupliers. Ensemble ils chantaient ou ronflaient. Ici le fil avait un nœud et là le feuillage un nid d'oiseau. Les fuseaux et les peupliers tombent sans que personne ne les relève.

Treizièmement, de l'ormeau.

C'est la fête du village. Sur la place quatre ménétriers font danser des couples. Une bouteille de limonade luit sur la table devant l'auberge. Les branches des ormeaux, qui sont tordues comme des éclairs, retiennent un tel amas de feuillages que l'on dirait des blocs de nuit en plein jour.

Quatorzièmement, du saule pleureur.

C'est une averse de verdure.

Quinzièmement, du bouleau.

Les feuilles triangulaires et très mobiles du bouleau font un bruit de pluie. Le tronc, qui pèle finement, a la blancheur de la chaux avec, çà et là, des cicatrices noires qui ressemblent à des yeux d'après des méthodes de dessin.

Seizièmement, du charme.

Il ne faut le considérer que taillé, creusé, dirigé. Les amoureux ne s'enfoncent pas dans ses couloirs, faits de petits cœurs plissés, sans une secrète angoisse. La jeune fille qui, avant d'y pénétrer, est pâle comme la moitié d'une cerise, est souvent, lorsqu'elle en sort, rouge comme l'autre moitié…

Dix-septièmement, du platane.

Son écorce, qui s'enlève par plaques, donne au tronc l'aspect d'un serpent moucheté. Ce tronc, à l'endroit où il se ramifie, représente souvent un torse humain dont la peau se plisse dans un effort. La feuille est trilobée, à pans aigus, parcheminée, large, plane, et les chatons forment des pompons de bourre tondue. Aux jours des fortes chaleurs le mendiant bénit l'avenue de platanes. Elle donne beaucoup d'ombre et promet quelque belle fontaine dont l'eau lumineuse jaillit gaîment. Une allée de platanes ne se rencontre guère que dans une ville bien entretenue.

Dix-huitièmement, du figuier.

La feuille trilobée, à pans arrondis, d'un vert profond, donne aux doigts l'impression d'une joue rasée. Et, détachée de la branche très flexible dont elle couronne l'extrémité de ses frais bouquets, elle laisse perler un âcre lait. La figue mûre est, à l'extérieur, verte ou vineuses selon l'espèce ; à l'intérieur, plus ou moins couleur de chair et de miel. Elle a l'air d'un petit animal obèse dont la tête et les pattes se seraient atrophiées jusqu'à disparaître.

Dix-neuvièmement, du noisetier.

Il y a des nids d'oiseaux, des nids de fleurs et des nids de fruits. On surprend les nids de noisettes au bord des eaux, sur quelque branche flexible, et soudées entre elles par la base de leurs collerettes vertes et acides. Dépouillée de sa collerette, la coque de bois clair de la noisette a la forme et la grosseur d'un œuf de petit oiseau.

La forêt de Fontainebleau

essai

(tiré du recueil *Impressions et souvenirs*, 1873)

par **George Sand**

Voici une lettre que je reçois :

« La pétition des artistes avait obtenu auprès de M. le président de la République l'accueil le plus favorable ; néanmoins l'adjudication de la plus grande partie des lots a eu lieu au jour indiqué.

» Pour essayer d'empêcher à l'avenir d'aussi vastes mutilations, les signataires de la pétition se sont constitués en *comité de protection artistique de la forêt de Fontainebleau*, et, pour bien préciser leur but, ont voté à l'unanimité la résolution suivante :

» Que la forêt de Fontainebleau doit être assimilée aux monuments nationaux et historiques qu'il est indispensable de conserver à l'admiration des artistes et des touristes. — et que sa division actuelle en partie artistique et non artistique ne doit être acceptée que sous toutes réserves. »

Je ne suis pas bien au courant de ce qui s'est passé à l'égard de la forêt de Fontainebleau, mais peu importe. Il ne s'agit pas pour moi de critiquer ce que j'ignore, il s'agit d'approuver tout effort tenté pour la conservation de ce monument naturel, très logiquement classé par les pétitionnaires parmi les monuments nationaux. Le dépecer, le vendre, c'est l'anéantir, et je n'hésite pas à jurer que c'est là un sacrilège. Ce serait une honte de plus à ajouter aux incendies de Paris.

Triste époque en vérité que celle où, d'un côté, l'émeute détruit les archives de la civilisation, tandis que, de l'autre, l'Etat qui représente l'ordre et la conservation détruit ou menace les grandes œuvres du temps et de la nature. Que les unes ou les autres soient converties en ruines ou en écus, ce n'en est pas moins la destruction, et je ne sais, de ces deux vandalismes, si celui qui serait commis de sang froid, légalement, après délibération, ne serait pas le plus stupide et le plus honteux.

Les pétitionnaires qui me demandent d'unir mes efforts aux leurs, et auxquels je donne ici une adhésion publique, invoquent avec raison le besoin des artistes et la satisfaction des touristes ; mais il y a plus que cela à invoquer, car l'opinion publique est faite par une médiocrité parfaitement dédaigneuse de la petite fraction des amants attitrés de la nature. On peut, je crois, prendre la question de plus haut encore et appeler les savants à démontrer que les forêts séculaires sont un élément essentiel de notre équilibre physique, qu'elles conservent dans leurs sanctuaires des principes de vie qu'on ne neutralise pas impunément, et que tous les habitants de la France sont directement intéressés à ne pas laisser dépouiller la France de ses vastes ombrages, réservoirs d'humidité nécessaire à l'air qu'ils respirent et au sol qu'ils exploitent.

Un illustre ami, le poète de premier ordre qui vient de nous quitter, Théophile Gautier avait des paradoxes dont il n'était pas la dupe. Il nous disait, un jour, que les plantes, étaient relativement à nous, des *suçoirs* qui absorbaient notre air respirable, et que son idéal hygiénique, à lui, était de vivre dans un jardin composé d'allées et de plates-bandes de bitume, avec de bons sièges capitonnés et des narghilés toujours allumés, en guise de parterres et de massifs.

Quelqu'un lui fit observer que si les plantes absorbaient une partie de notre alimentation aérienne, elles nous rendaient au centuple des éléments de nutrition moléculaire dont la privation nous serait mortelle. Il le savait fort bien, car il savait beaucoup, et il pouvait soutenir contre lui-même des thèses que nul n'eût mieux plaidées.

Les grands végétaux sont donc des foyers de vie qui répandent au loin leurs bienfaits, et s'il est dangereux ou nuisible de vivre éternellement sous leur ombre directe, il est bien prouvé que supprimer leurs émanations, c'est changer d'une manière funeste les conditions atmosphériques de la vie humaine. C'est supprimer ces grands éventails qui renouvellent l'air et divisent l'électricité sur nos têtes ; c'est aussi appauvrir le sol qui est doué d'une circulation pour ainsi dire sous-cutanée.

La culture gratte, peigne, assainit cette écorce délicate. Ce sont les soins de propreté nécessaires ; mais il faut que certaines parties rocheuses ou boisées échappent à ce nivellement exagéré et conservent l'humidité qui doit féconder le sous-sol à de grandes distances. Il y a fort peu d'eau apparente dans les sables et les roches de Fontainebleau, mais le sous-sol qui a permis aux arbres d'y vivre si longtemps est à coup sûr d'une richesse extrême, et qui se communique au loin. Supprimer les arbres qui, par leur ombre, rendent au sol la fraîcheur bue par leurs racines, vous détruisez une harmonie nécessaire, essentielle, du milieu que vous habitez.

Ne rétrécissons donc pas la question. Tout le monde n'est pas capable de faire une bonne étude des chênes et des grès de Fontainebleau. Tout le monde n'a pas le goût de l'essayer, mais tout le monde a droit à la beauté de ces choses, et il y a beaucoup plus de personnes capables de la sentir que d'artistes intéressés à la traduire. Tout le monde a son grain d'intelligence et de poésie, et il ne faut pas pour cela une grande éducation de développement spécial. Tout le monde a droit à la beauté et à la poésie de nos forêts, de celle-là particulièrement, qui est une des belles choses du monde, et la détruire serait, dans l'ordre moral, une spoliation, un attentat vraiment sauvage à ce droit de propriété intellectuelle qui fait de celui qui n'a rien que la vue des belles choses, l'égal, quelquefois le supérieur de celui qui les possède.

La rage de la possession individuelle doit avoir certaines limites que la nature a tracées. Arrivera-t-on à prétendre que l'atmosphère doit être partagée, vendue accaparée par ceux qui auront le moyen de l'acheter ? Si cela pouvait se faire, voyez-vous d'ici chaque propriétaire balayant son coin de ciel, entassant les nuages chez son voisin, ou, selon son goût, les parquant chez lui et demandant une loi qui défende à l'homme sans argent de regarder l'or du couchant ou la splendeur fantastique des nuées chassées par la tempête ? J'espère que cet heureux temps ne viendra pas, mais je crois que la destruction des belles forêts est un rêve non moins monstrueux, et qu'on ne doit pas plus retirer les grands arbres du domaine public intellectuel que leurs influences salubres à l'hygiène publique. Ils sont aussi sacrés que les nuages fécondants avec lesquels ils entretiennent des communications incessantes ; ils doivent être protégés et respectés, ne jamais être livrés au caprice barbare ou au besoin égoïste de l'individu. Beaux et majestueux jusque dans leur décrépitude, ils appartiennent à nos descendants comme ils ont appartenu à nos ancêtres. Ils sont les temples éternels dont l'architecture puissante et la frondaison ornementale se renouvellent sans cesse, les sanctuaires de silence et de rêverie où les générations successives ont le droit d'aller se recueillir et chercher cette notion sérieuse de la grandeur, dont tout homme a le sentiment et le besoin au fond de son être.

La forêt de Fontainebleau n'est pas seulement belle par sa végétation ; le terrain y a des mouvements d'une grâce ou d'une élégance extrêmes. Ses entassements de roches offrent à chaque pas un décor magnifique, austère ou délicieux. Mais ces ravissantes clairières, ces chaos surprenants, ces sables mélancoliques deviendraient navrants, peut-être vulgaires s'ils étaient dénudés. Les sciences naturelles aussi ont le droit de protester contre la destruction des plantes basses que ferait bientôt disparaître le dessèchement de l'atmosphère avec la chute des grands végétaux. Le botaniste et l'entomologiste sont gens sérieux qui comptent autant que les peintres et les poètes ; mais au-dessus de toute cette élite, il y a, je le répète, le genre humain qu'il ne faut pas appauvrir de nobles jouissances, surtout au lendemain de guerres atroces qui ont souillé et détruit tant de choses sacrées dans la nature et dans la civilisation. Français, nous avons tous, ou presque tous, des enfants ou des petits-enfants que nous prenons par la main pour les promener avec l'idée, à quelque classe aisée ou malaisée que nous appartenions, de les initier au sentiment de la vie qui est en nous. Nous leur faisons regarder, là où nous nous trouvons avec eux, tout ce qu'ils doivent comprendre, un navire, un convoi de chemin de fer, un marché, une église, une rivière, une montagne, une ville. Depuis la boutique de pain d'épice où le petit prolétaire voit de petites formes barbares d'hommes et d'animaux, jusqu'aux musées où le bourgeois promène son héritier en lui expliquant comme il peut ce qu'il admire ; depuis le sillon où l'enfant du paysan ramasse une fleur ou un caillou, jusqu'aux grands parcs royaux et à nos jardins publics, où riches et pauvres peuvent s'instruire en regardant ; tout est sanctuaire d'initiation pour l'enfant ou pour l'adulte privé de développement, qui veut sortir de cette enfance trop prolongée. Je sais bien qu'il y a un prolétaire sombre ou bavard, sinistre ou passionné qui ne rêve que la lutte sociale, ne regarde rien et ne prend aucun soin d'élever son esprit au niveau du sort qu'il prétend conquérir ; mais il y a le prolétaire universel, l'enfant, c'est-à-dire l'ignorant de toute les classes, celui qu'on peut encore former pour la vie sociale et pour les luttes mieux comprises et mieux posées de l'avenir. Celui-là, chacun de nous l'a sous la main, car c'est l'élève de son cœur, le rejeton qu'il porte dans ses bras. Il le promène, il le dégrossit, il lui explique les objets nouveaux ; si l'élève est intelligent, de bonne heure il est capable de s'intéresser à toutes les choses que l'existence lui propose de posséder par le fait ou par la pensée.

Eh bien, quand vous l'aurez conduit dans tous les centres d'où la vie sociale rayonne, ou sur tous les chemins où elle fonctionne, quand vous lui aurez appris ce que c'est que l'industrie, les sciences, les arts et la politique, il y a encore une chose dont il ne se doutera pas si vous ne la lui avez pas révélée, et cette chose c'est le respect religieux du beau dans la nature. Il y a là une source profonde de jouissance calme et durable, une immersion de l'être dans les sources mystérieuses d'où il est sorti, une notion à la fois pieuse et positive de la vie, dont vos chemins de fer, vos machines, vos navires, vos manufactures, vos théâtres et vos églises ne lui auront pas encore donné une idée nette et vraie. Il aura appris comment la vie s'emploie ou se prodigue, comment l'homme s'utilise ou se dépense ; il ne saura pas comment la vie se produit et se renouvelle, comment l'homme se sent et s'appartient. Le tumulte de l'existence sociale fait que nous agissons, la plupart du temps, sans savoir pourquoi, et que nous prenons nos passions ou nos appétits pour des besoins réels. Le recueillement est la chose qui manque le plus et dont tout nous détourne. La société est lancée à toute vapeur dans une vie artificielle de tous points, appétits ou vanité à satisfaire sous toutes les formes ; elle n'a pas d'autre but, d'autre illusion, d'autre promesse dans l'appréciation des masses.

Réagissons un peu, c'est-à-dire le plus que nous pourrons, car, hélas ! ce ne sera encore qu'un peu, contre ce torrent qui emporte notre progéniture dans ses ondes troublées. Ne réduisons pas notre horizon aux limites d'un champ ou à la clôture d'un jardin potager. Ouvrons l'espace à la pensée de l'enfant ; faisons-lui boire la poésie de cette création que notre industrie tend à dénaturer complètement avec une rapidité effrayante. Eh quoi ? dès à présent, le jeune homme qui sent vivement cette poésie est un être exceptionnel, car, dans la plupart des familles de nos jours, on est convaincu que contempler c'est perdre son temps, que rêver est habitude de fainéantise ou tendance à la folie. Et pourtant on est sensible à la beauté d'un paysage, et on ne voudrait pas que l'élève eût la brutalité de ne pas le voir.

Je sais cela, je le reconnais, car je ne suis pas de ceux qui font systématiquement la guerre aux bourgeois. Je n'ai jamais fait de croisade contre les épiciers. Je suis persuadée qu'on peut vendre des câpres et du girofle, et savoir que ce sont-là des plantes adorables, non seulement parce qu'elles rapportent de l'argent, mais parce qu'elles sont gracieuses et charmantes. Je crois qu'on peut être un bon paysan et tracer un sillon irréprochable sans être sourd au chant de l'alouette et insensible au parfum de l'aubépine. Je veux même qu'il en soit ainsi. Je veux qu'on puisse être parfait notaire et poète à ses heures en parcourant la campagne ou en traversant la Seine. Je veux que tout homme se complète et qu'on ne lui interdise aucune initiation. C'est un préjugé de croire qu'il faut savoir les délicatesses du langage, les ressources de la palette, la technique des arts pour être en soi-même un critique délicat et pour soi-même un sensitif exquis. Exprimer est une faculté acquise, mais apprécier est un besoin, par conséquent un droit universel. Que les artistes l'éclairent et le consacrent, c'est leur mission ; mais nous invitons tous les hommes à s'en servir pour eux-mêmes, à en avoir la jouissance et à savoir la chercher et la savourer, sans se croire dispensés pour cela d'être bons épiciers, bons laboureurs ou parfaits notaires, si telle est leur vocation.

Il y a plus, une éducation exclusivement artistique n'est pas un moyen infaillible de développer dans l'homme le sentiment du beau et du vrai. Il y a là trop de discussion, trop de conventions, trop de métier ; à force d'apprendre comment il faut voir et comment il faut exprimer, il est bien possible que le disciple de tant de maîtres perde souvent le don de voir par ses yeux et de produire avec le sens qui lui est propre. La nature ne se livre pas ainsi au commandement du professeur ; essentiellement mystérieuse, elle a sa révélation particulière pour chaque individu et s'empare de lui par un procédé qu'elle ne répète pas pour un autre. Il faut la voir soi-même et l'interroger avec ses propres tentacules. Elle est éloquente pour tous, mais jamais traduisible jusqu'au fond, car elle a tous les langages, et, sous la prodigalité de ses expressions diverses, elle a un dernier mot caché qu'elle garde pour elle et que, Dieu merci, pour l'art, l'homme cherchera éternellement. Aucun peintre, aucun poète, aucun musicien, aucun naturaliste, n'épuisera cette coupe de beauté qui toujours déborde après qu'il y a bu à longs traits. Après les plus splendides buveurs, les moindres oisillons trouveront toujours de quoi se désaltérer, et quand vous vous serez assimilé tous les artistes, tous les poètes, tous les naturalistes, vous aurez encore tout à apprendre si vous n'avez pas vu la nature chez elle, si vous n'avez pas, en personne, interrogé le sphinx.

Quelle conquête à entreprendre pour l'homme, et je dis pour tout homme actuellement vivant ou à naître ! Entrer dans la nature, chercher l'oracle de la forêt sacrée et rapporter le mot, ne fût-ce qu'un mot qui doit répandre sur toutes sa vie le charme profond de la possession de son être ! cela vaut bien la peine de conserver les temples d'où cette divinité bienfaisante n'a pas encore été chassée !

Car il est temps d'y songer, la nature s'en va. Sous la main du paysan les grands végétaux disparaissent, les landes perdent leurs parfums, et il faut aller loin des villes pour trouver le silence, pour respirer les émanations de la plante libre ou surprendre le secret du ruisseau qui jase et qui coule à son gré. Tout est abattis, nivellement, redressement, clôture, alignement, obstacle ; si, dans ces cultures tirées au cordeau qui ont la prétention de s'appeler la campagne, vous voyez de temps en temps un massif de beaux arbres, soyez certain qu'il est entouré de murs et que c'est là une propriété particulière où vous n'avez pas le droit de faire entrer votre enfant pour qu'il sache comment est fait un tilleul ou un chêne. Le riche a seul le droit de conserver un petit coin de la nature pour sa jouissance personnelle. Le jour où la loi agraire serait décrétée, il ne resterait plus un arbre en France. En Berry, on mutile l'orme pour nourrir les moutons, l'hiver, avec la feuille et pour chauffer le four avec les branches. Il n'y a plus que des têteaux, c'est-à-dire des monstres.

Tout le monde sait l'histoire du saule blanc en France ; c'est notre plus bel arbre, celui qui atteint les plus imposantes dimensions. Il n'en reste peut-être pas trois ; mais certaines régions sont couvertes de petites boules de feuillages blanchâtre ayant pour support une grosse bûche informe toute crevassée, c'est là le saule blanc, le géant de nos climats.

La plupart des grandes étendues boisées se sont resserrées. Où trouver maintenant la forêt des Ardennes ? Les forêts qui subsistent sont à l'état de coupes réglées et n'ont point de beauté durable. Les besoins deviennent de plus en plus pressants, l'arbre, à peine dans son âge adulte, est abattu sans respect et sans regret. Que de colosses admirables les personnes de mon âge ont vu tomber ! Il n'y en a plus, il faut inventer des charpentes en fer, on ne pourra bientôt plus trouver ni poutres, ni chevrons. Partout le combustible renchérit et devient rare. La houille est chère aussi, la nature s'épuise et l'industrie scientifique ne trouve pas le remède assez vite.

Irons-nous chercher tous nos bois de travail en Amérique ? Mais la forêt vierge va vite aussi et s'épuisera à son tour. Si on n'y prend garde, l'arbre disparaîtra et la fin de la planète viendra par dessèchement sans cataclysme nécessaire, par la faute de l'homme. N'en riez pas, ceux qui ont étudié la question n'y songent pas sans épouvante.

On replantera, on replante beaucoup, je le sais, mais on s'y est pris si tard que le mal est peut-être irréparable. Encore un été comme celui de 1870 en France, et il faudra voir si l'équilibre peut se rétablir entre les exigences de la consommation et les forces productives du sol. Il y a une question qu'on n'a pas assez étudiée et qui reste très mystérieuse : c'est que la nature se lasse quand on la détourne de son travail. Elle a ses habitudes qu'elle quitte sans retour quand on les dérange trop longtemps. Elle donne alors à ses forces un autre emploi ; elle voulait bien produire de grands végétaux, elle y était portée, elle leur donnait la sève avec largesse. Condamnée à se transformer sous d'autres influences, la terre transforme ses moyens d'action. Défrichée et engraissée, elle fleurit et fructifie à la surface, mais la grande puissance qu'elle avait pour les grandes créations elle ne l'a plus et il n'est pas sûr qu'elle la retrouve quand on la lui redemandera. Le domaine de l'homme devient trop étroit pour ses agglomérations. Il faut qu'il l'étende, il faut que des populations émigrent et cherchent le désert. Tout va encore par ce moyen, la planète est encore assez vaste et assez riche pour le nombre de ses habitants ; mais il y a un grand péril en la demeure, c'est que les appétits de l'homme sont devenus des besoins impérieux que rien n'enchaîne, et que si ces besoins ne s'imposent pas, dans un temps donné, une certaine limite, il n'y aura plus de proportion entre la demande de l'homme et la production de la planète. Qui sait si les sociétés disparues, envahies par le désert, qui sait si notre satellite que l'on dit vide d'habitants et privé d'atmosphère, n'ont pas péri par l'imprévoyance des générations et l'épuisement des forces trop surexcitées de la nature ambiante ?

En attendant que l'humanité s'éclaire et se ravise, gardons nos forêts, respectons nos grands arbres, et, s'il faut que ce soit au nom de l'art, si cette considération est encore de quelque poids par le temps de ruralité réaliste qui court, écoutons et secondons nos vaillants artistes ; mais nous tous, protestons aussi, au nom de notre propre droit et forts de notre propre valeur, contre des mesures d'abrutissement et d'insanité. Pendant que, de toutes parts, on bâtit des églises fort laides, ne souffrons pas que les grandes cathédrales de la nature dont nos ancêtres eurent le sentiment profond en élevant leurs temples, soient arrachées à la vénération de nos descendants. Quand la terre sera dévastée et mutilée, nos productions et nos idées seront à l'avenant des choses pauvres et laides qui frapperont nos yeux à toute heure. Les idées rétrécies réagissent sur les sentiments qui s'appauvrissent et se faussent. L'homme a besoin de l'Eden pour horizon. Je sais bien que beaucoup disent : « Après nous la fin du monde » C'est le plus hideux et le plus funeste blasphème que l'homme puisse proférer. C'est la formule de sa démission d'homme, car c'est la rupture du lien qui unit les générations et qui les rend solidaires les unes des autres.

Fragment d'une lettre écrite de Fontainebleau

(tiré du recueil *Les Sept Cordes de la Lyre*, 1869)

par **George Sand**

Août 1837

Me voilà encore une fois dans la forêt de Fontainebleau, seule avec mon fils, qui devient un grand garçon et dont pourtant je suis encore le cavalier plus qu'il n'est le mien. Nous nous risquons sur toute sorte de bêtes, ânes et chevaux plus ou moins civilisés, qui nous portent, sans se plaindre, de sept heures du matin à cinq ou six heures du soir au hasard de la fantaisie. Nous ne prenons pas de guide, et nous n'avons même pas un plan dans la poche. Il nous est indifférent de nous éloigner beaucoup, puisqu'il est difficile de se perdre dans une forêt semée d'écriteaux. Nous nous arrangeons pour ne rencontrer personne, en suivant les chemins les moins battus et en découvrant nous-mêmes les sites les moins fréquentés. Ce ne sont pas les moins beaux.

Tout est beau ici. D'abord les bois sont toujours beaux, dans tous les pays du monde, et, ici, ils sont jetés sur des mouvements de terrain toujours pittoresques quoique toujours praticables. Ce n'est pas un mince agrément que de pouvoir grimper partout, même à cheval, et d'aller chercher les fleurs et les papillons là où ils vous tentent.

Ces longues promenades, ces jours entiers au grand air sont toujours de mon goût, et cette profonde solitude, ce solennel silence à quelques heures de Paris sont inappréciables. Nous vivons d'un pain, d'un poulet froid et de quelques fruits que nous emportons avec les livres, les albums et les boîtes à insectes. Quelles noctuelles, quels bombyx endormis et comme collés sur l'écorce des arbres ! Quelles récoltes ! et quel plaisir de les étaler le soir sur la table !

Nous ne connaissons personne à la ville. Nous avons un petit appartement très-propre et très-commode dans un hôtel qui est à l'entrée de la forêt, et dont l'hôtesse, madame Duponceau, est une charmante hôtesse. J'y travaille le soir quand mon garçon ronfle, et ce gros sommeil me réjouit l'oreille. Je ne sais pas trop, moi, quand je dors. Je n'y pense pas. Du reste je vis de la vie rationnelle pour le moment ; je vis dans les arbres, dans le soleil, dans les bruyères, dans le mouvement et le repos de la nature, dans l'instinct et le sentiment, dans mon fils surtout, qui se plaît à cette vie-là autant que moi, et qui m'en fait jouir doublement.

Quelle belle chose que cette forêt ! Senancour l'a bien décrite dans certaines pages où il veut bien céder au charme qui s'empare de lui. Sa peinture large et bien tranchée est encore ce qui résume le mieux certains aspects. Mais il ne rend pas justice, dans toutes ses lettres, à ce beau lieu. Il le rapetisse comme s'il avait peur de le trop admirer. Il le voit à travers son spleen. Il veut qu'on sache bien que ce n'est pas vaste et accidenté comme la Suisse. À quel propos fait-il ce parallèle, je ne sais. Certes, en tant que montagnes, celles-ci ne sont pas des Alpes ; mais, en tant que bois charmants, les grands pins de la Suisse n'ont pas les qualités propres à la nature de notre forêt, nature à la fois mélancolique et riante, et qui ne ressemble qu'à elle-même. On veut toujours comparer : c'est un tort qu'on se fait, c'est une guerre puérile à sa propre puissance. Ce qui est beau d'une certaine façon n'est ni plus ni moins beau que ce qui est beau d'une manière toute différente. Pour moi, je passerais ma vie ici sans regretter la Suisse, et réciproquement. Là où l'on se trouve bien, je ne comprends pas le besoin du mieux. Je ne sais pas si le proverbe est vrai d'une manière absolue. Je ne crois pas qu'il en ait la prétention, car les sentences sont toujours relatives. Mais, en fait de locomotion, de curiosité, de jouissance personnelle, je croirais volontiers que le regret ou le désir du mieux est un leurre de l'imagination malade. C'était bien le fait de Senancour. Obermann est un génie malade. Je l'ai bien aimé, je l'aime encore, ce livre étrange, si admirablement mal fait ; mais j'aime encore mieux un bel arbre qui se porte bien.

Il faut de tout cela : des arbres bien portants et des livres malades, des choses luxuriantes et des esprits désolés. Il faut que ce qui ne pense pas demeure éternellement beau et jeune, pour prouver que la prospérité a ses lois absolues en dehors de nos lois relatives et factices, qui nous font vieux et laids avant l'heure. Il faut que ce qui pense souffre, pour prouver que nous vivons dans des conditions fausses, en désaccord avec nos vrais besoins et nos vrais instincts. Aussi, toutes ces choses magnifiques qui ne pensent pas donnent beaucoup à penser.

Forêts

poème
(tiré du recueil
Au Jardin de l'infante, 1893)

par **Albert Samain**

Vastes Forêts, Forêts magnifiques et fortes,
Quel infaillible instinct nous ramène toujours
Vers vos vieux troncs drapés de mousses de velours
Et vos étroits sentiers feutrés de feuilles mortes ?

Le murmure éternel de vos larges rameaux
Réveille encore en nous, comme une voix profonde,
L'émoi divin de l'homme aux premiers jours du
[monde,
Dans l'ivresse du ciel, de la terre, et des eaux.

Grands bois, vous nous rendez à la Sainte Nature.
Et notre cœur retrouve, à votre âme exalté,
Avec le jeune amour l'antique liberté,
Grands bois grisants et forts comme une chevelure !

Vos chênes orgueilleux sont plus durs que le fer ;
Dans vos halliers profonds nul soleil ne rayonne ;
L'horreur des lieux sacrés au loin vous environne,
Et vous vous lamentez aussi haut que la mer !

Quand le vent frais de l'aube aux feuillages circule,
Vous frémissez aux cris de mille oiseaux joyeux ;
Et rien n'est plus superbe et plus religieux
Que votre grand silence, au fond du crépuscule...

Autrefois vous étiez habités par les dieux ;
Vos étangs miroitaient de seins nus et d'épaules,
Et le Faune amoureux, qui guettait dans les saules,
Sous son front bestial sentait flamber ses yeux.

La Nymphe grasse et rousse ondoyait aux clairières
Où l'herbe était foulée aux pieds lourds des
[Sylvains,
Et, dans le vent nocturne, au long des noirs ravins,
Le Centaure au galop faisait rouler des pierres.

Votre âme est pleine encor des songes anciens ;
Et la flûte de Pan, dans les campagnes veuves,
Les beaux soirs où la lune argente l'eau des fleuves,

Fait tressaillir encor vos grands chênes païens.

Les Muses, d'un doigt pur soulevant leurs longs
[voiles
À l'heure où le silence emplit le bois sacré,
Pensives, se tournaient vers le croissant doré,
Et regardaient la mer soupirer aux étoiles...

*
**

Nobles Forêts, Forêts d'automne aux feuilles d'or,
Avec ce soleil rouge au fond des avenues,
Et ce grand air d'adieu qui flotte aux branches nues
Vers l'étang solitaire, où meurt le son du cor.

Forêts d'avril : chansons des pinsons et des merles ;
Frissons d'ailes, frissons de feuilles, souffle pur ;
Lumière d'argent clair, d'émeraude et d'azur ;
Avril ! ... Pluie et soleil sur la forêt en perles ! ...

Ô vertes profondeurs, pleines d'enchantements,
Bancs de mousse, rochers, sources, bruyères roses,
Avec votre mystère, et vos retraites closes,
Comme vous répondez à l'âme des amants !

Dans le creux de sa main l'amante a mis des mûres ;
Sa robe est claire encore au sentier déjà noir ;
De légères vapeurs montent dans l'air du soir,
Et la forêt s'endort dans les derniers murmures.

La hutte au toit noirci se dresse par endroits ;
Un cerf, tendant son cou, brame au bord de la mare
Et le rêve éternel de notre cœur s'égare
Vers la maison d'amour cachée au fond des bois.

Ô calme ! ... Tremblement des étoiles lointaines ! ...
Sur la nappe s'écroule une coupe de fruits ;
Et l'amante tressaille au silence des nuits,
Sentant sur ses bras nus la fraîcheur des fontaines...

*
**

Forêts d'amour, Forêts de tristesse et de deuil,
Comme vous endormez nos secrètes blessures,
Comme vous éventez de vos lentes ramures
Nos cœurs toujours brûlants de souffrance ou
[d'orgueil.

Tous ceux qu'un signe au front marque pour être
[rois,
Pâles s'en vont errer sous vos sombres portiques,
Et, frissonnant au bruit des rameaux prophétiques,
Écoutent dans la nuit parler de grandes voix.

Tous ceux que visita la Douleur solennelle,
Et que n'émeuvent plus les soirs ni les matins,
Rêvent de s'enfoncer au cœur des vieux sapins,
Et de coucher leur vie à leur ombre éternelle.

Salut à vous, grands bois à la cime sonore,
Vous où, la nuit, s'atteste une divinité,
Vous qu'un frisson parcourt sous le ciel argenté,
En entendant hennir les chevaux de l'Aurore.

Salut à vous, grands bois profonds et gémissants,
Fils très bons et très doux et très beaux de la Terre,
Vous par qui le vieux cœur humain se régénère,
Ivre de croire encore à ses instincts puissants :

Hêtres, charmes, bouleaux, vieux troncs couverts
[d'écailles,
Piliers géants tordant des hydres à vos pieds,
Vous qui tentez la foudre avec vos fronts altiers,
Chênes de cinq cents ans tout labourés d'entailles,

Vivez toujours puissants et toujours rajeunis ;
Déployez vos rameaux, accroissez votre écorce
Et versez-nous la paix, la sagesse et la force,
Grands ancêtres par qui les hommes sont bénis.

octobre 1896

Les arbres qui ont peur des moutons

nouvelle
(tirée du recueil anthume
Deux et deux font cinq, 1895)

par **Alphonse Allais**

Du ponant, du couchant, du septentrion, du midi, du zénith et du nadir m'adviennent mille sanglants reproches pour le lâche abandon que j'ai commis envers la question si poignante de ces pèlerins passionnés que sont les végétaux.

Certes, quand Mirbeau écrivit l'histoire de son *Concombre fugitif*, il n'espérait point faire couler tant d'encre, susciter d'incomptables correspondances, inquiéter tant d'âmes frétillantes.

Et de toutes parts me pleuvent des communications touchant à la sensibilité, l'ambulativité des plantes et la part réellement psychique qu'elles prennent à la vie.

Dans le lot des aimables lecteurs (et aussi lectrices) qui s'intéressent à la question, se trouvent d'agréables fantaisistes, d'effrénés convaincus et d'autres plus difficiles à classer.

Un lieutenant d'infanterie qui signe Guy de Surlaligne (très probablement un pseudonyme) m'affirme que dans les environs de sa garnison, à Tulle, pousse une espèce de violette, à laquelle on peut, sans sourciller, attribuer le record de la modestie.

« Vous cueillez, assure ce militaire, un bouquet de violettes, vous le posez sur une feuille de papier blanc, et vous vous reculez en fixant indiscrètement les pauvres fleurettes.

» Aussitôt, et de lui-même, le bouquet s'enroule dans le papier blanc, comme ferait un mort dans son linceul, et aussi rapidement (car on sait que les morts vont vite).

» Si vous avez laissé quelques épingles à la portée du bouquet, ces menus ustensiles se trouvent immédiatement attirés et fichés dans le papier, comme pompés par la force vive de l'incoercible pudeur. »

Quelle leçon pour les jeunes filles américaines qui se trouvaient cet été à Burlington !

À la Faculté de droit de Paris, immeuble qui ne passe certainement pas pour le refuge des rigolades fin de siècle, fut, le mois dernier, abordée la question des forêts baladeuses.

M. Ducrocq, le très aimable professeur de droit administratif, proféra ces paroles textuelles :

« À cette époque, messieurs (vers 1872, 1873), les forêts nationales se sont promenées de ministère en ministère, de l'Agriculture aux Finances, des Finances à l'Agriculture, etc., etc. »

Hein, mon vieux Shakespeare, les voilà bien les forêts qui marchent, les voilà bien !

Sans nous arrêter à la légitime stupeur du flâneur rencontrant la forêt de Compiègne dans la rue de Rivoli, passons à une troisième communication qui ne fut pas sans me bouleverser :

« Il y a des arbres, m'écrit M. le vicomte de Maleyssie, notamment les bouleaux et les chênes, qui éprouvent un trac abominable quand passe, non loin d'eux, un troupeau de moutons. Et cette frayeur se traduit par un retrait immédiat de la sève dans l'arbre, au point qu'il n'est plus possible de détacher l'écorce de l'aubier. »

Un peu, ce me semble, comme lorsque nous éprouvons un sentiment de constriction à la gorge.

Et, à l'appui de son dire, M. le vicomte de Maleyssie m'adressa des documents, dont quelques-uns assez précieux ; entre autres, le numéro d'avril 1833 du *Cultivateur*.

À la page 210 de ce vieil organe, je trouve le récit suivant dû à la plume du grand-père même de M. de Maleyssie :

« Des ouvriers étaient employés à écorcer des chênes sur l'un des penchants d'un coteau situé entre deux vallées, dans la propriété que j'habite. Le temps était très favorable à ce genre de travail ; aussi avançait-il assez vite, lorsque peu à peu il devint moins aisé. L'écorce ne se souleva plus qu'avec peine, et bientôt il fut impossible de l'enlever autrement que par petits morceaux.

» Les ouvriers, n'ayant aperçu aucune variation dans l'état de l'atmosphère, attribuèrent unanimement ce phénomène au voisinage de quelque troupeau de moutons.

» En effet, j'avais donné l'ordre au berger d'amener le sien sur le revers du coteau où travaillaient les ouvriers.

» Cela bien constaté, je fis retirer les moutons, et à mesure qu'ils s'éloignaient, le pelage des arbres devenait plus aisé. Néanmoins, la sève, pendant toute la journée, ne reprit pas sa circulation avec la même activité qu'auparavant.

» Cette expérience, répétée deux années de suite, a produit le même effet. »

Les *Annales de la Société d'Horticulture de Paris* (tome XII, page 322), s'occupent également de cet étrange phénomène et citent un cas analogue constaté dans les pépinières royales de Versailles en 1817.

L'auteur de la communication conclut ainsi :

« Quoique je sois très porté à chercher une explication, bonne ou mauvaise, à tous les phénomènes de la végétation, je ne suis jamais arrivé à expliquer celui-là. C'est sans doute le plus délicat de tous ceux que nous offrent les végétaux. M. de Candolle n'en a rien dit dans sa *Physiologie générale*. »

Vous pensez bien que si M. de Candolle n'a rien trouvé à dire sur cette question, ce n'est pas un pauvre petit gars comme moi qui éclairera les masses botanisantes.

Seulement, je pense que si le roseau apprenait la frousse énorme qu'un simple mouton peut infliger à

Celui de qui la tête au ciel était voisine
Et dont les pieds touchaient à l'empire des
[morts

il rirait bien, le souple et charmant roseau.

Le figuier des ruines

(extrait de l'ouvrage *Le Pèlerin d'Angkor*, 1912)

par **Pierre Loti**

C'est le « figuier des ruines » qui règne aujourd'hui en maître sur Angkor. Au-dessus des palais, au-dessus des temples qu'il a patiemment désagrégés, partout il déploie en triomphe son pâle branchage lisse, aux mouchetures de serpent, et son large dôme de feuilles. Il n'était d'abord qu'une petite graine, semée par le vent sur une frise ou au sommet d'une tour. Mais, dès qu'il a pu germer, ses racines, comme des filaments ténus, se sont insinuées entre les pierres pour descendre, descendre, guidées par un instinct sûr vers le sol, et, quand enfin elles se sont gonflées de suc nourricier, jusqu'à devenir énormes, disjoignant, déséquilibrant tout, ouvrant du haut en bas les épaisses murailles ; alors, sans recours, l'édifice a été perdu.

La forêt, toujours la forêt, et toujours son ombre, son oppression souveraine. On la sent hostile, meurtrière, couvant de la fièvre et de la mort ; à la fin, on voudrait s'en évader, elle emprisonne, elle épouvante... Et puis, les rares oiseaux qui chantaient viennent de faire silence, et qu'est-ce que c'est que cette obscurité soudaine ? Il n'est pas l'heure cependant ; il doit y avoir autre chose que l'épaisseur des verdures, là-haut, pour rendre les sentiers si sombres. Ah ! un tambourinement général sur les feuillées, une averse diluvienne ! Au-dessus des arbres, nous n'avions pas vu que tout à coup le ciel devenait noir, l'eau ruisselle, se déverse à torrents sur nos têtes ; vite, réfugions-nous là-bas, près d'un grand Bouddha songeur, à l'abri de son toit de chaume.

L'Arbre sacré

conte

(tiré du recueil,

Le Rose et le Noir, 1885)

par **Catulle Mendès**

I

Poussé à travers des mers inconnues par un vent qui jamais encore n'avait gonflé de voiles, le navire du Conquérant, après les tempêtes, les écueils et tant de vains mirages, aborda enfin une contrée déserte ; là devait s'établir et triompher la nation nouvelle qu'avaient annoncée les prophéties ; et le chef descendit sur le rivage avec ses compagnons armés d'épieux et de haches.

Une forêt se dressait devant eux, immense, inextricable, farouche, où rugissaient et sifflaient les bêtes jalouses de leur solitude.

A cette vue, beaucoup d'hommes reculèrent.

« Ce pays, disaient-ils, n'est pas propice à la fondation d'une ville, et il convient que nous nous remettions à la voile pour découvrir une autre terre. »

Mais le Conquérant élu par les Providences répondit :

« C'est ici que doit s'élever la cité. Au lieu des racines, les habitations des fils d'Adam s'enfonceront dans le sol, et leurs toits monteront plus haut que les plus hauts feuillages ; une race humaine, fraternelle, croîtra et multipliera où pullulent les serpents et les tigres. Taillez les broussailles. Abattez les arbres. A l'œuvre, compagnons ! »

Nul ne résista à cet ordre. Il y eut, sur la lisière, devant les bras armés, des déchirements de frondaisons, des craquements de branchages, et des fuites de bêtes effarées vers les profondeurs du bois.

II

Une hache attaqua un chêne.

C'était un arbre si grand, si touffu, si majestueux que jamais ces hommes, dans leur pays, n'en avaient vu de pareil. Il dominait la forêt entière, pareil au roi géant d'un peuple nain, et les aigles qui tournoyaient à sa cime ne paraissaient pas plus gros, vus d'en bas, que des oisillons sur un églantier.

Au premier coup de hache, une voix parla, grave, qui sortait du chêne.

« Hommes venus de loin, quelle fureur vous pousse à outrager ma vieillesse ? Bien longtemps avant que le premier-né eût vagi sur le sein de la première femme, je me dressais, éventrant des racines la profondeur de la terre, déchirant des branchages les nuages du ciel, et la chute de mes glands a semé autour de moi la multitude de ma race. Eternel témoin des choses éphémères, j'ai vu se ruer les déluges qui ne m'ont pas emporté ; surgir du sol, et y entrer, les volcans ; surgir des flots, et y rentrer, les îles. Arrière, sacrilèges ! Je suis l'aïeul immémorial, vénérable à Dieu même. »

Les bûcherons interrompirent leur besogne, troublés de crainte, saisis de religion ; devant le chêne auguste, semblable à un paternel vieillard, la hache tremblait comme au bras des parricides.

Mais le Conquérant :

« L'homme va jusqu'au bout de sa volonté, dit-il, sans s'attarder à de vains respects. Chêne, je taillerai dans tes branches les poutres de mon toit, comme je bâtirais, s'il le fallait, la maison qui m'est due, avec les os de mes ancêtres ! »

Sous l'acharnement des efforts, l'arbre tomba dans un fracas formidable, ployant, rompant, renversant les platanes et les ormes ; une lionne, prise sous la chute du tronc, ne s'en dégagea point, rugissante et se tordant.

III

Une hache attaqua un bouleau.

C'était un arbre frêle et gracieux, qui s'inclinait, même sans brise, comme pris de peur, ou de pudeur, avec un froissement de frissons d'argent.

Sous la hache, une voix parla, douce, qui sortait du bouleau.

« Hommes venus de loin, oh ! pourquoi me faites-vous du mal ? Ne voyez-vous pas comme je suis délicat et fragile, et n'aurez-vous pas pitié de moi, si faible ? Plusieurs d'entre vous ont laissé au logis, sans doute, dans leur lointaine patrie, une épouse ou une fiancée dont l'amour les a suivis, avec les hirondelles qui volent autour des mâts. Regardez ! regardez ! Ne suis-je pas svelte comme elle ? N'ai-je pas, dans le tremblement de mes feuilles, la crainte dont elle s'émut le soir du premier baiser ? Ecoutez : vous reconnaîtrez, dans mes soupirs sous le vent, sa chère voix éparse. Ô amants ! ô époux ! vous ne serez point assez cruels pour torturer l'arbre qui ressemble à la bien-aimée. »

Les bûcherons interrompirent leur besogne, troublés d'un souvenir d'amour ; devant le joli bouleau, où vivait la grâce des jeunes femmes, la hache tremblait comme dans une main levée sur une enfant qui demande pardon.

Mais le Conquérant :

« L'homme va jusqu'au bout de sa volonté, dit-il sans s'attarder à de vaines tendresses. Bouleau, je briserai ta faiblesse, qui me gêne, comme j'arracherais de mon cou, s'il le fallait, la caresse amoureuse qui me ralentirait en chemin ! »

Sous un léger effort, l'arbre tomba dans une plainte mourante, ployant, rompant, renversant les bruyères et les herbes en fleurs ; une libellule, prise à demi sous la chute du tronc, ne put pas s'envoler, battant l'air de ses petites ailes.

IV

Une hache attaqua un saule.

C'était un arbre mélancolique, qui se courbait vers une mare dormante, laissant pendre ses branches semblables aux cheveux d'une veuve défaits sur un tombeau.

Sous la hache une voix parla, triste, qui sortait du saule.

« Hommes venus de loin, n'aurez-vous pas pitié de moi, qui pleure ? N'avez-vous donc jamais pleuré vous-mêmes, et, comme je me penche dans une éternelle douleur, n'avez-vous pas incliné votre front vers le lit où se mourait une enfant chérie, vers le sépulcre où l'on avait couché une mère en cheveux gris ? Ô vous, pères sans enfants, ô vous, fils orphelins, épargnez-moi, au nom des deuils communs, et, parmi la solitude, où les bises se lamentent, laissez-moi pleurer dans l'eau morte, feuille à feuille, toujours ! »

Les bûcherons interrompirent leur besogne, attendris du souvenir des morts ; devant le saule désolé, qui leur rappelait les cimetières de la patrie, la hache tremblait comme aux bras de ceux qui vont violer une sépulture.

Mais le Conquérant :

« L'homme va jusqu'au bout de sa volonté, dit-il, sans s'attarder à de vains désespoirs. Saule, je ferai d'utiles flammes avec tes branches et tes feuilles, — avec tes bras suppliants et tes larmes, — comme je jetterais, s'il le fallait, les planches d'un cercueil au brasier qui cuit mon repas ou dans le feu de ma forge ! »

Sous un seul effort, l'arbre tomba dans un sanglot, ployant, rompant, renversant les nénuphars de la mare et les blêmes lotus ; une liane fleurie, prise sous la chute du tronc, ne s'en dégagea point, si pâle, pareille à une Ophélie retenue par les cheveux.

V

Et vainement les autres arbres de la forêt tentèrent d'arrêter par des supplications les haches meurtrières. Ils tombaient, tous, sous les bras des bûcherons, tandis que le Conquérant voyait dans sa pensée la force et la gloire de la nation future. Enfin, ce qui avait été un bois immense, plein de rugissements et de sifflements, fut une plaine où s'élèverait la cité. Un seul arbre restait debout, qu'un dernier coup allait abattre.

Un petit oiseau dit, perché sur une branche :

« Qu'allez-vous faire, hommes venus de loin ? Je suis l'oiseau-poète des frais matins de printemps, des chaudes nuits d'été. C'est ma coutume de nicher et de chanter dans cet arbre. Si vous le renversez, il faudra que je prenne mon vol, et jamais plus, jamais plus personne dans ce pays ne m'entendra chanter. »

Les bûcherons, cette fois, haussèrent l'épaule avec un rire de dédain, et les haches étaient levées.

Mais, alors, le Conquérant :

« Vous qui avez frappé le chêne auguste, le bouleau pareil aux jeunes femmes, et le saule consolateur des morts, laissez à cet oiseau cet arbre ; il est sacré, puisque une voix y chante ! et l'homme faiblirait sous sa hache, sans joie et sans courage, si, pour lui ravir l'âme et lui raviver le cœur, on ne lui disait pas, quelquefois, une chanson ! »

Chant d'automne

poème
(tiré du recueil *Les Fleurs du Mal*, 1857)

par **Charles Baudelaire**

I

Bientôt nous plongerons dans les froides ténèbres ;
Adieu, vive clarté de nos étés trop courts !
J'entends déjà tomber avec des chocs funèbres
Le bois retentissant sur le pavé des cours.

Tout l'hiver va rentrer dans mon être : colère,
Haine, frissons, horreur, labeur dur et forcé,
Et, comme le soleil dans son enfer polaire,
Mon cœur ne sera plus qu'un bloc rouge et glacé.

J'écoute en frémissant chaque bûche qui tombe ;
L'échafaud qu'on bâtit n'a pas d'écho plus sourd.
Mon esprit est pareil à la tour qui succombe
Sous les coups du bélier infatigable et lourd.

Il me semble, bercé par ce choc monotone,
Qu'on cloue en grande hâte un cercueil quelque part.
Pour qui ? — C'était hier l'été ; voici l'automne !
Ce bruit mystérieux sonne comme un départ.

II

J'aime de vos longs yeux la lumière verdâtre,
Douce beauté, mais tout aujourd'hui m'est amer,
Et rien, ni votre amour, ni le boudoir, ni l'âtre,
Ne me vaut le soleil rayonnant sur la mer.

Et pourtant aimez-moi, tendre cœur ! soyez mère,
Même pour un ingrat, même pour un méchant ;
Amante ou sœur, soyez la douceur éphémère
D'un glorieux automne ou d'un soleil couchant.

Courte tâche ! La tombe attend ; elle est avide !
Ah ! laissez-moi, mon front posé sur vos genoux,
Goûter, en regrettant l'été blanc et torride,
De l'arrière-saison le rayon jaune et doux !

Ballade du châtaignier rond

poème
(tiré du recueil *Les Névroses*, 1883)

par **Maurice Rollinat**

Le râle de genêts croassait dans les prés
Comme un peigne qu'on racle au milieu du
[mystère ;
Le soir décolorait les arbres effarés,
Et lentement la Lune, au ras du ciel austère,
Se recourbait en arc ainsi qu'un cimeterre.
C'est alors que, tout seul dans la vallée, au bruit
Du crapaud des étangs qui flûtait son ennui,
Par les taillis scabreux, les labours et le chaume,
Je m'en allais parfois rêver jusqu'à minuit
Sous le châtaignier rond dressé comme un fantôme.

Aux bêlements lointains des moutons égarés,
Plus fatidiquement qu'un glas de monastère,
Le chat-huant mêlait ses sanglots acérés,
Si tristes, qu'un frisson de peur involontaire
Vous prend, lorsqu'un mauvais écho les réitère.
C'était l'heure des loups que le sorcier conduit ;
De la voix qui vous hèle, et du pas qui vous suit ;
Le grillon n'avait plus qu'un murmure d'atome ;
Et la mousse enchâssait le petit ver qui luit
Sous le châtaignier rond dressé comme un fantôme.

Le court vacillement des farfadets soufrés
Annonçant des esprits qui revenaient sur terre,
Dansait au bout des joncs des chemins engouffrés ;
Puis, à la longue, tout finissait par se taire,
Et le silence entrait dans la nuit solitaire.
Et j'oubliais la tombe où la Mort nous réduit
En cendres ! J'oubliais le monde qui me nuit ;
Le sommeil des buissons me charriait son baume,
Et je m'évaporais avec le vent qui fuit
Sous le châtaignier rond dressé comme un fantôme.

ENVOI

Princesse de mon cœur, si, par un cas fortuit,
Je meurs à la campagne, ordonne que celui
Qui vissera sur moi le long couvercle en dôme
M'emporte par la brande et m'enterre, la nuit,
Sous le châtaignier rond dressé comme un fantôme.

Le cyprès

poème
(tiré du recueil *La Cité des eaux*, 1902)

par **Henri de Régnier**

Ce haut cyprès ! c'est là qu'un soir est mort
[l'Amour,
Dans l'ombre chaude encor de sa rouge journée,
C'est là que, contre lui sa pointe retournée,
Il est tombé, percé de sa flèche à son tour.

O lieu cher et cruel et triste, où, de ce jour,
Mystérieuse et qui ne s'est jamais fanée,
De son sang a fleuri une rose obstinée
Dont semble encor la pourpre attendre son retour.

Et quelquefois, la main dans la main, ma Tristesse
Et moi, qui ne veux plus, hélas ! qu'elle me laisse,
Nous montons jusqu'ici, son pas auprès du mien.

Elle aime cette rose et moi le cyprès sombre :
Elle espère peut-être encor, mais je sais bien
Qu'où l'Amour est tombé ne revient pas son
[Ombre !

La branche d'amandier

poème
(tiré du recueil *Nouvelles Méditations poétiques*, 1823)

par **Alphonse de Lamartine**

De l'amandier tige fleurie,
Symbole, hélas ! de la beauté,
Comme toi, la fleur de la vie
Fleurit et tombe avant l'été.

Qu'on la néglige ou qu'on la cueille,
De nos fronts, des mains de l'Amour,
Elle s'échappe feuille à feuille,
Comme nos plaisirs jour à jour !

Savourons ces courtes délices ;
Disputons-les même au zéphyr,
Epuisons les riants calices
De ces parfums qui vont mourir.

Souvent la beauté fugitive
Ressemble à la fleur du matin,
Qui, du front glacé du convive,
Tombe avant l'heure du festin.

Un jour tombe, un autre se lève ;
Le printemps va s'évanouir ;
Chaque fleur que le vent enlève
Nous dit : Hâtez-vous de jouir.

Et, puisqu'il faut qu'elles périssent,
Qu'elles périssent sans retour !
Que ces roses ne se flétrissent
Que sous les lèvres de l'amour !

Le chevalier double

conte

(tirée du recueil *Romans et Contes*, 1863)

par **Théophile Gautier**

Qui rend donc la blonde Edwige si triste ? que fait-elle assise à l'écart, le menton dans sa main et le coude au genou, plus morne que le désespoir, plus pâle que la statue d'albâtre qui pleure sur un tombeau ?

Du coin de sa paupière une grosse larme roule sur le duvet de sa joue, une seule, mais qui ne tarit jamais ; comme cette goutte d'eau qui suinte des voûtes du rocher et qui à la longue use le granit, cette seule larme, en tombant sans relâche de ses yeux sur son cœur, l'a percé et traversé à jour.

Edwige, blonde Edwige, ne croyez-vous plus à Jésus-Christ le doux Sauveur ? doutez-vous de l'indulgence de la très sainte Vierge Marie ? Pourquoi portez-vous sans cesse à votre flanc vos petites mains diaphanes, amaigries et fluettes comme celles des Elfes et des Willis ? Vous allez être mère : c'était votre plus cher vœu ; votre noble époux, le comte Lodbrog, a promis un autel d'argent massif, un ciboire d'or fin à l'église de Saint-Euthbert si vous lui donniez un fils.

Hélas ! hélas ! la pauvre Edwige a le cœur percé des sept glaives de la douleur ; un terrible secret pèse sur son âme. Il y a quelques mois, un étranger est venu au château ; il faisait un terrible temps cette nuit-là : les tours tremblaient dans leur charpente, les girouettes piaulaient, le feu rampait dans la cheminée, et le vent frappait à la vitre comme un importun qui veut entrer.

L'étranger était beau comme un ange, mais comme un ange tombé ; il souriait doucement et regardait doucement, et pourtant ce regard et ce sourire vous glaçaient de terreur et vous inspiraient l'effroi qu'on éprouve en se penchant sur un abîme. Une grâce scélérate, une langueur perfide comme celle du tigre qui guette sa proie, accompagnaient tous ses mouvements ; il charmait à la façon du serpent qui fascine l'oiseau.

Cet étranger était un maître chanteur ; son teint bruni montrait qu'il avait vu d'autres cieux ; il disait venir du fond de la Bohême, et demandait l'hospitalité pour cette nuit-là seulement.

Il resta cette nuit, et encore d'autres jours et encore d'autres nuits, car la tempête ne pouvait s'apaiser, et le vieux château s'agitait sur ses fondements comme si la rafale eût voulu le déraciner et faire tomber sa couronne de créneaux dans les eaux écumeuses du torrent.

Pour charmer le temps, il chantait d'étranges poésies qui troublaient le cœur et donnaient des idées furieuses ; tout le temps qu'il chantait, un corbeau noir vernissé, luisant comme le jais, se tenait sur son épaule ; il battait la mesure avec son bec d'ébène, et semblait applaudir en secouant ses ailes. — Edwige pâlissait, pâlissait comme les lis du clair de lune ; Edwige rougissait, rougissait comme les roses de l'aurore, et se laissait aller en arrière dans son grand fauteuil, languissante, à demi morte, enivrée comme si elle avait respiré le parfum fatal de ces fleurs qui font mourir.

Enfin le maître chanteur put partir ; un petit sourire bleu venait de dérider la face du ciel. Depuis ce jour, Edwige, la blonde Edwige ne fait que pleurer dans l'angle de la fenêtre.

Edwige est mère ; elle a un bel enfant tout blanc et tout vermeil. — Le vieux comte Lodbrog a commandé au fondeur l'autel d'argent massif, et il a donné mille pièces d'or à l'orfèvre dans une bourse de peau de renne pour fabriquer le ciboire ; il sera large et lourd, et tiendra une grande mesure de vin. Le prêtre qui le videra pourra dire qu'il est un bon buveur.

L'enfant est tout blanc et tout vermeil, mais il a le regard noir de l'étranger : sa mère l'a bien vu. Ah ! pauvre Edwige ! pourquoi avez-vous tant regardé l'étranger avec sa harpe et son corbeau ?...

Le chapelain ondoie l'enfant ; — on lui donne le nom d'Oluf, un bien beau nom ! — Le mire monte sur la plus haute tour pour lui tirer l'horoscope.

Le temps était clair et froid : comme une mâchoire de loup cervier aux dents aiguës et blanches, une découpure de montagnes couvertes de neiges mordait le bord de la robe du ciel ; les étoiles larges et pâles brillaient dans la crudité bleue de la nuit comme des soleils d'argent.

Le mire prend la hauteur, remarque l'année, le jour et la minute ; il fait de longs calculs en encre rouge sur un long parchemin tout constellé de signes cabalistiques ; il rentre dans son cabinet, et remonte sur la plate-forme, il ne s'est pourtant pas trompé dans ses supputations, son thème de nativité est juste comme un trébuchet à peser les pierres fines ; cependant il recommence : il n'a pas fait d'erreur.

Le petit comte Oluf a une étoile double, une verte et une rouge, verte comme l'espérance, rouge comme l'enfer ; l'une favorable, l'autre désastreuse. Cela s'est-il jamais vu qu'un enfant ait une étoile double ?

Avec un air grave et compassé le mire rentre dans la chambre de l'accouchée et dit, en passant sa main osseuse dans les flots de sa grande barbe de mage :

« Comtesse Edwige, et vous, comte Lodbrog, deux influences ont présidé à la naissance d'Oluf, votre précieux fils : l'une bonne, l'autre mauvaise ; c'est pourquoi il a une étoile verte et une étoile rouge. Il est soumis à un double ascendant. Il sera très heureux ou très malheureux, je ne sais lequel ; peut-être tous les deux à la fois. »

Le comte Lodbrog répondit au mire : « L'étoile verte l'emportera. » Mais Edwige craignait dans son cœur de mère que ce ne fût la rouge. Elle remit son menton dans sa main, son coude sur son genou, et recommença à pleurer dans le coin de la fenêtre. Après avoir allaité son enfant, son unique occupation était de regarder à travers la vitre la neige descendre en flocons drus et pressés, comme si l'on eût plumé là-haut les ailes blanches de tous les anges et de tous les chérubins.

De temps en temps un corbeau passait devant la vitre, croassant et secouant cette poussière argentée. Cela faisait penser Edwige au corbeau singulier qui se tenait toujours sur l'épaule de l'étranger au doux regard de tigre, au charmant sourire de vipère.

Et ses larmes tombaient plus vite de ses yeux sur son cœur, sur son cœur percé à jour.

Le jeune Oluf est un enfant bien étrange : on dirait qu'il y a dans sa petite peau blanche et vermeille deux enfants d'un caractère différent ; un jour il est bon comme un ange, un autre jour il est méchant comme un diable, il mord le sein de sa mère et déchire à coup d'ongles le visage de sa gouvernante.

Le vieux comte Lodbrog, souriant dans sa moustache grise, dit qu'Oluf fera un bon soldat et qu'il a l'humeur belliqueuse. Le fait est qu'Oluf est un petit drôle insupportable : tantôt il pleure, tantôt il rit ; il est capricieux comme la lune, fantasque comme une femme ; il va, vient, s'arrête tout à coup sans motif apparent, abandonne ce qu'il avait entrepris et fait succéder à la turbulence la plus inquiète l'immobilité la plus absolue ; quoiqu'il soit seul, il paraît converser avec un interlocuteur invisible ! Quand on lui demande la cause de toutes ces agitations, il dit que l'étoile rouge le tourmente.

Oluf a bientôt quinze ans. Son caractère devient de plus en plus inexplicable ; sa physionomie, quoique parfaitement belle, est d'une expression embarrassante ; il est blond comme sa mère, avec tous les traits de la race du Nord ; mais sous son front blanc comme la neige que n'a rayée encore ni le patin du chasseur ni maculée le pied de l'ours, et qui est bien le front de la race antique des Lodbrog, scintille entre deux paupières orangées un œil aux longs cils noirs, un œil de jais illuminé des fauves ardeurs de la passion italienne, un regard velouté, cruel et doucereux comme celui du maître chanteur de Bohême.

Comme les mois s'envolent, et plus vite encore les années ! Edwige repose maintenant sous les arches ténébreuses du caveau des Lodbrog, à côté du vieux comte, souriant dans son cercueil de ne pas voir son nom périr. Elle était déjà si pâle que la mort ne l'a pas beaucoup changée. Sur son tombeau il y a une belle statue couchée, les mains jointes, et les pieds sur une levrette de marbre, fidèle compagnie des trépassés. Ce qu'a dit Edwige à sa dernière heure, nul ne le sait, mais le prêtre qui la confessait est devenu plus pâle encore que la mourante.

Oluf, le fils brun et blond d'Edwige la désolée, a vingt ans aujourd'hui. Il est très adroit à tous les exercices, nul ne tire mieux l'arc que lui ; il refend la flèche qui vient de se planter en tremblant dans le cœur du but ; sans mors ni éperon il dompte les chevaux les plus sauvages.

Il n'a jamais impunément regardé une femme ou une jeune fille ; mais aucune de celles qui l'ont aimé n'a été heureuse. L'inégalité fatale de son caractère s'oppose à toute réalisation de bonheur entre une femme et lui. Une seule de ses moitiés ressent de la passion, l'autre éprouve de la haine ; tantôt l'étoile verte l'emporte, tantôt l'étoile rouge. Un jour il vous dit : « Ô blanches vierges du Nord, étincelantes et pures comme les glaces du pôle ; prunelles de clair de lune ; joues nuancées des fraîcheurs de l'aurore boréale ! » Et l'autre jour il s'écriait : « Ô filles d'Italie, dorées par le soleil et blondes comme l'orange ! cœurs de flamme dans des poitrines de bronze ! » Ce qu'il y a de plus triste, c'est qu'il est sincère dans les deux exclamations.

Hélas ! pauvres désolées, tristes ombres plaintives, vous ne l'accusez même pas, car vous savez qu'il est plus malheureux que vous ; son cœur est un terrain sans cesse foulé par les pieds de deux lutteurs inconnus, dont chacun, comme dans le combat de Jacob et de l'Ange, cherche à dessécher le jarret de son adversaire.

Si l'on allait au cimetière, sous les larges feuilles veloutées du verbascum aux profondes découpures, sous l'asphodèle aux rameaux d'un vert malsain, dans la folle avoine et les orties, l'on trouverait plus d'une pierre abandonnée où la rosée du matin répand seule ses larmes. Mina, Dora, Thécla ! la terre est-elle bien lourde à vos seins délicats et à vos corps charmants ?

Un jour Oluf appelle Dietrich, son fidèle écuyer ; il lui dit de seller son cheval.

« Maître, regardez comme la neige tombe, comme le vent siffle et fait ployer jusqu'à terre la cime des sapins ; n'entendez-vous pas dans le lointain hurler les loups maigres et bramer ainsi que des âmes en peine les rennes à l'agonie ?

— Dietrich, mon fidèle écuyer, je secouerai la neige comme on fait d'un duvet qui s'attache au manteau, je passerai sous l'arceau des sapins en inclinant un peu l'aigrette de mon casque. Quant aux loups, leurs griffes s'émousseront sur cette bonne armure, et du bout de mon épée fouillant la glace, je découvrirai au pauvre renne qui geint et pleure à chaudes larmes la mousse fraîche et fleurie qu'il ne peut atteindre. »

Le comte Oluf de Lodbrog, car tel est son titre depuis que le vieux comte est mort, part sur son bon cheval, accompagné de ses deux chiens géants, Murg et Fenris, car le jeune seigneur aux paupières couleur d'orange a un rendez-vous, et déjà peut-être, du haut de la petite tourelle aiguë en forme de poivrière, se penche sur le balcon sculpté, malgré le froid et la bise, la jeune fille inquiète, cherchant à démêler dans la blancheur de la plaine le panache du chevalier.

Oluf, sur son grand cheval à formes d'éléphant, dont il laboure les flancs à coups d'éperon, s'avance dans la campagne ; il traverse le lac, dont le froid n'a fait qu'un seul bloc de glace, où les poissons sont enchâssés, les nageoires étendues, comme des pétrifications dans la pâte du marbre ; les quatre fers du cheval, armés de crochets, mordent solidement la dure surface ; un brouillard, produit par sa sueur et sa respiration, l'enveloppe et le suit ; on dirait qu'il galope dans un nuage ; les deux chiens, Murg et Fenris, soufflent, de chaque côté de leur maître, par leurs naseaux sanglants, de longs jets de fumée comme des animaux fabuleux.

Voici le bois de sapins ; pareils à des spectres, ils étendent leurs bras appesantis chargés de nappes blanches ; le poids de la neige courbe les plus jeunes et les plus flexibles : on dirait une suite d'arceaux d'argent. La noire terreur habite dans cette forêt, où les rochers affectent des formes monstrueuses, où chaque arbre, avec ses racines, semble couver à ses pieds un nid de dragons engourdis. Mais Oluf ne connaît pas la terreur.

Le chemin se resserre de plus en plus, les sapins croisent inextricablement leurs branches lamentables ; à peine de rares éclaircies permettent-elles de voir la chaîne de collines neigeuses qui se détachent en blanches ondulations sur le ciel noir et terne.

Heureusement Mopse est un vigoureux coursier qui porterait sans plier Odin le gigantesque ; nul obstacle ne l'arrête ; il saute par-dessus les rochers, il enjambe les fondrières, et de temps en temps il arrache aux cailloux que son sabot heurte sous la neige une aigrette d'étincelles aussitôt éteintes.

« Allons, Mopse, courage ! tu n'as plus à traverser que la petite plaine et le bois de bouleaux ; une jolie main caressera ton col satiné, et dans une écurie bien chaude tu mangeras de l'orge mondée et de l'avoine à pleine mesure. »

Quel charmant spectacle que le bois de bouleaux ! toutes les branches sont ouatées d'une peluche de givre, les plus petites brindilles se dessinent en blanc sur l'obscurité de l'atmosphère : on dirait une immense corbeille de filigrane, un madrépore d'argent, une grotte avec tous ses stalactites ; — les ramifications et les fleurs bizarres dont la gelée étame les vitres n'offrent pas des dessins plus compliqués et plus variés.

« Seigneur Oluf, que vous avez tardé ! J'avais peur que l'ours de la montagne vous eût barré le chemin ou que les elfes vous eussent invité à danser, dit la jeune châtelaine en faisant asseoir Oluf sur le fauteuil de chêne dans l'intérieur de la cheminée. Mais pourquoi êtes-vous venu au rendez-vous d'amour avec un compagnon ? Aviez-vous donc peur de passer tout seul par la forêt ?

— De quel compagnon voulez-vous parler, fleur de mon âme ? dit Oluf très surpris à la jeune châtelaine.

— Du chevalier à l'étoile rouge que vous menez toujours avec vous ; celui qui est né d'un regard du chanteur bohémien, l'esprit funeste qui vous possède. Défaites-vous du chevalier à l'étoile rouge, ou je n'écouterai jamais vos propos d'amour ; je ne puis être la femme de deux hommes à la fois. »

Oluf eut beau faire et beau dire, il ne put seulement parvenir à baiser le petit doigt rose de la main de Brenda ; il s'en alla fort mécontent et résolu à combattre le chevalier à l'étoile rouge s'il pouvait le rencontrer.

Malgré l'accueil sévère de Brenda, Oluf reprit le lendemain la route du château à tourelles en forme de poivrière : les amoureux ne se rebutent pas aisément. Tout en cheminant il se disait : « Brenda sans doute est folle ; et que veut-elle dire avec son chevalier à l'étoile rouge ? »

La tempête était des plus violentes ; la neige tourbillonnait et permettait à peine de distinguer la terre du ciel. Une spirale de corbeaux, malgré les abois de Fenris et de Murg, qui sautaient en l'air pour les saisir, tournoyait sinistrement au-dessus du panache d'Oluf. À leur tête était le corbeau luisant comme le jais qui battait la mesure sur l'épaule du chanteur bohémien.

Fenris et Murg s'arrêtent subitement ; leurs naseaux mobiles hument l'air avec inquiétude ; ils subodorent la présence d'un ennemi. — Ce n'est point un loup ni un renard : un loup et un renard ne seraient qu'une bouchée pour ces braves chiens.

Un bruit de pas se fait entendre, et bientôt paraît au détour du chemin un chevalier monté sur un cheval de grande taille et suivi de deux chiens énormes.

Vous l'auriez pris pour Oluf. Il était armé exactement de même, avec un surcot historié du même blason ; seulement il portait sur son casque une plume rouge au lieu d'une verte. La route était si étroite qu'il fallait que l'un des deux chevaliers reculât.

« Seigneur Oluf, reculez-vous pour que je passe, dit le chevalier à la visière baissée. Le voyage que je fais est un long voyage ; on m'attend, il faut que j'arrive.

— Par la moustache de mon père, c'est vous qui reculerez. Je vais à un rendez-vous d'amour, et les amoureux sont pressés, » répondit Oluf en portant la main sur la garde de son épée.

L'inconnu tira la sienne, et le combat commença. Les épées, en tombant sur les mailles d'acier, en faisaient jaillir des gerbes d'étincelles pétillantes ; bientôt, quoique d'une trempe supérieure, elles furent ébréchées comme des scies. On eût pris les combattants, à travers la fumée de leurs chevaux et la brume de leur respiration haletante, pour deux noirs forgerons acharnés sur un fer rouge. Les chevaux, animés de la même rage que leurs maîtres, mordaient à belles dents leurs cous veineux et s'enlevaient des lambeaux de poitrail ; ils s'agitaient avec des soubresauts furieux, se dressaient sur leurs pieds de derrière, et, se servant de leurs sabots comme de poings fermés, ils se portaient des coups terribles pendant que leurs cavaliers se martelaient affreusement par-dessus leurs têtes ; les chiens n'étaient qu'une morsure et qu'un hurlement. Les gouttes de sang suintant à travers les écailles imbriquées des armures et tombant toutes tièdes sur la neige, y faisaient de petits trous roses. Au bout de peu d'instants l'on aurait dit un crible, tant les gouttes tombaient fréquentes et pressées. Les deux chevaliers étaient blessés.

Chose étrange, Oluf sentait les coups qu'il portait au chevalier inconnu ; il souffrait des blessures qu'il faisait et de celles qu'il recevait : il avait éprouvé un grand froid dans la poitrine, comme d'un fer qui entrerait et chercherait le cœur, et pourtant sa cuirasse n'était pas faussée à l'endroit du cœur : sa seule blessure était un coup dans les chairs au bras droit. Singulier duel, où le vainqueur souffrait autant que le vaincu, où donner et recevoir était une chose indifférente.

Ramassant ses forces, Oluf fit voler d'un revers le terrible heaume de son adversaire. — Ô terreur ! que vit le fils d'Edwige et de Lodbrog ? il se vit lui-même devant lui : un miroir eût été moins exact. Il s'était battu avec son propre spectre, avec le chevalier à l'étoile rouge ; le spectre jeta un grand cri et disparut.

La spirale de corbeaux remonta dans le ciel et le brave Oluf continua son chemin ; en revenant le soir à son château, il portait en croupe la jeune châtelaine, qui cette fois avait bien voulu l'écouter. Le chevalier à l'étoile rouge n'étant plus là, elle s'était décidée à laisser tomber de ses lèvres de rose, sur le cœur d'Oluf, cet aveu qui coûte tant à la pudeur. La nuit était claire et bleue, Oluf leva la tête pour chercher sa double étoile et la faire voir à sa fiancée : il n'y avait plus que la verte, la rouge avait disparu.

En entrant, Brenda, tout heureuse de ce prodige qu'elle attribuait à l'amour, fit remarquer au jeune Oluf que le jais de ses yeux s'était changé en azur, signe de réconciliation céleste. — Le vieux Lodbrog en sourit d'aise sous sa moustache blanche au fond de son tombeau ; car, à vrai dire, quoiqu'il n'en eût rien témoigné, les yeux d'Oluf l'avaient quelquefois fait réfléchir. — L'ombre d'Edwige est toute joyeuse, car l'enfant du noble seigneur Lodbrog a enfin vaincu l'influence maligne de l'œil orange, du corbeau noir et de l'étoile rouge : l'homme a terrassé l'incube.

Cette histoire montre comme un seul moment d'oubli, un regard même innocent, peuvent avoir d'influence.

Jeunes femmes, ne jetez jamais les yeux sur les maîtres chanteurs de Bohême, qui récitent des poésies enivrantes et diaboliques. — Vous, jeunes filles, ne vous fiez qu'à l'étoile verte ; et vous qui avez le malheur d'être double, combattez bravement, quand même vous devriez frapper sur vous et vous blesser de votre propre épée, l'adversaire intérieur, le méchant chevalier.

Si vous demandez qui nous a apporté cette légende de Norvège, c'est un cygne, un bel oiseau au bec jaune, qui a traversé le fiord, moitié nageant, moitié volant.

Le sang de Marsyas

poème
(tiré du recueil *La Cité des eaux*, 1902)

par **Henri de Régnier**

DÉDICACE

1842-1898.

Ceux-ci, las dès l'aurore et que tenta la vie,
S'arrêtent pour jamais sous l'arbre qui leur tend
Sa fleur délicieuse et son fruit éclatant
Et cueillent leur destin à la branche mûrie.

Ceux-là, dans l'onyx dur et que la veine strie,
Après s'être penchés sur l'eau la reflétant
Dans la pierre vivante et qui déjà l'attend
Gravent le profil vu de leur propre effigie.

D'autres n'ont rien cueilli et ricanent dans l'ombre
En arrachant la ronce aux pentes du décombre,
Et la haine est le fruit de leur obscurité.

Mais vous, Maître, certain que toute gloire est nue,
Vous marchiez dans la vie et dans la vérité
Vers l'invisible étoile en vous-même apparue.

LE SANG DE MARSYAS

Les arbres pleins de vent ne sont pas oublieux.
VICTOR HUGO. Le Satyre.

Chaque arbre a dans le vent sa voix, humble ou
[hautaine,
Comme l'eau différente est diverse aux fontaines.
Écoute-les. Chaque arbre a sa voix dans le vent.
Le tronc muet confie au feuillage vivant
Le secret souterrain de ses sourdes racines.
La forêt tout entière est une voix divine ;
Écoute-la. Le chêne gronde et le bouleau
Chuchote, puis se tait quand le hêtre, plus haut,
Murmure ; l'orme gémit ; le frisson du saule,

Incertain et léger, est presque une parole,
Et, fort d'un âpre bruit et d'un souffle marin,
Mystérieusement se lamente le pin
De qui l'écorce à vif et le tronc écorché
Semblent rouges du sang d'un satyre attaché......

Marsyas !
Je l'ai connu
Marsyas
Dont la flûte hardie a confondu la lyre ;
Je l'ai vu nu,
Lié par les pieds et les mains
Au tronc du pin ;
Je puis vous dire
Ce qui advint
Du Dieu jaloux et du Satyre,
Car je l'ai vu,
Sanglant et nu,
Lié au pin.

Il était doux, pensif, secret et taciturne ;
Petit et robuste sur ses jambes,
L'oreille longue, pointue et grande ;
La barbe brune
Avec des poils d'argent ;
Ses dents
Étaient blanches, égales, et son rire
Rare et bref lui montait aux yeux
En une clarté triste et soudaine,
Silencieux...
Il marchait d'un pas sec, brusque et dansant
Comme quelqu'un qui porte en soi-même
Quelque joie éclatante et pourtant taciturne,
Car s'il souriait rarement il parlait peu
Et toujours en caressant sa barbe brune
A poils d'argent.

Aux jours d'automne
Où les satyres fêtent le vin
Et boivent à l'outre en chantant le fruit divin,
Où gronde et tonne
Le tambourin ;
Aux jours d'automne,
Où ils dansent d'un pied sur l'autre
Autour du pressoir rouge et de l'amphore haute,
Le pampre aux cornes,
La torche aux mains ;
Aux jours d'automne,
Où ils sont ivres,
On voyait Marsyas en leur troupe les suivre
À petits pas
Légers, et ne se mêlant pas
A leur orgie.
Le vin ne coulait point sur sa barbe rougie
A pourpre claire.
Il cueillait une grappe et, grave, assis à terre,
La mangeait délicatement, grain à grain,
Et dans sa main
Jusqu'au bout, une à une, il crachait les peaux vides.

Il vivait à l'écart auprès d'un bois de pins.

Sa grotte était creuse et basse,
Ouverte au flanc d'un rocher, près d'une source,
On y voyait un lit de mousse,
Une coupe
D'argile,
Une tasse
De hêtre,
Un escabeau
Et dans un coin une gerbe de roseaux.

Dehors, à l'abri du vent,
Il avait construit, étant habile
Dans l'art de tresser la paille
Et gourmand
De miel nouveau, des ruches pleines dont l'essaim
Mêlait un bruit d'abeille au murmure des pins.

C'est ainsi que vivait Marsyas le satyre.

Le jour,
Il s'en allait à travers champs partout où sourd
L'eau mystérieuse et souterraine ;
Il connaissait toutes les fontaines :
Celles qui filtrent du rocher goutte à goutte,
Toutes,
Celles qui naissent du sable ou jaillissent dans l'herbe,
Celles qui perlent
Ou qui bouillonnent,
Brusques ou faibles,
Celles d'où sort un fleuve et d'où part un ruisseau,
Celles des bois et de la plaine,
Sources rustiques ou sacrées,
Il connaissait toutes les eaux
De la contrée.

Marsyas était habile au métier
Roseaux !
De vous tailler :
A chaque bout de la tige, il coupait juste
Au bon endroit
Ce qu'il fallait pour qu'elle devînt,
Syrinx ou flûte ;
Il y perçait des trous pour y poser les doigts
Et un autre plus grand
Par où l'on souffle
Avec la bouche
L'humble haleine qui, tout à coup, au bois divin
Chante mystérieuse, inattendue et pure,
S'enfle, rit, se lamente ou s'irrite ou murmure.
Marsyas était habile et patient.
Il travaillait parfois à l'aube ou sous la lune
En caressant
Sa barbe brune
A poils d'argent.

Il savait mille choses sur les façons
De tailler les roseaux courts ou longs

Et sur les sons
Et comment il fallait unir les lèvres et faire
Jaillir la note aiguë et claire
Ou grave, ou douce, ou brève, ou basse,
Et ménager son souffle afin qu'il ne se lasse,
Et comment il faut tenir son corps,
Tenir ses bras,
Le coude en bas,
Que sais-je encor ?...

Il n'aimait pas chanter quand on pouvait l'entendre.
De sa grotte jamais on ne le vit descendre,
Et, comme le faisaient les satyres souvent,
Défier les bergers à des luttes de chant.
Mais le soir, quand partout les hommes et les bêtes
Dormaient, il se glissait sans bruit dans l'herbe fraîche
Et, seul, il s'en allait, parfois, jusqu'au matin,
Sur la pente du mont s'asseoir parmi les pins,
En face de la nuit, du silence et de l'ombre.
La chanson de sa flûte emplissait le bois sombre.
O merveille, on eût dit que chaque arbre eût chanté !
Et c'est ainsi, enfant, que je l'ai écouté....
C'était vaste, charmant, mystérieux et beau
Cette forêt vivante en ce petit roseau,
Avec son âme, et ses feuilles, et ses fontaines,
Avec le ciel, avec la terre, avec le vent...

Mais ceux qui l'avaient entendu
Raillaient disant :
« Ce Marsyas est un peu fou
Son chant rit puis pleure tout à coup,
Se tait, reprend,
Sans qu'on sache pourquoi
Et cesse et pleure encor. »
« ...Il ne sait pas jouer selon les lois
Et fait bien de chanter pour les arbres des bois. »
Ainsi parlait Agès, le faune,
Chanteur fameux et rival non sans envie.
Il était vieux et n'avait qu'une corne.
Il n'aimait pas
Marsyas.

Ce fut alors
Qu'Apollon, traversant le pays d'Arcadie,
S'arrêta quelque temps chez les gens de Cellène.
La moisson faite, la vendange était prochaine,
Et, comme les grappes étaient lourdes
Et que les granges étaient pleines
Et qu'on était heureux,
On accueillit gaîment le Dieu
Porteur de lyre.

Il était beau à voir debout dans le soleil,
Touchant sa lyre d'or d'un grand geste vermeil,
Magnifique, hautain, solennel et content,
Auguste ; il s'essuyait le front de temps en temps.
Les cordes de métal vibraient, fortes et douces,
Et l'écaille ronflait et sonnait sous son pouce,
Et l'hymne s'élevait sur un mode sacré,

En cadence, dans l'air pacifique et pourpré,
Égale, harmonieuse et large ; et, comme en feu,
La lyre d'or chantait sous le geste du Dieu.

Nous étions tous autour de lui,
Pasteurs, pâtres, bergers, pêcheurs et bûcherons,
Assis en rond
Autour de lui ;
Et moi seul, qui suis vieux, vis encore aujourd'hui
De ceux qui, jadis, entendirent
La grande Lyre.
Et les faunes, et les sylvains, et les satyres
Des bois, de la plaine et du mont
Étaient venus au-devant d'Apollon.
Marsyas seul était resté
Là-haut,
Dans sa grotte,
Couché,
À écouter les pins, les abeilles, le vent...

O Marsyas ! c'est là qu'ils te vinrent chercher.
La lyre s'étant tue, ils voulurent aussi
Faire entendre au Chanteur notre chanson d'ici.
Chacun sur sa syrinx, sa flûte ou son pipeau
A leurs diverses voix fit retentir l'écho.
Chacun avait son tour et faisait de son mieux,
Et ces airs arrivaient à l'oreille du Dieu,
Rauques, gauches, naïfs, maladroits ou rustiques.
Deux des joueurs parfois se donnaient la réplique,
Et leurs chants alternés, tour à tour, et rivaux
Se succédaient boiteux parfois et souvent faux.
Apollon écoutait ces gens avec bonté,
Silencieux, toujours debout dans la clarté,
Attentif aux bergers ainsi qu'aux ægypans,
Sans fatigue, impassible et toujours indulgent
Jusqu'à ce que parût enfin Agès, le faune.
Il était vieux, ridé, poussif et presque aphone.
Il avait bien été, dit-on, jadis adroit
A la flûte, mais l'âge avait lassé ses doigts,
Et, quand il y souffla d'une bouche édentée,
Un son rauque sortit de sa flûte vantée,
Tellement suraigu et strident qu'Apollon,
A cette abeille ainsi transformée en frelon,
En feignant d'arranger une corde à sa lyre,
Et malgré lui, ne put s'empêcher de sourire
D'Agès qui achevait le rythme commencé.

Le vieil Agès vit ce sourire et fut vexé.
« Puisqu'il sourit de moi, il rirait sûrement
De Marsyas », se dit Agès, et doucement
Au Dieu qui l'écoutait il parla du satyre...
Comme le goût du miel fait oublier la cire
On oublierait que le Chanteur avait souri
D'Agès, quand il rirait du pauvre Marsyas.

Il vint.
On s'écartait sur son chemin.
Il marchait vite
De son petit pas sec et prompt,
Comme quelqu'un qui veut en avoir fini vite.

Il avait apporté sa flûte
La plus petite
Et la plus juste,
Faite d'un seul roseau
Egal et rond,

Puis il s'assit en face d'Apollon,
Modeste et les yeux clignés
Devant le Dieu magnifique et vermeil
Avec sa lyre d'or debout dans le soleil.

Marsyas chanta.
Ce fut d'abord un chant léger
Comme la brise éparse aux feuilles d'un verger,
Comme l'eau sur le sable et l'onde sous les herbes.
Puis on eût dit l'ondée et la pluie et l'averse,
Puis on eût dit le vent, puis on eût dit la mer.
Puis il se tut, et sa flûte reprit plus clair
Et nous entendions vibrer à nos oreilles
Le murmure des pins et le bruit des abeilles,
Et, pendant qu'il chantait vers le soleil tourné,
L'astre plus bas avait peu à peu décliné ;
Maintenant Apollon était debout dans l'ombre,
Et dédoré, et d'éclatant devenu sombre,
Il semblait être entré tout à coup dans la nuit,
Tandis que Marsyas à son tour, devant lui,
Caressé maintenant d'un suprême rayon
Qui lui pourprait la face et brûlait sa toison,
Marsyas ébloui et qui chantait encor
A ses lèvres semblait unir un roseau d'or.

Tous écoutaient chanter Marsyas le satyre ;
Et tous, la bouche ouverte, ils attendaient le rire
Du Dieu et regardaient le visage divin
Qui semblait à présent une face d'airain.
Quand, ses yeux clairs fixés sur lui, Marsyas le fou
Brisa sa flûte en deux morceaux sur son genou.

Alors ce fut, immense, âpre et continuée,
Une clameur brusque de joie, une huée
De plaisir trépignant et battant des talons.
Puis tout, soudainement, se tut, car Apollon,
Farouche et seul, parmi les rires et les cris,
Silencieux, ne riait pas, ayant compris.

MARSYAS PARLE :

Tant pis ! Si j'ai vaincu le Dieu. Il l'a voulu !
Salut, terre où longtemps Marsyas a vécu,
Et vous, bois paternels, et vous, ô jeunes eaux,
Près de qui je cueillais la tige du roseau
Où mon haleine tremble, pleure, s'enfle ou court,
Forte ou paisible, aiguë ou rauque, tour à tour,
Telle un sanglot de source ou le bruit du feuillage !
Vous ne reverrez plus se pencher mon visage
Sur votre onde limpide ou se lever mes jeux
Vers la cime au ciel pur de l'arbre harmonieux :
Car le Dieu redoutable a puni le Satyre.

Ma peau velue et douce, au fer qui la déchire,
Va saigner ; Marsyas mourra, mais c'est en vain
Que l'Envieux céleste et le Rival divin
Essaiera sur ma flûte inutile à ses doigts
De retrouver mon souffle et d'apprendre ma voix ;
Et maintenant liez mon corps et, nu, qu'il sorte
De sa peau écorchée et vide, car, qu'importe
Que Marsyas soit mort, puisqu'il sera vivant
Si le pin rouge et vert chante encor dans le vent !

Les arbres

poème
(tiré du recueil *L'Illusion*, 1875)

par **Jean Lahor**
(de son vrai nom Henri Cazalis)

à André Theuriet

Aimez et vénérez, ne tuez pas les arbres ;
Un pays meurt, après que ses grands bois sont
[morts ;
Aucun n'est protégé par la splendeur des marbres,
Et, les abris perdus, les peuples sont moins forts.

Ce n'est pas seulement pour la douceur du rêve
Par nous goûtée en l'ombre apaisante des bois.
Qu'il conviendra toujours de respecter leur sève,
Sœur pâle du sang rouge et sacrée autrefois ;

Les bois gardent en eux l'âme de la patrie,
Son vieil esprit, les mœurs, son antique rigueur ;
Quand la sève à flots coule en la forêt meurtrie.
C'est comme un peu de sang perdu par notre cœur.

Un être obscur et doux vraiment dort sous l'écorce
Les chênes autrefois étaient des demi-dieux.
Protecteurs de la race et gardiens de la force.
Et leur horreur sacrée étonnait nos aïeux.

Oui, nous devons aimer la forêt fraternelle,
Dont l'âme épanche encor le silence et la paix,
La paix des jours premiers réfugiée en elle,
En la verte fraicheur de ses rameaux épais.

Et parfois j'ai rêvé qu'étendant sur la terre
A nouveau son empire et son calme divin,
Elle nous survivait, auguste et solitaire,
Ayant enseveli tout le vain bruit humain.

Le chêne – Suite de Jehova

poème
(tiré du recueil *Harmonies poétiques et religieuses*, 1830)

par **Alphonse de Lamartine**

Voilà ce chêne solitaire
Dont le rocher s'est couronné,
Parlez à ce tronc séculaire,
Demandez comment il est né.

Un gland tombe de l'arbre et roule sur la terre,
L'aigle à la serre vide, en quittant les vallons,
S'en saisit en jouant et l'emporte à son aire
Pour aiguiser le bec de ses jeunes aiglons ;
Bientôt du nid désert qu'emporte, la tempête
Il roule confondu dans les débris mouvants,
Et sur la roche nue un grain de sable arrête
Celui qui doit un jour rompre l'aile des vents ;
L'été vient, l'Aquilon soulève
La poudre des sillons, qui pour lui n'est qu'un jeu,
Et sur le germe éteint où couve encor la sève
En laisse retomber un peu !
Le printemps de sa tiède ondée
L'arrose comme avec la main ;
Cette poussière est fécondée
Et la vie y circule enfin !

La vie ! à ce seul mot tout œil, toute pensée,
S'inclinent confondus et n'osent pénétrer ;
Au seuil de l'Infini c'est la borne placée ;
Où la sage ignorance et l'audace insensée
Se rencontrent pour adorer !

Il vit, ce géant des collines !
Mais avant de paraître au jour,
Il se creuse avec ses racines
Des fondements comme une tour.
Il sait quelle lutte s'apprête,
Et qu'il doit contre la tempête
Chercher sous la terre un appui ;
Il sait que l'ouragan sonore
L'attend au jour !.., ou, s'il l'ignore,
Quelqu'un du moins le sait pour lui !

Ainsi quand le jeune navire
Où s'élancent les matelots,
Avant d'affronter son empire,
Veut s'apprivoiser sur les flots,
Laissant filer son vaste câble,
Son ancre va chercher le sable
Jusqu'au fond des vallons mouvants,
Et sur ce fondement mobile
Il balance son mât fragile
Et dort au vain roulis des vents !

Il vit ! Le colosse superbe
Qui couvre un arpent tout entier
Dépasse à peine le brin d'herbe
Que le moucheron fait plier !
Mais sa feuille boit la rosée,
Sa racine fertilisée
Grossit comme une eau dans son cours,
Et dans son cœur qu'il fortifie
Circule un sang ivre de vie
Pour qui les siècles sont des jours !

Les sillons où les blés jaunissent
Sous les pas changeants des saisons,
Se dépouillent et se vêtissent
Comme un troupeau de ses toisons ;
Le fleuve naît, gronde et s'écoule,
La tour monte, vieillit, s'écroule ;
L'hiver effeuille le granit,
Des générations sans nombre
Vivent et meurent sous son ombre,
Et lui ? voyez ! il rajeunit !

Son tronc que l'écorce protège,
Fortifié par mille nœuds,
Pour porter sa feuille ou sa neige
S'élargit sur ses pieds noueux ;
Ses bras que le temps multiplie,
Comme un lutteur qui se replie
Pour mieux s'élancer en avant,
Jetant leurs coudes en arrière,
Se recourbent dans la carrière
Pour mieux porter le poids du vent !

Et son vaste et pesant feuillage,
Répandant la nuit alentour,
S'étend, comme un large nuage,
Entre la montagne et le jour ;
Comme de nocturnes fantômes,
Les vents résonnent dans ses dômes,
Les oiseaux y viennent dormir,
Et pour saluer la lumière
S'élèvent comme une poussière,
Si sa feuille vient à frémir!

La nef, dont le regard implore
Sur les mers un phare certain,
Le voit, tout noyé dans l'aurore,
Pyramider dans le lointain !

Le soir fait pencher sa grande ombre
Des flancs de la colline sombre
Jusqu'au pied des derniers coteaux.
Un seul des cheveux de sa tête
Abrite contre la tempête
Et le pasteur et les troupeaux !

Et pendant qu'au vent des collines
Il berce ses toits habités,
Des empires dans ses racines,
Sous son écorce des cités ;
Là, près des ruches des abeilles,
Arachné tisse ses merveilles,
Le serpent siffle, et la fourmi
Guide à des conquêtes de sables
Ses multitudes innombrables
Qu'écrase un lézard endormi !

Et ces torrents d'âme et de vie,
Et ce mystérieux sommeil,
Et cette sève rajeunie
Qui remonte avec le soleil ;
Cette intelligence divine
Qui pressent, calcule, devine
Et s'organise pour sa fin,
Et cette force qui renferme
Dans un gland le germe du germe
D'êtres sans nombres et sans fin !

Et ces mondes de créatures
Qui, naissant et vivant de lui,
Y puisent être et nourritures
Dans les siècles comme aujourd'hui ;
Tout cela n'est qu'un gland fragile
Qui tombe sur le roc stérile
Du bec de l'aigle ou du vautour !
Ce n'est qu'une aride poussière
Que le vent sème en sa carrière
Et qu'échauffe un rayon du jour !

Et moi, je dis : Seigneur ! c'est toi seul, c'est ta
[force,
Ta sagesse et ta volonté,
Ta vie et ta fécondité,
Ta prévoyance et ta bonté !
Le ver trouve ton nom gravé sous son écorce,
Et mon œil dans sa masse et son éternité !

Chênes mystérieux, forêt de la Grésigne

poème

(tiré du recueil *Les Stances*, 1899)

par **Jean Moréas**

Chênes mystérieux, forêt de la Grésigne,
Qui remplissez le gouffre et la crête des monts,
J'ai vu vos clairs rameaux sous la bise bénigne
Balancer doucement le ciel et ses rayons.

Ah ! Dans le sombre hiver, pendant les nuits
[d'orage,
Lorsqu'à votre unisson lamentent les corbeaux,
Lorsque passe l'éclair sur votre fier visage,
Chênes que vous devez être encore plus beaux !

La vieille Chéchette

conte

(tiré du recueil

Contes et Légendes, 1884)

par **Louise Michel**

Il y a des êtres tellement disgraciés de la nature, tellement étranges à voir ou à entendre, que leur seul aspect est un sujet de tristes études pour les uns, de folles moqueries pour les autres.

Plusieurs de ces êtres-là n'ont pas toujours été ainsi : les uns ont eu quelque accident au moral ou au physique, les autres, à force de se laisser mollement aller à la fatigue ou à la paresse, sont descendus de quelques degrés et, sur cette pente-là, il n'y a plus de raison pour qu'on s'arrête.

D'autres encore (ce qui est affreux pour l'humanité) sont devenus ainsi sous la pression des persécutions. — Ce n'est pas le plus grand nombre qui ont été frappés dès leur naissance.

Chéchette était une pauvre femme qu'on avait toujours vue vieille et toujours vue folle. Deux mauvaises recommandations pour les petits mauvais sujets, qui sont loin de respecter l'un et l'autre.

La maison de Chéchette, c'était le bois ; son magasin, c'était le bois ; le nid de son enfance, l'asile de sa vieillesse, c'était toujours le bois.

D'où venait-elle ? personne n'en savait rien, ni elle non plus. La première fois qu'on l'avait vue, déjà vieille, elle sortait d'un autre bois où sa mère l'avait élevée et venait de mourir.

Chéchette aimait sa mère à sa manière. Elle s'en alla dans un autre village et s'y établit au milieu de la forêt.

C'était une étrange créature, dernier rejeton sans doute de quelque race nomade.

Tant que l'été durait, elle se nourrissait de fruits sauvages ; et, pendant l'hiver, elle avait son magasin, où étaient entassés les baies rouges des sorbiers, les faines huileuses, les glands, toutes les richesses de la forêt.

Parfois les écureuils, les sangliers, les rats visitaient son magasin : car le rocher qui lui servait d'abri était ouvert largement… Si, à son retour de quelque promenade lointaine, elle ne trouvait plus rien, Chéchette recommençait ses provisions. Quand l'accident arrivait en hiver, elle allait jusqu'au village et demandait du pain.

Les uns avaient pitié de la pauvre folle et remplissaient largement le haillon qui lui servait de tablier ou lui donnaient d'autres vêtements ; à ceux-là, elle souhaitait, dans sa langue, une infinité de belles choses.

Les autres se moquaient d'elle. Alors Chéchette faisait entendre un grognement fort expressif ; c'était sa manière peut-être de souhaiter le mal.

La nourriture qu'on lui donnait, un peu moins grossière que la sienne, lui semblait une suite de festins tant qu'elle durait. Quelquefois, en ayant pris beaucoup pour commencer, elle s'endormait pendant longtemps, à la manière des serpents et des lézards.

La forme des vêtements lui était indifférente, d'homme ou de femme, peu lui importait ; mais elle aimait beaucoup les garnitures, surtout quand il y avait des choses qui brillent.

Les enfants méchants lui offraient parfois des vêtements ornés de grelots et d'autres choses ridicules ; mais, s'ils avaient le malheur de rire, Chéchette leur jetait leur présent à la figure ; souvent même elle devinait leur mauvaise intention sans qu'ils eussent besoin de rire, car elle avait l'instinct fort développé.

Ceux qui ont vu les statuettes grimaçantes du moyen âge peuvent se faire une idée de Chéchette.

Elle était horriblement boiteuse et tellement borgne que son œil gauche avait presque disparu.

Sa bouche, largement ouverte, laissait passer toutes les dents à la manière de l'orang-outang — ou du gorille.

Ses mains, énormes, noueuses et velues, ses larges pieds, l'épaisse crinière de cheveux roux qui descendait presque jusqu'à ses sourcils, tout en elle rappelait les plus vilains gnomes, les plus hideux singes.

Cet être-là s'attachait, elle aimait comme un chien ; il est vrai qu'elle eût mordu de même.

Elle ne revenait jamais de ses sympathies ni de ses antipathies.

Quant aux animaux sauvages, ils n'avaient jamais attaqué Chéchette, la prenant sans doute pour un membre de leur famille.

La personne à laquelle elle avait jusque-là témoigné le plus d'affection était une pauvre veuve, mère de trois petits enfants.

Lorsque Madeleine Germain allait ramasser du bois mort, Chéchette se trouvait toujours là pour l'aider à faire ses fagots, ou plutôt pour lui en faire d'énormes, qu'elle portait jusqu'à sa maison avec une aisance incroyable.

Le bois était son domaine ; elle y avait tout à fait un autre air qu'au village. Là Chéchette semblait plutôt un être surnaturel qu'un être grotesque.

Les méchants du village plaisantaient beaucoup Madeleine sur cette amitié ; ils riaient surtout lorsqu'elle laissait l'horrible vieille bercer dans ses longs bras les petits enfants, qui jouaient avec elle comme avec un chien fidèle.

Ceux-ci n'en riaient pas moins joyeusement et Madeleine s'inquiétait fort peu des mauvais plaisants.

Une nuit d'été, que tout le monde dormait profondément, après les fatigues d'une chaude journée employée à travailler dans les champs, on entendit retentir le seul cri qui fait lever tout le monde à la campagne : Au feu ! au feu !

Pourquoi tous les autres périls qui peuvent atteindre leurs semblables laissent-ils insensibles les habitants des campagnes ?

Ce serait horrible de croire que c'est un sentiment d'égoïsme, parce que dans l'incendie chacun craint pour sa propre demeure. Toujours est-il que, souvent, des malheureux ont crié à l'aide pendant longtemps et sont morts sans secours.

Cette nuit-là, comme on criait au feu, tout le monde fut immédiatement debout.

La maison de Madeleine brûlait comme un flambeau ; — l'un de ses enfants avait, en jouant, allumé un petit feu près d'une porte, et, pendant la nuit, la pauvre cabane de bois et de chaume avait flambé.

On eut beau faire la chaîne pour entretenir les pompes, le feu ne ralentit pas.

Madeleine tenait dans ses bras deux de ses enfants et luttait, en désespérée, contre ceux qui voulaient l'empêcher d'aller chercher le troisième au milieu des flammes.

On le croyait perdu.

Tout à coup on vit quelqu'un entrer résolument au milieu des flammes ; c'était Chéchette. Elle avait vu qu'un des enfants manquait. Les charpentes calcinées croulaient avec fracas, la flamme tournoyait superbe et triomphante, dardant ses mille langues vers le ciel.

Quelques instants s'écoulèrent. Chéchette reparut, elle tenait l'enfant dans ses bras et le déposa évanoui devant sa mère.

Elle était belle ainsi, la pauvre folle, dans cet acte de dévouement qui allait lui coûter la vie.

Ses cheveux, son visage, tout son corps étaient couverts de larges brûlures ; son œil brillait d'une joie infinie.

Chéchette, épuisée, tomba pour ne plus se relever. Quant à l'enfant, il revint facilement de son évanouissement, car elle l'avait couvert de ses haillons et de son corps pour le garantir.

Aujourd'hui encore, Madeleine et ses enfants vont souvent porter au cimetière, sur l'herbe qui recouvre la pauvre folle, des fleurs des bois qu'elle aimait tant.

Aurélia

(Extrait d'*Aurélia*
ou le rêve et la Vie, 1855)

par **Gérard de Nerval**

Un rêve que je fis encore me confirma dans cette pensée. Je me trouvai tout à coup dans une salle qui faisait partie de la demeure de mon aïeul. Elle semblait s'être agrandie seulement. Les vieux meubles luisaient d'un poli merveilleux, les tapis et les rideaux étaient comme remis à neuf, un jour trois fois plus brillant que le jour naturel arrivait par la croisée et par la porte, et il y avait dans l'air une fraîcheur et un parfum des premières matinées tièdes du printemps. Trois femmes travaillaient dans cette pièce et représentaient, sans leur ressembler absolument, des parentes et des amies de ma jeunesse. Il semblait que chacune eût les traits de plusieurs de ces personnes. Les contours de leurs figures variaient comme la flamme d'une lampe, et à tout moment quelque chose de l'une passait dans l'autre ; le sourire, la voix, la teinte des yeux, de la chevelure, la taille, les gestes familiers, s'échangeaient comme si elles eussent vécu de la même vie, et chacune était ainsi un composé de toutes, pareille à ces types que les peintres imitent de plusieurs modèles pour réaliser une beauté complète.

La plus âgée me parlait avec une voix vibrante et mélodieuse que je reconnaissais pour l'avoir entendue dans l'enfance, et je ne sais ce qu'elle me disait qui me frappait par sa profonde justesse. Mais elle attira ma pensée sur moi-même, et je me vis vêtu d'un petit habit brun de forme ancienne, entièrement tissé à l'aiguille de fils ténus comme ceux des toiles d'araignées. Il était coquet, gracieux et imprégné de douces odeurs. Je me sentais tout rajeuni et tout pimpant dans ce vêtement qui sortait de leurs doigts de fée, et je les remerciais en rougissant, comme si je n'eusse été qu'un petit enfant devant de grandes belles dames. Alors l'une d'elles se leva et se dirigea vers le jardin.

Chacun sait que dans les rêves on ne voit jamais le soleil, bien qu'on ait souvent la perception d'une clarté beaucoup plus vive. Les objets et les corps sont lumineux par eux-mêmes. Je me vis dans un petit parc où se prolongeaient des treilles en berceaux chargées de lourdes grappes de raisins blancs et noirs ; à mesure que la dame qui me guidait s'avançait sous ces berceaux, l'ombre des treillis croisés variait encore pour mes yeux ses formes et ses vêtements. Elle en sortit enfin, et nous nous trouvâmes dans un espace découvert. On y apercevait à peine la trace d'anciennes allées qui l'avaient jadis coupé en croix. La culture était négligée depuis de longues années, et des plants épars de clématites, de houblon, de chèvrefeuille, de jasmin, de lierre, d'aristoloche, étendaient entre des arbres d'une croissance vigoureuse leurs longues traînées de lianes. Des branches pliaient jusqu'à terre, chargées de fruits, et, parmi des touffes d'herbes parasites, s'épanouissaient quelques fleurs de jardin revenues à l'état sauvage.

De loin en loin s'élevaient des massifs de peupliers, d'acacias et de pins, au sein desquels on entrevoyait des statues noircies par le temps. J'aperçus devant moi un entassement de rochers couverts de lierre d'où jaillissait une source d'eau vive, dont le clapotement harmonieux résonnait sur un bassin d'eau dormante à demi voilée de larges feuilles de nénuphar.

La dame que je suivais, développant sa taille élancée dans un mouvement qui faisait miroiter les plis de sa robe en taffetas changeant, entoura gracieusement de son bras nu une longue tige de rose trémière, puis elle se mit à grandir sous un clair rayon de lumière, de telle sorte que peu à peu le jardin prenait sa forme, et les parterres et les arbres devenaient les rosaces et les festons de ses vêtements ; tandis que sa figure et ses bras imprimaient leurs contours aux nuages pourprés du ciel. Je la perdais ainsi de vue à mesure qu'elle se transfigurait, car elle semblait s'évanouir dans sa propre grandeur. « Oh ! ne fuis pas ! m'écriai-je... car la nature meurt avec toi ! »

Disant ces mots, je marchais péniblement à travers les ronces, comme pour saisir l'ombre agrandie qui m'échappait ; mais je me heurtai à un pan de mur dégradé, au pied duquel gisait un buste de femme. En le relevant, j'eus la persuasion que c'était le sien... Je reconnus des traits chéris, et, portant les yeux autour de moi, je vis que le jardin avait pris l'aspect d'un cimetière. Des voix disaient : « L'Univers est dans la nuit ! »

La confession d'un châtaignier

conte

(tiré d'*Histoire de la Buche*, 1867)

par **Jean-Henri Fabre**

Si le dénombrement des couches ligneuses permet d'établir la chronologie de l'arbre, leur examen permet aussi de retrouver les traits fondamentaux de son histoire. Les zones empilées dans l'épaisseur du tronc sont les feuillets d'un livre où la vie de l'arbre est écrite. La lecture de ces archives végétales n'a rien de difficile. Et, tenez, pour vous en convaincre, que je vous répète ce qu'un châtaignier m'a raconté, il y a quelques jours à peine.

Je revenais des champs, lorsque je vis à terre un grand châtaignier abattu du matin par la hache du bûcheron. L'arbre était magnifique. A le voir, avec ses énormes branches couvrant un arpent de leur ramée, on se prenait à déplorer sa fin. Sous prétexte de condoléances, j'allai causer avec lui. Les châtaigniers ont cela de bon qu'il ne faut pas de longs préliminaires pour entrer en conversation avec eux. J'eus bientôt gagné la confiance du mourant, et voici, traduit en notre langue, ce qu'il me raconta.

« J'ai commencé le siècle, je suis né en 1800 ; j'ai là dans mon portefeuille un extrait de naissance qui en fait foi. J'ai donc aujourd'hui soixante-six ans. Pour vous autres, ce serait un assez bel âge ; pour nous châtaigniers, ce n'est rien. Dans ma famille on a la vie dure ; les siècles ne nous pèsent guère. Pour ma part, je me promettais bien de vivre cinq ou six cents ans, comme tant d'autres de ma connaissance ; mais le châtaignier propose et le bûcheron dispose. Sans la maudite cognée, je me sentais de force à atteindre l'an 2400 pour le moins ; non pas décrépit, mais robuste et couvert de châtaignes. »

Ici, repos du châtaignier. Un flot de larmes découlait de l'écorce ; je n'osais souffler mot. Quelle consolation apporter à d'aussi justes regrets ? L'arbre reprit :

« L'homme qui me planta m'avait choisi un bon emplacement ; mes premières années s'en ressentirent. J'étais droit comme un I, superbe de régularité ; tout autour de moi, la terre était excellente ; c'était une vraie bénédiction. Jamais depuis je n'ai pu redonner à ma tige la belle forme arrondie qu'elle avait eue ce temps-là. Les vivres du voisinage épuisés, mes racines s'allongèrent pour aller en chercher plus loin. Mais ne voilà-t-il pas que de ce côté-ci, du côté gauche, elles donnent contre un lit de pierres et s'arrêtent net. Je fais tout au monde pour surmonter cet obstacle qui m'affame un côté ; j'essaye de le tourner par-dessus, par-dessous ; rien n'aboutit, la barrière de cailloux est infranchissable. Cependant ma moitié gauche, prise de famine, jaunissait à vue d'œil. Nous sommes ainsi bâtis, nous autres arbres : nous pouvons mourir par moitié, par tiers, par quart, sans que le reste en souffre. Je m'attendais à périr de moitié, quand enfin je fus secouru. C'est égal, j'ai toujours gardé, là, sur mon flanc gauche, les marques de ce long jeûne. L'homme s'aperçut de ma détresse. Il vint fouiller la terre et en extraire les malencontreux cailloux. J'étais sauvé. Ma vigueur primitive était revenue, quand un grand coquin de chêne, placé à ma droite, s'avisa de me chercher noise et de me disputer le terrain, la vue du ciel surtout, la vue du ciel qui fait tant de plaisir aux châtaigniers. Nos racines se livrèrent bataille ; elles s'étreignirent, s'étouffèrent pour une veine de terre humide. Je fus battu et mon flanc droit porte inscrite ma défaite. Un coup de vent me débarrassa de ce fâcheux voisin ; le chêne fut déraciné. J'étais enfin maître de la place. Jusqu'ici j'avais insoucieusement dépensé mes années, heureux d'étaler ma feuillée au soleil, et de chuchoter le soir avec les corneilles qui venaient me visiter. L'ambition me prit ; je voulus faire des châtaignes. L'homme fut content de la récolte, mais j'appris à mes dépens ce qu'il en coûte de fructifier. Ma pauvre tige ne grossit pas cette année-là de l'épaisseur d'une feuille. Un châtaignier n'est pas assez riche pour satisfaire toutes ses fantaisies ; s'il dépense en châtaignes, il doit économiser en bois. Cette première récolte me fut si coûteuse que longtemps je restai indécis si j'en produirais un autre. Après tout, comme le devoir d'un châtaignier est de produire des châtaignes et qu'un arbre ne doit pas faiblir devant le devoir, je pris un moyen terme ; je me dis : Tour à tour, je ferai des châtaignes une année et je me reposerai trois ans pour fortifier mon bois. C'est ce que j'ai fait depuis régulièrement toutes les fois que des circonstances imprévues ne sont pas venues déranger mes combinaisons. De pareilles circonstances ne se présentent que trop. Une année, c'est une grande sécheresse qui tarit dans le sol la source de la sève ; une autre année, c'est un hiver rigoureux qui détruit le bois encore tendre. Sans être des plus frileux, j'ai vu quelques hivers qui m'en ont fait passer de cruelles. Lis dans mes registres, tu verras quel temps il faisait en 1829 et 1838. Les corneilles tombaient gelées à mort sur mes branches. J'en ai gardé une quelques semaines appendue par l'aile à un rameau. Que te dirai-je de plus ? Mon carnet ne me rappelle que des faits à moi personnels. Te parlerai-je des hommes, pauvres nains qui vont d'ici, delà, sans jamais s'enraciner, comme si la terre leur brûlait les pieds ? Je n'en ai pas gardé, je l'avoue, un vif souvenir. En valent-ils bien la peine ? » — Voilà, me dis-je, un châtaigner bien incivil ; je me suis fourvoyé en mauvaise compagnie ; et lui tirant ma révérence, je partis.

Le châtaignier pourtant n'est pas mauvaise langue. S'il se préparait à médire de nous, il faut lui pardonner ; il avait le caractère aigri. Figurez-vous donc : on venait de l'abattre. Quant à son histoire telle qu'il la racontait, elle était parfaitement exacte. Je l'ai vérifiée sur son carnet de notes annuelles. Pour vous, s'il vous prend jamais fantaisie d'écouter les arbres qui jasent, voici comment vous pourrez contrôler leur dire.

Lorsque sur un tronc coupé en travers, vous comptez cent cinquante couches ligneuses, je suppose, cela signifie que l'arbre a cent cinquante ans, puisque chaque couche correspond à une année. Vous avez ainsi l'âge de l'arbre ; et, en connaissant l'année de son abatage, vous remontez à l'année de sa naissance. Le châtaignier pouvait donc me renseigner aisément sur ces divers points. — Les diverses zones de bois n'ont pas toutes la même épaisseur ; il y en a de minces, il y en a de larges. Les zones minces correspondent aux années où l'arbre a donné beaucoup de fruits ; les zones épaisses aux années où il en a peu ou point donné. Et c'est tout simple. Le principe économique de l'Ail, le balancement des organes, est en vigueur chez tous les végétaux. Si l'arbre utilise en faveur des fruits la majeure partie des ressources dont il dispose, il doit rogner les vivres au bois en formation ; s'il les convertit en bois, il doit faire maigre part aux fruits. Voilà pourquoi le châtaignier, dans les archives de sa tige, avait inscrit par une mince couche de bois une année fertile en châtaignes ; et par une couche large une année pauvre en fruits.

Le figuier

poème

(tiré de la *Revue des Deux Mondes*, tome 121, 1894)

par **Robert de Montesquiou**

Ce figuier était plus de deux fois centenaire ;
Sa branche se tordait comme un nombreux serpent ;
Sous sa voûte on errait comme en un cloître on erre,
Et cet arbre était fier d'ombrager un arpent.

C'était toujours la nuit sous ses rameaux en arches.
Aussi les amoureux s'y donnaient rendez-vous ;
Car les enfants toujours plaisent aux patriarches,
Et les vieux sages sont amis des jeunes fous.

Vrai ! ses tiges vivaient parasites ou franches,
Et leur fourmillement noir bruissait toujours ;
Mais le tronc reposait rassasié de branches
Ainsi que Job était rassasié de jours.

Ses surgeons pullulaient sous le vert de sa robe ;
Mais la sève sans cesse émanait du vieux cœur ;
Ainsi Dieu sur un doigt levé maintient le globe
Et rien qu'en y pensant assure sa vigueur.

En vain des ans nouveaux s'épuisaient les
[clepsydres ;
Plus vieux, l'arbre, au rebours de l'homme, était
[plus beau ;
Ses têtes renaissaient comme celles des hydres,
Et sa racine allait réveiller le tombeau.

Or il roula si bien ses anneaux de couleuvre,
Or il couvrit la plaine entière d'un tel poids,
Que le Seigneur le vit, s'admira dans son œuvre,
Et dit à l'arbre vert qui paraissait un bois :

« Arbre, je veux pour toi faire une chose encore,
Car tu mis à profit et ton temps et ton suc ;
De quel honneur nouveau veux-tu qu'on te décore,
O toi qui sus vieillir sans devenir caduc ?

Veux-tu plus de rameaux, ou veux-tu plus de
[feuilles ?
Veux-tu que plus d'oiseaux t'emplissent de leur
[bruit ?
Je voudrai ce que tu voudras, quoi que tu
[veuilles… »
— Et l'arbre murmura : « Produire encore un
[fruit ! »

Silence et nuit des bois

poème

(tiré du recueil *Les Solitudes*, 1869)

par **Sully Prudhomme**

Il est plus d'un silence, il est plus d'une nuit,
Car chaque solitude a son propre mystère :
Les bois ont donc aussi leur façon de se taire
Et d'être obscurs aux yeux que le rêve y conduit.

On sent dans leur silence errer l'âme du bruit,
Et dans leur nuit filtrer des sables de lumière.
Leur mystère est vivant : chaque homme à sa
[manière
Selon ses souvenirs l'éprouve et le traduit.

La nuit des bois fait naître une aube de pensées ;
Et, favorable au vol des strophes cadencées,
Leur silence est ailé comme un oiseau qui dort.

Et le cœur dans les bois se donne sans effort :
Leur nuit rend plus profonds les regards qu'on y
[lance,
Et les aveux d'amour se font de leur silence.

La louange des eaux, des arbres et des dieux

poème

(tiré du recueil *La Cité des eaux*, 1902)

par **Henri de Régnier**

Plus même un cygne errant aux herbes qu'il remue
Dans l'eau silencieuse et déserte aujourd'hui,
De l'ombre de son aile en marquant l'heure aiguë
Ne trouble les bassins où rôde son ennui.

La source souterraine où le flot pur abonde
Confond son frais cristal à leur tiède torpeur,
Et son onde secrète au lieu que vagabonde
Se disperse, s'ajoute et se mêle à la leur ;

Plutôt que d'arroser les roses riveraines,
De sourdre en les roseaux et, du soir au matin,
De chanter et de rire aux gorges des fontaines,
Elle entre au lourd sommeil des antiques bassins.

Je sais bien que, parfois, pour un faste suprême,
Le parc silencieux peut ranimer ses eaux
Et d'un fluide, clair et mouvant diadème,
Couronner sa tristesse et sacrer son repos ;

Alors s'épanouit, monte, bifurque et fuse
Le jet qui joue au ciel un clair bouquet vivant
Et, bruine, pluie éparse et poussière confuse,
S'irise aux feux du prisme et se disperse au vent.

Ce qui fut neige, éclairs, cristal et pierreries
Retombe et flotte encor sur le bassin troublé
Et bave et rôde autour des bêtes accroupies,
Béantes de l'effort où leur col s'est enflé.

Car l'eau, pour qu'elle darde, étincelle et jaillisse,
A passé par leur gorge en hoquets lumineux,
Lavant le bronze rauque et mouillant le plomb lisse
Où rampe un ventre mou près d'un dos épineux.

Je sais que pour dompter la horde fabuleuse
Qui aboie en silence et qui hurle sans voix
Et jette à leurs pieds nus sa colère écumeuse,
Il est toujours des dieux debout et l'arc aux doigts.

J'en ai vu qui dressaient sous la pluie irisée
Le sceptre, le trident, la massue et la faux

Et, divins moissonneurs de la gerbe brisée,
Cassaient d'un geste dur la tige des jets d'eaux ;

D'autres, le pied au socle ou serrés dans la gaîne
Qui porte leur stature ou qui leur monte au flanc,
Et l'un d'eux dont la course éternellement vaine
Précipitait encor son immobile élan.

Aucun n'a plus besoin, pour réduire au silence
Les Dauphins de la vasque et les Dragons du bord,
De lever le trident ou de brandir la lance
Sur le mufle d'airain ou sur la gueule d'or.

Tout s'est tu. Le soleil aux jointures des dalles
Chauffe la mousse droite et, tournant autour d'eux,
Allonge doublement les ombres inégales
Des buis pyramidaux et des ifs anguleux ;

Mais toi, las des jardins somnolents et superbes
Où le bronze verdit à l'abri du cyprès,
Laisse l'allée aride et marche dans les herbes
Loin du parc mort taillé au milieu des forêts ;

Si ta bouche désire une eau qui désaltère
Et non l'onde croupie aux feuilles des bassins,
Couche-toi sur le ventre et pose contre terre
Ton oreille attentive aux appels souterrains ;

Car toute la forêt chante de sources vives
Dont le murmure épars circule au sol vivant,
Et leur sombre fraîcheur, nourricière et furtive,
En elle s'insinue et partout se répand.

Ce sont elles qui font du tissu des racines
Surgir le hêtre droit et le chêne aux durs nœuds,
Et c'est vers leur attrait que se penche et s'incline
Le bouleau jaune et blanc parmi les saules bleus.

Ce sont elles qui font, sur les mousses des sentes,
Errer les mêmes dieux à longs traits enivrés
D'avoir rebu la vie aux eaux adolescentes
Où se sont rajeunis leurs corps régénérés.

Salut, ô vous, amis des sources forestières !
Nul ne vous a sculpté des visages d'airain,
Ni des torses de bronze ou des hanches de pierre ;
Aucun marbre immortel ne vous a faits divins.

Le chêne vous ébauche en son tronc énergique.
Vous êtes à la fois partout où la forêt
Pousse des profondeurs de la terre magique
Son aspect surhumain où le vôtre apparaît.

Elle vous a prêté ses formes et ses forces ;
Votre souffle est en elle et le sien vous émeut,
Et par vos muscles sourds qui bombent les écorces,
Chaque arbre porte en lui la stature d'un dieu.

janvier-mars 1896.

La biche

poème
(tiré du recueil *Les Névroses*, 1883)

par **Maurice Rollinat**

La biche brame au clair de lune
Et pleure à se fondre les yeux :
Son petit faon délicieux
A disparu dans la nuit brune.

Pour raconter son infortune
À la forêt de ses aïeux,
La biche brame au clair de lune
Et pleure à se fondre les yeux.

Mais aucune réponse, aucune,
À ses longs appels anxieux !
Et le cou tendu vers les cieux,
Folle d'amour et de rancune,
La biche brame au clair de lune.

Dans les bois

poème

(tiré du recueil *Poèmes saturniens*, 1866)

par **Paul Verlaine**

D'autres, — des innocents ou bien des
[lymphatiques, —
Ne trouvent dans les bois que charmes langoureux,
Souffles frais et parfums tièdes. Ils sont heureux !
D'autres s'y sentent pris — rêveurs — d'effrois
[mystiques.

Ils sont heureux ! Pour moi, nerveux, et qu'un
[remords
Épouvantable et vague affole sans relâche,
Par les forêts je tremble à la façon d'un lâche
Qui craindrait une embûche ou qui verrait des morts.

Ces grands rameaux jamais apaisés, comme l'onde.
D'où tombe un noir silence avec une ombre encor
Plus noire, tout ce morne et sinistre décor
Me remplit d'une horreur triviale et profonde.

Surtout les soirs d'été : la rougeur du couchant
Se fond dans le gris bleu des brumes qu'elle teinte
D'incendie et de sang ; et l'angélus qui tinte
Au lointain semble un cri plaintif se rapprochant.

Le vent se lève chaud et lourd, un frisson passe
Et repasse, toujours plus fort, dans l'épaisseur
Toujours plus sombre des hauts chênes, obsesseur,
Et s'éparpille, ainsi qu'un miasme, dans l'espace.

La nuit vient. Le hibou s'envole. C'est l'instant
Où l'on songe aux récits des aïeules naïves…
Sous un fourré, là-bas, là-bas, des sources vives
Font un bruit d'assassins postés se concertant.

Un mâle

(Extrait du roman *Un Mâle*, 1881)

par **Camille Lemonnier**

Une fraîcheur monta de la terre et tout à coup le silence de la nuit fut rompu. Un accord lent, sourd, sortit de l'horizon, courut sur le bois, traîna de proche en proche, avec une douceur d'assoupissement, puis mourut dans un froissement de jeunes feuilles : l'énorme silence recommença. Il y eut alors dans l'air comme une volonté de s'anéantir dans les profondeurs du sommeil. Les hêtres reprirent leur immobilité engourdie. Un calme noya les feuillages, les herbes, la vie qui s'attardait dans l'ombre pâle. Pour un instant seulement. De nouveau, les rumeurs s'élevèrent, plus hautes cette fois. La rigidité des formes dormantes fut secouée d'un frisson qui s'étendit, se posa sur les choses comme un attouchement de mains éparses, et la terre trembla.

Le matin descendait.

Des pointes d'arbres émergèrent dans un commencement de clarté ; une blancheur envahissait le bas du ciel, et cette blancheur grandit, fut comme une échappée sur le jour qui attendait de l'autre côté de la nuit.

Une musique lointaine et solennelle ronflait à présent dans l'épaisseur des taillis. La clarté prenait des élargissements d'eau qui s'épand, lorsque les vannes sont levées. Elle coulait entre les branches, filtrait dans les feuillées, dévalait les pentes herbues, faisait déborder de partout l'obscurité. Une transparence illuminait les fourrés ; les feuilles criblaient le jour de taches glauques ; les troncs demi-gris ressemblaient à des prêtres couverts de leurs étoles dans l'encens des processions. Et petit à petit le ciel se lama de tons d'argent neuf.

Alors il y eut un chuchotement vague, indéfini dans la rondeur des feuillages. Des appels furent sifflés à mi-voix par les pinsons. Les becs s'aiguisaient, grinçaient. Une secouée de plumes se mêla à la palpitation des arbres ; des ailes s'ouvraient avec des claquements lents ; et tout d'une fois, ce fut un large courant de bruits qui domina le murmure du vent. Les piaillements des moineaux se répondaient à travers les branches ; les fauvettes trillèrent ; les mésanges eurent des gazouillis ; des ramiers roucoulèrent ; les arbres s'emplirent d'un égosillement de roulades. Les merles s'éveillèrent à leur tour, les pies crièrent et le sommet des chênes fut raboté par le rauquement des corneilles.

Toute cette folie salua le soleil levant. Une raie d'or pâle fendit l'azur, semblable à l'éclair d'une lance. L'aurore pointa sous bois, rejaillissant en éclats d'étincelles comme un fer passé sur la meule. Puis une illumination constella les hautes branches, ruissela en égouttements sur les troncs, alluma les eaux au fond des clairières, tandis que des buées violettes s'allongeaient dans le beau ciel. Au loin, une lisière de futaie semblait fumer dans un brouillard rose. Et la plaine était toute pommelée d'arbres en fleur qui, chaque instant, s'éclairaient un peu plus.

Une tiédeur détendit alors les choses. Les feuillées se déroulèrent ; des fleurs s'ouvrirent avec un bruit soyeux d'éventails ; une poussée vers la lumière fit bouger les branches d'un mouvement incessant. Ce fut une ivresse. Les arbres semblaient étreindre le matin dans leurs ramures étendues comme des bras.

Subitement, le soleil creva le ciel. Une bousculade sembla refouler l'ombre dans le bois. La clarté, comme un ennemi qui prend possession, se débanda, s'épandit par gerbes, par torrents, bouchant tous les trous, mettant la déroute dans les taillis, éclaboussant tout de ses ondées magnifiques. Le ras du sol scintilla dans un ensoleillement de rosée, et la lumière, se haussant par-dessus le bois, gagna les vergers, les fermes, couvrit d'une blondeur vermeille une large étendue de pays.

Maintenant, la rumeur s'augmentait de tous les bruits des nids. Un frémissement ailé battait le bois. Des jacassements attachaient d'un arbre à l'autre des traînées sonores. Les merles sifflotaient ; les pies, les bouvreuils, les linottes, les mésanges, les pinsons, les fauvettes, les rouges-gorges stridaient, susurraient, strettaient, faisaient un surprenant cailletis coupé du coassement saccadé des corbeaux, et cela montait dans l'air avec des ralentissements, des reprises, des silences tout à coup suivis d'un tutti d'instruments jouant à l'unisson.

Le coucou fila dans cette symphonie sa note grave d'horloge sonnant la première heure du jour, et aussitôt, de dessous les feuilles, un long bourdonnement s'éleva ; les mouches grises au ventre bleu, aplaties contre les gommes des arbres, les bourdons soûls des orgies de la veille, les gloutonnes abeilles ronflèrent, les ailes détendues ; et toute cette grosse sensualité de vie finit par planer sur le paysage, dans la splendeur du matin.

Lentement les nuées violettes se fondirent dans la nacre perlée du ciel ; puis le soleil monta, faisant bouillir les sèves et craquer les capsules des bourgeons.

Un homme était couché au milieu de cette allégresse de mai, jeune, grand, robuste, les deux mains repliées sous la tête, touchant du dos la terre gardée sèche par son corps. Un sarrau enveloppait son torse sur lequel béait une chemise écrue : il avait les pieds déchaux, ayant mis près de lui ses larges bottines, garnies de clous luisants. Et un apaisement profond l'enveloppait.

Il dormait du grand sommeil de la terre dormant sa nuit. L'énorme torpeur nocturne des bêtes et des arbres s'attardait sur cette silhouette confondue à la nature. Il dormait sans rêves, heureux, tranquille, bercé par les souffles de l'air, ainsi que les forts.

Tout à coup, le soleil, jaillissant du fourré, coula jusqu'à sa masse immobile. Une clarté dora les hâles de sa peau, fit reluire sa barbe noire, lustra ses tétins bruns. Il eut un mouvement, se mit sur le côté, parut se rendormir. Mais le soleil, passant entre ses cils, lutinait sa rétine. Il se dressa sur son séant, et ses yeux gris, pleins de ruse, s'ouvrirent.

Tandis qu'il regardait autour de lui, la terre en feu communiquait à ses membres une effervescence. Il huma l'air, les narines dilatées ; puis, d'un geste brusque étirant les bras, il se pâma dans un bâillement qui ne finissait pas.

Devant lui s'étendait un verger aux pommiers penchés et bossus. Le verger descendait en pente insensible jusqu'aux bâtiments d'une ferme qu'on voyait se masser en carré, la cour au milieu, sous des toits d'ardoises jaunies par les mousses. Des coqs chantaient sur les fumiers, secouant leur crête écarlate, parmi les poules, les pintades et les dindons, et un bruit de sabots battait le pavé le long des étables.

L'homme regarda les fumiers, les poules, les murs de la ferme, de sa prunelle noyée dans un engourdissement. La porte charretière était large ouverte, ayant déjà livré passage aux vaches qui remplissaient le verger. Une chaleur montait des purins, confondue à la vapeur qui flottait sur le seuil des étables. Et celles-ci laissaient passer le mugissement des mères demeurées à la litière et qui sentaient l'herbe proche des champs. De la fumée tirebouchonnait au haut du toit.

Il se hissa, eut une curiosité machinale de tout voir. Le ciel bleu découpait la rondeur fleurie des pommiers. Une gaîté de bouquet s'épanouissait dans leurs blancheurs rosées, posées là par grosses touffes retombantes. Dessous, les herbes hautes se lustraient de l'emperlement des rosées, et une gaze grise, très fine, noyait les toits, les fumiers, le fond des écuries.

Le claquement d'un volet qu'on ouvrait fit tourner les yeux de l'homme vers un point de la maison. Le volet glissa, vert éclatant de peinture neuve, et sur la pénombre foncée de la chambre une tête de femme mit sa chair amollie par le repos de la nuit.

Alors l'homme s'avança sur le ventre jusque sous les pommiers. Il vit la fille, de la tête au buste, et la trouvant belle, eut un large éclair dans l'œil. Elle accrochait à présent les ferrures, ses bras nus au soleil, penchée en avant, et cette besogne terminée, demeura immobile, comme endormie encore, baignée dans la magnificence du jour.

Lui se poussa plus prés, attiré par l'odeur de sommeil qui flottait autour de l'inconnue. Une rougeur de sang empourprait ses joues saines, brunies par les soleils. Son cou souple et rond posait sur des épaules larges, mal cachées par le corsage dénoué. Elle avait l'éclat rude, un peu sauvage, des charbonnières du Flénu, avec des yeux au regard mordant, et ses cheveux, massés en chignon au haut de la nuque, épanchaient sur ses épaules un flot noir allumé de rouges reflets.

L'homme fit claquer sa langue en signe d'appel. Elle haussa les sourcils, plongea les yeux dans la lumière verte du verger, le vit debout sur ses poings, le torse tendu, le reste du corps traînant à plat dans l'herbe.

Quelque chose d'extraordinaire se passa alors. Il la regardait, ses larges dents étalées. Un sourire béait sur sa joue, câlin, humide, et ses yeux semblaient perdus dans un nuage. Une bête s'éveillait en lui, féroce et douce.

Elle se sentit convoitée et ne s'en fâcha pas : son regard brun l'enveloppa, hardi et caressant ; et, de même qu'il lui souriait, elle laissa tomber sur lui, de ses lèvres pourprées, un sourire tranquille, où il y avait de la reconnaissance. Ce fut comme l'ouverture du jour dans l'espace. Il glissa, ce sourire, jusqu'à l'homme, mêlé à l'illumination rosée des arbres, à l'étincellement des herbes, à l'ardeur du jour, comme une clarté et un parfum ; et cela dura une seconde, une éternité ; puis tout à coup la fenêtre se ferma, la fille disparut ; cette chair blanche cessa d'emplir le paysage.

L'homme retomba vaincu, alors, et les pommiers jetèrent sur lui une pluie lente d'étamines qui finit par le couvrir, l'énervant d'une odeur âcre.

Le bourdonnement accru des abeilles et des mouches emplissait l'air d'une musique assoupissante. Les arbres oscillaient sous l'ébattement ininterrompu de moineaux piaillant parmi leurs touffes pâles. Au loin, le vent mettait des ronflements d'orgue dans le bois, et cette rumeur profonde, continue, était scandée par le beuglement grave des bœufs. Par moment, une jument hennissait ; le hennissement était repris par les ronsins et un peu après finissait par le claironnement grêle d'un poulain lâché à travers la cour. La vie se faisait haute partout.

L'homme eut l'air de se réveiller d'un songe. Il étira ses bras, secoua la tête, et, lentement, se mit debout, cherchant à la revoir. Une femme, en jupe courte, sortit de l'étable, portant des seaux de lait à chaque main : un sang rouge fouettait son cou sous ses cheveux couleur de chanvre, et ses genoux montraient à nu leurs pommes bosselées.

Ce n'était pas elle. Il la regarda passer, indifférent : l'autre seule le préoccupait. Puis un homme de haute taille, le père peut-être, sortit de la ferme, se rapprocha du verger ; et il rentra dans le bois, appréhendant d'être découvert.

Une clarté laiteuse descendait des feuilles et l'enveloppait. Les mains dans les poches, il allait, sifflant entre ses dents. De temps en temps il s'arrêtait, regardait le vide fixement, coupait une branche ou lançait des coups de pied aux herbes, absorbé. Des merles jabotaient. Un pic donnait des coups secs dans le tronc d'un arbre. Une pluie de notes cristallines s'égouttait des ramures.

Il ne voyait rien, n'entendait rien, empli d'une sensation confuse de plaisir non satisfait, et constamment une ferme blanche tremblait devant ses yeux. Il n'était pas bien sûr de marcher droit ; c'était comme une griserie, et il éprouvait parfois le besoin de fendre l'air d'un geste violent.

Il marcha longtemps, heurtant les arbres, nageant à plein corps dans les taillis, frappé par les branches, puis d'un coup s'abattit dans l'herbe, sa tête dans ses poings.

Il eut une rancune.

Pourquoi n'était-elle pas venue dans le verger ? Il l'aurait prise par les poignets, lui aurait dit son fait. Non, il l'aurait embrassée seulement. Les filles, ça se prend par la douceur, comme les oiseaux à la glu : sûrement, il l'aurait embrassée. Et sur ses grosses lèvres rouges encore bien ! Grande bête, va ! Elle s'était ensauvée !

Il battait la terre de son poing, à coups répétés. Voilà pour elle et toutes celles de son espèce. Il y en avait bien d'autres ; les filles qu'on ramasse dans les kermesses sont moins farouches. Et souvent aussi jolies.

Puis la concupiscence le reprit. Il revoyait le coin de son épaule. Il pensait au velours de son regard brun. Il était captivé par l'énervement qui se dégageait de sa personne noire et il s'enfonçait dans un rêve aigu. Il prit de l'herbe, la mâcha, calmant avec cette fraîcheur le feu de ses veines. Et, tandis qu'il brûlait, en proie à ces frénésies, le midi lourd assoupissait l'air, semblait endormir le bois dans un charme d'anéantissement.

Alors, de même qu'il avait dormi la nuit, dans la pâleur des ombres, l'homme dormit un large somme au soleil. Les taillis recourbaient leurs voussures glauques sur son front ; une neige d'aubépine pleuvait dans ses cheveux. Il redevint l'époux de la terre : celui pour qui elle dentelle ses feuillages dans des perspectives d'or pâle ; celui pour qui elle distille la verte odeur du serpolet, de la menthe, du thym et de la lavande ; celui pour qui elle fait chanter les oiseaux, bourdonner les insectes, couler avec un froissement de soie les sources sous les mousses.

Quand il ouvrit les yeux, le soleil descendait à l'horizon.

Des rumeurs inintelligibles pour tout autre montèrent à lui du cœur des bois : il ressentit comme la commotion d'une galopée de bêtes à travers le crépuscule : le braconnier s'éveillait après l'homme. Mystérieusement, il s'enfonça dans les sentes vertes, un peu plus couvert d'ombre à chaque pas.

Le Poème de l'Arbre

poème

(tiré du recueil *Odes et poèmes*, 1844)

par **Victor de Laprade**

I

À un grand arbre

L'esprit calme des dieux habite dans les plantes.
Heureux est le grand arbre aux feuillages épais ;
Dans son corps large et sain la sève coule en paix,
Mais le sang se consume en nos veines brûlantes.

À la croupe du mont tu sièges comme un roi ;
Sur ce trône abrité, je t'aime et je t'envie ;
Je voudrais échanger ton être avec ma vie,
Et me dresser tranquille et sage comme toi.

Le vent n'effleure pas le sol où tu m'accueilles ;
L'orage y descendrait sans pouvoir t'ébranler ;
Sur tes plus hauts rameaux, que seuls on voit [trembler,
Comme une eau lente, à peine il fait gémir tes [feuilles.

L'aube, un instant, les touche avec son doigt [vermeil ;
Sur tes obscurs réseaux semant sa lueur blanche,
La lune aux pieds d'argent descend de branche en [branche
Et midi baigne en plein ton front dans le soleil.

L'éternelle Cybèle embrasse tes pieds fermes ;
Les secrets de son sein, tu les sens, tu les vois ;
Au commun réservoir en silence tu bois,
Enlacé dans ces flancs où dorment tous les germes.

Salut, toi qu'en naissant l'homme aurait adoré !
Notre âge, qui se rue aux lutte convulsives,
Te voyant immobile, a douté que tu vives,
Et ne reconnaît plus en toi d'hôte sacré.

Ah ! moi je sens qu'une âme est là sous ton écorce :
Tu n'as pas nos transports et nos désirs de feu,

Mais tu rêves, profond et serein comme un dieu,
Ton immobilité repose sur ta force.

Salut ! Un charme agit et s'échange entre nous.
Arbre, je suis peu fier de l'humaine nature ;
Un esprit revêtu d'écorce et de verdure
Me semble aussi puissant que le nôtre et plus doux.

Verse à flots sur mon front ton ombre qui m'apaise ;
Puisse mon sang dormir et mon corps s'affaisser ;
Que j'existe un moment sans vouloir ni penser :
La volonté me trouble, et la raison me pèse.

Je souffre du désir, orage intérieur ;
Mais tu ne connais, toi, ni l'espoir, ni le doute,
Et tu n'as su jamais ce que le plaisir coûte ;
Tu ne l'achètes pas au prix de la douleur.

Quand un beau jour commence et quand le mal fait
[trêve,
Les promesses du ciel ne valent pas l'oubli ;
Dieu même ne peut rien sur le temps accompli ;
Nul songe n'est si doux qu'un long sommeil sans
[rêve.

Le chêne a le repos, l'homme a la liberté...
Que ne puis-je en ce lieu prendre avec toi racines !
Obéir, sans penser, à des forces divines,
C'est être dieu soi-même, et c'est ta volupté.

Verse, ah ! verse dans moi tes fraîcheurs
[printanières,
Les bruits mélodieux des essaims et des nids,
Et le frissonnement des songes infinis ;
Pour ta sérénité je t'aime entre nos frères.

Si j'avais, comme toi, tout un mont pour soutien,
Si mes deux pieds trempaient dans la source des
[choses,
Si l'Aurore humectait mes cheveux de ses roses,
Si mon cœur recelait toute la paix du tien ;

Si j'étais un grand chêne avec ta sève pure,
Pour tous, ainsi que toi, bon, riche, hospitalier,
J'abriterais l'abeille et l'oiseau familier
Qui, sur ton front touffu, répandent le murmure ;

Mes feuilles verseraient l'oubli sacré du mal,
Le sommeil, à mes pieds, monterait de la mousse ;
Et là viendraient tous ceux que la cité repousse
Ecouter ce silence où parle l'idéal.

Nourri par la nature, au destin résignée,
Des esprits qu'elle aspire et qui la font rêver,
Sans trembler devant lui, comme sans le braver,
Du bûcheron divin j'attendrais la cognée.

1840.

II

La Mort d'un chêne

I

Quand l'homme te frappa de sa lâche cognée,
Ô roi qu'hier le mont portait avec orgueil,
Mon âme, au premier coup, retentit indignée,
Et dans la forêt sainte il se fit un grand deuil.

Un murmure éclata sous ses ombres paisibles :
J'entendis des sanglots et des bruits menaçants ;
Je vis errer des bois les hôtes invisibles,
Pour te défendre, hélas ! contre l'homme
[impuissants.

Tout un peuple effrayé partit de ton feuillage,
Et mille oiseaux chanteurs, troublés dans leurs
[amours,
Planèrent sur ton front, comme un pâle nuage,
Perçant de cris aigus tes gémissements sourds.

Le flot triste hésita dans l'urne des fontaines ;
Le haut du mont trembla sous les pins chancelants,
Et l'aquilon roula dans les gorges lointaines
L'écho des grands soupirs arrachés à tes flancs.

Ta chute laboura, comme un coup de tonnerre,
Un arpent tout entier sur le sol paternel ;
Et quand son sein meurtri reçut ton corps, la terre
Eut un rugissement terrible et solennel.

Car Cybèle t'aimait, toi l'aîné de ses chênes,
Comme un premier enfant que sa mère a nourri ;
Du plus pur de sa sève elle abreuvait tes veines,
Et son front se levait pour te faire un abri.

Elle entoura tes pieds d'un long tapis de mousse,
Où toujours en avril elle faisait germer
Pervenche et violette à l'odeur fraîche et douce,
Pour qu'on choisît ton ombre et qu'on y vînt aimer.

Toi, sur elle épanchant cette ombre et tes murmures,
Oh ! tu lui payais bien ton tribut filial !
Et chaque automne à flots versait tes feuilles mûres,
Comme un manteau d'hiver, sur le coteau natal.

La terre s'enivrait de ta large harmonie ;
Pour parler dans la brise, elle a créé les bois ;
Quand elle veut gémir d'une plainte infinie,
Des chênes et des pins elle emprunte la voix.

Cybèle t'amenait une immense famille ;
Chaque branche portait son nid ou son essaim :
Abeille, oiseaux, reptile, insecte qui fourmille,
Tous avaient la pâture et l'abri dans ton sein.

Ta chute a dispersé tout ce peuple sonore ;

Mille êtres avec toi tombent anéantis ;
A ta place, dans l'air, seuls voltigent encore
Quelques pauvres oiseaux qui cherchent leurs petits.

Tes rameaux ont broyé des troncs déjà robustes ;
Autour de toi la mort a fauché largement.
Tu gis sur un monceau de chênes et d'arbustes.
J'ai vu tes verts cheveux pâlir en un moment.

Et ton éternité pourtant me semblait sûre !
La terre te gardait des jours multipliés…
La sève afflue encor par l'horrible blessure
Qui dessécha le tronc séparé de ses pieds.

Oh ! ne prodigue plus la sève à ces racines,
Ne verse pas ton sang sur ce fils expiré,
Mère ! garde-le tout pour les plantes voisines :
Le chêne ne boit plus ce breuvage sacré.

Dis adieu, pauvre chêne, au printemps qui t'enivre.
Hier, il t'a paré de feuillages nouveaux ;
Tu ne sentiras plus ce bonheur de revivre.
Adieu les nids d'amour qui peuplaient tes rameaux.

Adieu les noirs essaims bourdonnant sur tes
[branches,
Le frisson de la feuille aux caresses du vent,
Adieu les frais tapis de mousse et de pervenches
Où le bruit des baisers t'a réjoui souvent.

Ô chêne, je comprends ta puissante agonie !
Dans sa paix, dans sa force, il est dur de mourir ;
A voir crouler ta tête, au printemps rajeunie,
Je devine, ô géant ! ce que tu dois souffrir.

Ainsi jusqu'à ses pieds l'homme t'a fait descendre ;
Son fer a dépecé les rameaux et le tronc ;
Cet être harmonieux sera fumée et cendre,
Et la terre et le vent se le partageront !

Mais n'est-il rien de toi qui subsiste et qui dure ?
Où s'en vont ces esprits d'écorce recouverts ?
Et n'est-il de vivant que l'immense nature,
Une au fond, mais s'ornant de mille aspects divers ?

Quel qu'il soit, cependant, ma voix bénit ton être
Pour le divin repos qu'à tes pieds j'ai goûté.
Dans un jeune univers, si tu dois y renaître,
Puisses-tu retrouver la force et la beauté !

Car j'ai pour les forêts des amours fraternelles ;
Poète vêtu d'ombre, et dans la paix rêvant,
Je vis avec lenteur, triste et calme ; et, comme elles,
Je porte haut ma tête, et chante au moindre vent.

Je crois le bien au fond de tout ce que j'ignore ;
J'espère malgré tout, mais nul bonheur humain :
Comme un chêne immobile, en mon repos sonore,
J'attends le jour de Dieu qui nous luira demain.

En moi de la forêt le calme s'insinue ;
De ses arbres sacrés, dans l'ombre enseveli,
J'apprends la patience aux hommes inconnue,
Et mon cœur apaisé vit d'espoir et d'oubli.

Mais l'homme fait la guerre aux forêts pacifiques ;
L'ombrage sur les monts recule chaque jour ;
Rien ne nous restera des asiles mystiques
Où l'âme va cueillir la pensée et l'amour.

Prends ton vol, ô mon cœur ! la terre n'a plus
[d'ombres
Et les oiseaux du ciel, les rêves infinis,
Les blanches visions qui cherchent les lieux
[sombres,
Bientôt n'auront plus d'arbre où déposer leurs nids.

La terre se dépouille et perd ses sanctuaires ;
On chasse des vallons ses hôtes merveilleux.
Les dieux aimaient des bois les temples séculaires,
La hache a fait tomber les chênes et les dieux.

Plus d'autels, plus d'ombrage et de paix abritée,
Plus de rites sacrés sous les grands dômes verts !
Nous léguons à nos fils la terre dévastée,
Car nos pères nous ont légué des cieux déserts.

II

Ainsi tu gémissais, poète, ami des chênes,
Toi qui gardes encor le culte des vieux jours.
Tu vois l'homme altéré sans ombre et sans
[fontaines....
Va ! l'antique Cybèle enfantera toujours !

Lève-toi ! c'est assez pleurer sur ce qui tombe ;
La lyre doit savoir prédire et consoler ;
Quand l'esprit te conduit sur le bord d'une tombe,
De vie et d'avenir c'est pour nous y parler.

Crains-tu de voir tarir la sève universelle,
Parce qu'un chêne est mort et qu'il était géant ?
Ô poète ! âme ardente, en qui l'amour ruisselle,
Organe de la vie, as-tu peur du néant ?

Va ! l'œil qui nous réchauffe a plus d'un jour à
[luire ;
Le grand semeur a bien des graines à semer.
La nature n'est pas lasse encor de produire :
Car, ton cœur le sait bien, Dieu n'est pas las
[d'aimer.

Tandis que tu gémis sur cet arbre en ruines,
Mille germes là-bas déposés secret.
Sous le regard de Dieu veillent dans ces collines,
Tout prêts à s'élancer en vivante forêt.

Nos fils pourront aimer et rêver sous leurs dômes,
Le poète adorer la nature et chanter ;

Dans l'ombreux labyrinthe où tu vois des fantômes,
Un idéal plus pur viendra les visiter.

Croissez sur nos débris, croissez, forêts nouvelles !
Sur vos jeunes bourgeons nous verserons nos
[pleurs ;
D'avance je vous vois, plus fortes et plus belles,
Faire un plus doux ombrage à des hôtes meilleurs.

Vous n'abriterez plus de sanglants sacrifices ;
L'âge emporte les dieux ennemis de la paix.
Aux chants, aux jeux sacrés, vos séjours sont
[propices ;
Votre mousse aux loisirs offre des lits épais.

Ne penche plus ton front sur les choses qui
[meurent ;
Tourne au levant tes yeux, ton cœur à l'avenir.
Les arbres sont tombés, mais les germes demeurent ;
Tends sur ceux qui naîtront tes bras pour les bénir.

Poète aux longs regards, vois les races futures,
Vois ces bois merveilleux à l'horizon éclos ;
Dans ton sein prophétique écoute leurs murmures ;
Ecoute : au lieu d'un bruit de fer et de sanglots,

Sur des coteaux baignés par des clartés sereines,
Où des peuples joyeux semblent se reposer,
Sous les chênes émus, les hêtres et les frênes,
On dirait qu'on entend un immense baiser !

1842

III

Le Bûcheron

I

Le chêne aux flancs noueux dans l'herbe est couché
[mort,
Mais du vieux bûcheron c'est le dernier effort ;
Il pose sa cognée et s'accoude au long manche ;
Il se courbe, en soufflant, le pied sur une branche ;
Son morceau de pain noir est gagné pour demain ;
Et, s'essuyant le front du revers de la main :

« Triste et rude métier que de porter la hache !
A ce labeur de mort quel dieu m'a condamné ?
Sur tes plus beaux enfants j'ai frappé sans relâche,
Et je t'aime pourtant, forêt où je suis né !

« Ton ombre est mon pays ; j'y vieillis ; je sais l'âge
Des grands chênes épars sur les coteaux voisins.
Jamais je ne dormis dans les murs d'un village ;
Je ne cueillis jamais le blé ni les raisins.

« Ma mère me berça dans la mousse et l'écorce ;
J'ai, dans un nid pareil, vu dormir mes enfants ;
Et, comme moi jadis, fiers de leur jeune force,
Ils grimpaient, tout petits, sur l'arbre que je fends.

« J'ai compté de beaux jours, hélas ! et des jours
[sombres
Que savent tous ces bois, complices ou témoins ;
J'ai connu d'autres maux que la faim sous leurs
[ombres ;
Dans un corps endurci l'âme ne vit pas moins.

« Je la sens s'agiter sous le joug qui m'enchaîne ;
Et l'arbre, gémissant de mes coups assidus,
Parle au noir bûcheron qui fend le cœur du chêne
Comme aux pales rêveurs sur la mousse étendus.

« J'eus chez vous mon printemps, mes songes, mes
[chimères,
Arbres qui modérez le soleil et le vent !
J'ai versé sur vos pieds des larmes bien amères,
Mais pour moi votre miel a coulé bien souvent.

« J'entends parfois de loin monter la voix des villes,
Elle m'arrive en bruits douloureux et discords ;
J'aime mieux écouter ces feuillages mobiles
D'où pleut un frais sommeil sur l'âme et sur le
[corps.

« D'ailleurs, la voix qui siffle en traversant l'érable,
Le son calme et plaintif qui s'exhale du pin,
Ont un écho dans moi, profond, vague, ineffable
Dont j'écoute en tous lieux le murmure sans fin.

« Si j'ai vos bras noueux, vos cheveux longs et
[rudes,
J'ai mes chansons aussi, mes bruits graves et doux,
Et sur mon front ridé le vent des solitudes,
O chênes fraternels, frémit comme sur vous !

« En ennemi, pourtant, sur ces monts que j'outrage,
La hache en main, frappant tous mes hôtes chéris,
Liés en vifs faisceaux pour un sordide usage,
Des rameaux et des troncs j'entasse les débris.

« Aussi mon âme est triste et j'ai le regard sombre ;
Destructeur des forêts, je me suis odieux ;
J'ai déjà dépouillé cent arpents de leur ombre ;
J'ai fait place aux humains ; pardonnez-moi, grands
[dieux !

« Mais c'est la pauvreté qui par moi vous profane,
Saints temples des forêts, arbres que j'aime en vain !
Pour mes fils affamés dans ma pauvre cabane,
Chaque arbre, hélas ! qui tombe est un morceau de
[pain.

« La pauvreté ! c'est elle avec qui ce fer lutte ;
Elle fait taire en moi ces choses que j'entends ;

C'est elle qui renverse, en pleurant sur sa chute,
Pour les besoins d'un jour, le chêne de cent ans.

« Heureux ! — si le bonheur visite un riche même,
Loin de cette ombre antique où parle un dieu
[caché, —
Heureux le laboureur, heureux celui qui sème
Et reçut des aïeux son champ tout défriché !

« Il ne récolte pas son pain du sacrilège ;
Tranquille en son labeur, ignorant mes combats,
Il n'a jamais sapé le toit qui le protège,
Ces vieilles amitiés qu'en frémissant j'abats.

« Adieu les troncs divins qu'un peuple immense
[habite,
Les abeilles et l'homme et les oiseaux du ciel,
Tours que le vent balance et dont le flanc palpite
Ruisselant de fraîcheur, d'harmonie et de miel !

« Il en reste un… marqué du sceau fatal du maître,
Mon plus cher souvenir… à frapper quelque jour.
Mon vieil hôte, du bois l'ornement et l'ancêtre
À lui de s'écrouler… Puis ce sera mon tour ! »

II

Frappe, ô vieux bûcheron, et détruis sans
[murmures :
Les anciennes forêts pour la hache sont mûres.
L'orage est, comme toi, terrible et bienfaisant.
Oui, votre office est rude et ton fer est pesant :
Car ces bois sont pour toi consacrés par des tombes,
Ces rameaux ont porté le nid de tes colombes,
Et ce chêne entouré d'un culte filial
Prêta sa mousse épaisse à ton lit nuptial.
Dans le vague sommeil où son ombre te plonge,
De tes jeunes saisons le rêve se prolonge.
Il est dur de saper et de jeter au feu
Les vieux piliers du temple où l'on a connu Dieu.
Mais des vallons obscurs et peuplés de fantômes
Aux ailes d'or du jour il faut ouvrir les dômes,
Pour qu'un soleil fécond fasse, en dardant sur eux,
Fuir de l'humide sol les esprits ténébreux,
Et, préparant les champs à des moissons prochaines,
Livre à des bras humains le royaume des chênes.
Dieu le veut ! les cités déplacent les forêts,
Et le désert souvent suit la cité de près.
Comme l'arbre, à son jour, quitte ou reprend sa
[feuille,
Quoi que fasse en ses flancs la ruche et qu'elle
[veuille,
Ainsi, docile au vent toujours prêt à souffler,
Le monde en ses saisons doit se renouveler.

Sur les coteaux ombreux pour qu'un peuple y
[fourmille,

Fais place avec la hache à ta jeune famille ;
Là, sous les cerisiers encor rouges de fruit,
Mille bruns moissonneurs souperont à grand bruit ;
De beaux enfants joufflus, rentrant le soir aux
[granges,
Passeront en chantant sur le char des vendanges,
Et les joyeux voisins viendront se convier
A rompre le pain blanc au pied de l'olivier,
Et tout ce peuple heureux des vastes métairies,
Uni pour le travail en douces confréries,
Célèbre en ses chansons l'ancêtre courageux
Qui de l'âge de fer vit les jours orageux,
Prépara le désert à la culture humaine,
Et, pour faire à ses fils un plus libre domaine,
Brava, tout en pleurant l'ombre qu'il adorait,
L'amour et la terreur de l'antique forêt.

1846.

L'arbre

novella
(publiée en 1899 en volume)

par **Georges Rodenbach**

I

Le rendez-vous

Joos attendait Neele depuis un long moment au grand chêne des Trois-Chemins. Elle était en retard, contre son habitude. Qu'était-il arrivé ? Joos s'inquiéta un peu, attristé déjà par le crépuscule qui tombait maintenant, en tulles noirs et rapides, sur la petite île de Zélande. Toute sa fraîche couleur de jardin sur les flots, de bouquet parmi les écumes inconsolables de la mer du Nord, se fanait. Joos sentit du soir descendre en lui aussi. Et, plus distincte, retentit l'éternelle plainte de la mer, sur les dunes, autour de l'île. Détresse du cœur humain qui regarde venir le soir et qui n'a pas d'amour ! Mais Joos aimait Neele, sa belle promise. Les accordailles étaient faites. Sa mère, Barbara Lam, était d'accord avec Pieter De Roo, le père de Neele. Et s'ils se donnaient rendez-vous ainsi, loin de chez eux, dans la campagne, le soir, c'était pour exciter leur amour en se créant l'illusion d'amants contrariés, pour jouir du mystère, des cachotteries, de l'aventure, et aussi parce qu'il y a des choses que les amants ne sentent et ne se disent qu'en face de la nature et de la nuit.

D'ailleurs c'était la tradition immémoriale dans l'île d'aller s'aimer au grand chêne des Trois-Chemins. Aucun couple n'y manqua jamais.

L'arbre apparaissait extraordinaire, vieux de plusieurs siècles, maquillé par combien de saisons accumulées, bronzé par cent tonnerres. L'écorce en était rugueuse, épaisse, comme minérale. On aurait dit un tronc découpé dans un rocher. D'indéfinies et d'inextricables branches sortaient de ce tronc, s'engendraient l'une de l'autre, se multipliaient sans cesse. L'architecture en était merveilleuse. C'était comme le résumé d'une cathédrale : le tronc montait en haut pilier ; le feuillage déployait sa voûte ; les rameaux se courbaient en ogives ; entre les branches, le ciel s'intercalait, comme un vitrail entre des meneaux de pierre ; cependant que toutes les feuilles remuaient ainsi que des lèvres, faisaient leur bruit de foule tassée et priante.

Témoin immuable, le vieux chêne vit passer tous les amants de l'île. Il avait un peu oublié, depuis des siècles ; un peu retenu, aussi. Combien voulurent marquer, là, leur passage, tout au long de son tronc immense, sur cette écorce fantasque comme une mémoire. Signes d'amour, cœurs gravés, ex-voto symboliques, lettres enlacées, initiales. Une partie survivait, une autre s'effaçait, une autre avait péri. C'était un cimetière de noms…

Joos regardait, déchiffrait. Il chercha le joli nom de Neele, qu'il avait aussi écrit là, avec la pointe de son couteau, au commencement de leur amour. Maintenant le nom avait dû grandir dans l'écorce, comme dans son cœur. Il le trouva grandi, en effet, mais moins net. Les lettres s'étaient foncées, avaient repris le ton glauque de l'écorce, au lieu de la blancheur intérieure du bois mis à vif. Joos, du bout de son couteau, raviva le nom de Neele sur l'arbre ; et, bientôt, il éclata, frais et neuf, comme une plante arrosée, dans ce cimetière.

Au même moment Neele arriva :

— Quel autre nom écris-tu déjà, méchant ?

— Je joue avec ton nom ; fit le jeune homme. Tu as le nom de ton visage.

Et il l'embrassa. Et ils s'enlacèrent, d'une chaste étreinte. Ils s'assirent sur le banc, qui circule tout autour du tronc vénérable. Le soir tombait, décidément. Une brume ondulait sur les plaines. Les troupeaux de moutons rentraient, déjà vagues eux-mêmes, un peu plus de brume qui s'agglomère sur un point et qui va se dissoudre. Un dernier nuage clair se dédorait. Les moulins se ralentissaient, s'immobilisaient. Bientôt ils ouvrirent leurs grandes croix noires sur le tombeau du jour. De la ville voisine arrivaient des sons de cloches… La mer commença sa plainte nocturne aux rivages de l'île.

Quelle ivresse grave donne à l'amour le soir qui tombe ! Douceur de se sentir deux quand tout, autour de soi, s'efface, dépérit, disparaît, glisse aux ténèbres, qui sont l'image sensible du néant, et au sommeil qui est une petite mort. Les amants les plus obscurs s'en rendent compte, et ils se cherchent au crépuscule.

Neele s'abandonna à la douceur de l'heure. Joos s'abandonna à la douceur de Neele. Et ils recommencèrent l'éternel Cantique des Cantiques.

— Que ta main gauche soit sous ma tête, disait Neele, et que ta droite caresse mon visage.

Joos répliqua : — Tu es toute belle, ma grande amie ! Tes dents sont comme les poissons, écaillés d'argent, qui se montrent et se cachent dans le canal. Tes lèvres sont rouges comme les tuiles de nos toits. Tes cheveux sont blonds comme le chaume qui recouvre nos métairies. Tes bras sont les ailes d'un moulin, et ils amusent le vent.

Neele écoutait, ravie, et si troublée aussi, dans une divine émotion qui semblait arrêter son cœur, retirer le sang de sa figure.

— Neele, qu'as-tu ? tu es pâle, interrogea Joos, un peu inquiet.

— Si je suis pâle, c'est que la lune m'a regardée.

— Et moi aussi, je t'ai regardée. Tu es toute belle, ma grande amie. Comme elle te va bien, ta guimpe de dentelle ; qu'il est éclatant, ton fichu de soie ; qu'elle bombe bien, ta robe juponnée et ronde comme une cloche ! Et tes beaux bijoux : les pendants d'oreilles, les tire-bouchons d'or, la plaque du front, les larges bagues qui mettent ton petit doigt comme dans un étui en vermeil ! Ici où le soleil est avare, tu en apprivoises les rayons, tu en multiplies le retentissement autour de toi ; mais est-ce avec tes bijoux, est-ce avec ton visage ? N'importe ! nulle ne porte comme toi l'antique costume de notre île. Nulle n'est belle comme toi.

Neele répliquait :

— Toi aussi, tu es beau. Mon bien-aimé est entre les jeunes hommes, comme le grand chêne des Trois-Chemins est entre les arbres de l'île ; j'ai désiré son ombrage, et m'y suis assise ; et les fruits de ses paroles ont été doux à mon palais.

Joos et Neele s'enlacèrent de nouveau et ne parlèrent plus…

L'enchantement du grand chêne des Trois-Chemins opérait. C'est d'y venir qu'ils s'aimaient ainsi. L'amour est un fluide, et les fluides se localisent, se transposent. On peut douer un arbre de fluide magnétique. Il y a des arbres chargés de foi, où des miracles s'accomplissent à cause d'une Vierge, et qui communiquent la foi. De même le vieux chêne de l'île était chargé d'amour, tout l'amour exhalé ici par des millions d'amants, au long des siècles, et qu'il assuma, aspira, mêla à sa sève, à ses racines, à son tronc, à ses feuilles. Il vécut dans de l'amour comme dans une atmosphère spéciale, une serre chaude aux vitres invisibles. Il eut, pour chaleur, des baisers ; pour pluie, des larmes. À jamais, il est tout amour. Il dégage sans cesse celui qu'il a résorbé…

Tout lieu de rendez-vous fréquenté : une grotte, une berge de canal, un banc solitaire, pourrait devenir un bon conducteur de cette électricité d'amour. Mais cela arrive surtout aux arbres, mystère de nature, souvenir héréditaire de l'Éden dont la scène constitue le seul Drame humain, toujours le même, au pied de l'arbre identique qui peut tout le bien et tout le mal, toute la joie et toute la douleur…

Sous le grand chêne des Trois-Chemins, Joos et Neele recommençaient le Paradis.

Enchantement d'un amour innocent ! Leurs doigts se tressaient, mais sans fièvre, sans plus de fièvre que les cheveux partagés d'une vierge quand elle les réunit en natte. Ils s'étaient tus longuement, trouvant au silence le même charme qu'aux paroles. Puis ils parlèrent de nouveau, à voix basse, pour ne pas effaroucher les idées frêles et douces qui naissaient entre eux. L'heure avait fui… Neele voulait partir.

Joos suppliait :

— Reste ! Encore un peu. Ne pars pas avant que la campagne soit toute noire, avant que tes yeux soient tout à fait noirs.

Il la ressaisit, renversa sa tête : « Il fait encore clair dans tes yeux. J'y vois l'arbre qui s'y mire tout entier, la cime en bas, comme dans une eau. J'y vois du paysage, les fermes lointaines, le moulin que tu regardes. Et je me vois, moi aussi, dans tes yeux. Je me ris à moi-même… Ne pars pas… tu partiras quand je ne m'apercevrai plus. »

Neele acquiesça : « Oui ! mon bienaimé ; que ta main gauche soit sous ma tête ; et que ta droite caresse mon visage… »

Heure divine ! Pure extase face à face, où leur amour se réciproquait dans leurs yeux !

Tout à coup, parmi la solitude muette, des voix s'entendirent, des cris discords, des chants hurlés. Le silence parut souffrir… Ce n'était pas la langue reconnaissable de l'île. Joos et Neele avaient dressé l'oreille. Déjà le tumulte était tout proche. Des silhouettes se dessinèrent, imprécises, dans l'ombre. Mais Joos les avait reconnues.

— Ce sont les étrangers ! dit-il ; ceux qui sont venus ici pour établir le chemin de fer…

C'étaient eux, en effet. Une minute après, ils défilèrent en bande devant le banc où Joos et Neele continuaient à se tenir enlacés. Tous étaient ivres et accablèrent les ingénus amants de mots crus, de rires épais, de quolibets, de hoquets avinés, de gestes obscènes, tout un hourvari dont Joos trembla pour Neele. Lui-même s'en sentit comme souillé, découronné de la couronne bleue et grise dont ce soir inoubliable avait ceint leurs deux fronts en même temps.

Il murmura, avec rancune : « Ces maudits étrangers ! »

Neele se leva pour l'adieu. Et tous deux eurent la sensation, à cette minute, que leur amour était comme l'eau du canal traversant l'île, quand on y a jeté des pierres, détruit tous les beaux reflets. Les étrangers avaient jeté des pierres dans leur amour.

II

Les étrangers

Il y avait, tous les après-midi, vers cinq heures, quelques amis réunis chez le vieux pasteur Tyteca dont la maison était bien connue, à l'angle de la Place. C'était la plus belle, avec sa façade à pignon, ses multiples fenêtres ornées de l'écran traditionnel, d'un bleu de fumée.

Le pasteur Tyteca avait du bien. C'était un des hommes les plus considérables de l'île. Son père déjà était pasteur, son aïeul aussi. Il incarnait la tradition, toutes les coutumes ancestrales, les souvenirs de l'histoire. Il tenait, plus qu'aucun autre, à l'esprit national, à la conservation intacte de l'île qui, au milieu du nivellement moderne, avait gardé, par on ne sait quel miracle, l'intégrité de son paysage, de ses mœurs, de ses costumes. Le pasteur Tyteca se montrait pour lui-même un gardien vigilant du passé. Sa demeure était cossue, mais sans aucun meuble de goût moderne : des bahuts, des buffets de Zélande, aux antiques marqueteries de feuillages et de tulipes rouges ; des dressoirs en vieux chêne, avec toutes sortes d'assiettes, de vases de Delft, de cruches à bière, et des plats en étain aux splendeurs mates, l'étain qu'il aimait — clair de lune de l'argent ! Sous le manteau des hautes cheminées, une mosaïque, blanc et bleu. Un réchaud brûlait sans cesse, chauffant le thé, que ses amis venaient, l'après-midi, déguster avec lui. Ceux-ci fumaient, en même temps, de gros cigares, mais le pasteur, toujours par fidélité aux vieux usages, fumait une longue pipe de porcelaine blanche où était peint un navire. Et la fumée de tabac se déroulait, parmi le salon suranné, créait dans l'air des arabesques, mystérieuses comme les lignes de la main et comme la destinée. La causerie se déroulait de même. Parfois on faisait de la musique. L'organiste de l'église, qui était parmi les assidus, touchait d'un vieux clavecin, aux notes lointaines de carillon, et le pasteur, un peu mélomane, l'accompagnait de son violon, se plaisait à quelque vieil air du pays, une de ces rondes sur des airs de chanson populaire, que chantent les enfants en hiver, sur les canaux gelés :

« Les poissons ont chaud sous le plancher blanc de la glace ; nous avons chaud en courant dessus. »

Ce jour-là, on ne songea pas, d'abord, à faire de la musique. Le bourgmestre, un des habitués, venait d'apporter de fâcheuses nouvelles : une rixe violente avait éclaté la veille à l'auberge de la Demi-Lune…

Le pasteur Tyteca s'étonna :

— Comment ! l'auberge de Pieter De Roo ? Mais c'est une des plus honorables du pays. Et elle devrait être tout à la joie, maintenant que la jolie Neele est promise au fermier Joos.

— Justement, reprit le bourgmestre. Des jeunes gens y fêtaient les accordailles. On avait même suspendu au plafond, selon l'usage, la couronne de papier symbolique : une croix dans des fleurs, pour figurer la joie et les tribulations du mariage. Les étrangers sont entrés, ont voulu se mêler à la fête, lutiner les filles… On a joué du couteau… Il y a plusieurs blessés. C'est désolant.

Le pasteur Tyteca fut indigné : « Encore ces étrangers ! Je crains bien qu'ils ne nous apportent tous les malheurs. Pourquoi les a-t-on laissés venir ? Pourquoi a-t-on consenti à ce chemin de fer ? L'île était si heureuse ! »

Hans, l'organiste, qui ne manquait jamais, par flatterie et un peu par zèle admiratif vis-à-vis du pasteur, de renchérir sur ce qu'il venait de dire, déclara à son tour : « Certes, nous risquons de tout y perdre. Avec le chemin de fer, on mettra notre île à la mode. Des touristes arriveront. Et nous deviendrons comme eux. C'est même un miracle que nous ayons échappé jusqu'ici… »

Tyteca observa : « C'est grâce à la mer. Quelques îles seules sont restées originales. La mer les défend, les isole. On dit que le sel conserve. Le sel de la mer, infiltré dans nos dunes et nos rivages, nous a conservés. Maintenant, avec ce chemin de fer qu'on construit, et cette jetée nous reliant au continent, nous ne serons plus isolés, ni par conséquent conservés. Et nous deviendrons pareils aux autres. »

— Oui, renforça Hans, nous aurions dû repousser à la mer ces étrangers, quand ils sont arrivés ici. À présent, c'est déjà trop tard. Le mal est parmi nous.

Le bourgmestre parut inquiet : « Vous exagérez peut-être. C'est vrai que les querelles légères entre les nôtres ne finissaient guère à coup de couteau. C'est la première fois que le sang a coulé. Nous n'avons jamais eu de crime dans l'île. Et jamais non plus un seul suicide. Cette chose répugnante qu'est la mort volontaire est inconnue des nôtres. »

— Le sang appelle le sang, dit le pasteur. D'autres rixes éclateront ; des crimes aussi, et des suicides. La civilisation, c'est tout cela. Ils appellent cela le progrès ! Nous en étions, nous, à l'âge primitif. Nous allons apprendre tous les vices…

Le bourgmestre concéda des aveux : « C'est vrai que ces ouvriers étrangers, leurs surveillants, leurs ingénieurs même, ont des mœurs déplorables. Chaque jour, les dimanches surtout, on les rencontre ivres sur les routes… Déjà les nôtres boivent sans cesse pour les imiter. »

Tyteca approuva : « L'esprit d'imitation est dans la nature. On les imitera en tout. C'en sera fait, bientôt, même de nos costumes ; — on s'habillera comme eux ! — nos costumes qui sont la parure et la gloire de l'île. »

Cette évocation les rendit tous pensifs. Oui ! les costumes, c'était le legs sacré, la tradition intacte des aïeux ! Et où trouver plus délicieuse toilette que celle de leurs femmes : un corsage, mystérieux comme un tabernacle, avec la guimpe, le fichu fleuri qui se croise, le collier de corail ; et la jupe si ample sur plusieurs jupons superposés, leur donnant la grâce pompeuse des Infantes de Vélasquez ; et aussi l'ornementation de la tête, emmaillotée dans de la dentelle et des rubans qu'anime un cliquetis de bijoux. Le costume masculin était antique aussi. Eux-mêmes le portaient : veste courte de drap noir ; culotte noire, maintenue par une ceinture à la boucle ciselée ; cravate de soie éclatante, qu'attache une broche filigranée ; et le visage glabre, les cheveux longs, ramenés sur les joues et coupés droits, comme les hérauts et les donateurs dans les Triptyques des Primitifs. Allaient-ils renoncer à ce qui les faisait uniques dans l'univers ?

Le bourgmestre rompit le silence, propice aux réflexions pénibles, et qui pesait à chacun. Il fit un aveu pire.

— Ces maudits étrangers n'ont pas seulement apporté déjà l'ivrognerie parmi nous. Ils veulent introduire la prostitution.

— C'est infâme, cria Hans. Et vous ne pouvez pas prendre des mesures ?

Le bourgmestre reprit : « Voici les faits. Jusqu'ici, vous le savez, ils furent tenus en méfiance, de la part de nos femmes surtout. Ils avaient compté sur un autre accueil. Or ce sont d'allègres gaillards, fats et bouillants. Il leur faut des maîtresses. Ne pouvant en obtenir par charme et séduction, ils ont essayé de l'argent. Ils en ont offert, je le sais, à telle et telle. Elles les ont repoussés avec plus d'étonnement que de colère, ne comprenant pas bien ce que cela voulait dire et qu'une femme pût se donner à quelqu'un qu'elle n'aimait pas, et qu'il y eût des hommes pour demander leur corps contre de l'argent… »

— Je le disais bien, que le malheur est entré dans notre île avec eux ! conclut le pasteur.

— Notre île si exemplaire ! ajouta le bourgmestre. Quand je pense qu'il n'y avait même pas un enfant naturel sur nos registres d'état civil. Nous n'en manquerons plus, bientôt.

— En attendant, récapitula le pasteur, nous avons déjà l'ivrognerie, la prostitution — premiers bienfaits de la civilisation — sans compter la haine. Celle-ci est partout, maintenant, dans le pays. Auparavant, chacun possédait un petit bien, à peu près pareil ; il vivait content, étant l'égal de son voisin. Les étrangers, en nous apportant leur chemin de fer, ont fait ce qu'ils appellent leurs expropriations. Ils ont acheté ici, morcelé là. Les domaines se sont trouvés tout changés. L'un reçut une grosse somme pour sa terre et devint brusquement beaucoup plus riche. Un autre vit son bien augmenté de valeur par sa proximité avec la gare, les nouveaux établissements. D'autres ne vendirent pas, s'appauvrirent. Tout fut bouleversé. Des frères qui avaient reçu une part égale ne l'ont plus telle. La haine éclate partout, dans tous les villages, dans toutes les familles. J'ai voulu intervenir, ci et là, réconcilier des parents, de vieux amis soudain brouillés. C'est inutile. L'argent est en jeu. Il a déchaîné les passions.

Le bourgmestre paraissait accablé par toutes ces constatations. Il essaya de se rassurer lui-même, interrogea le pasteur : « Peut-être que le temps arrangera les choses ? »

— Oh ! non, les ravages sont profonds, répondit Tyteca. Il suffit de voir le pays lui-même tout enlaidi déjà. C'est le symbole de ce qui se passe. Les étrangers vont dégrader les âmes comme ils dégradent le paysage. Pour établir leur voie ferrée, ils ont morcelé nos belles plaines, coupé des futaies séculaires, comblé une partie du canal traversant l'île, abattu des moulins. Ils nous ont traités en pays conquis. L'île n'est plus à nous. L'île est à eux !

Il y eut un silence. Chacun suivait des pensées graves et tristes. Surtout que le crépuscule entra par les fenêtres, dédora les cuivres, tendit d'un crêpe noir les miroirs, se posa en tons livides sur les porcelaines du buffet, la mosaïque blanc et bleu. L'écran de fumée des fenêtres devint un écran de deuil. Le pasteur ne songea même pas à faire allumer les lampes. Un grand assombrissement entrait en eux et sortait d'eux. Rencontre du soir et de leur désespoir.

— Nous devrions lutter, résister, interrompit Hans.

Le pasteur s'était levé. Il semblait avoir pris une décision brusque, vouloir faire une diversion à tout prix, se changer les idées, oublier la triste réalité. Il alla prendre, dans la boîte, son violon. Ah ! comme il lui parut triste, son violon, dans la boîte oblongue comme un petit cercueil ; son violon qui avait tant de fois joué les vieilles rondes de l'île, accompagnement mélodieux des aïeules aux danses et aux patinages d'autrefois. Le violon se les remémorait, gardait intacts les antiques airs. Tyteca donna la partition voulue à l'organiste, déjà installé devant le clavecin ; et ils jouèrent, dans le soir tombé, les musiques du passé, comme si c'était assez pour abolir le présent, — et sauver l'île !

III

La Kermesse

Ce fut le temps joyeux de la kermesse, après les moissons. On arriva à la ville de tous les villages de l'île, ceux qui étaient proches, comme le village de Joos et de Neele, où parvenait encore distinct le carillon de la tour, ceux qui étaient aux extrémités, vers les rivages, au pied des dunes. De toutes les routes affluèrent les chars indigènes, d'une forme si originale, sinueuse et chantournée, à la fois chaise à porteurs et galère antique. Une foire occupait la Grand'Place : baraques, théâtres, jeux, loteries, manèges de chevaux de bois, tournant dans un vertige d'étoffes à paillettes et de miroirs. Des ronflements d'orgue, des boniments de parades, sans compter la liesse d'une foule grossissante, tout à la joie de vivre, en cette île heureuse d'être innocente.

Joos y était venu avec la vieille Barbara Lam, sa mère, un peu effrayée parmi cette cohue, et mal assurée sur ses jambes. Ils avaient donné rendez-vous à Neele dans une des grandes auberges de la Place. Ils y entrèrent et la trouvèrent qui attendait déjà, au milieu d'une bande de jeunes filles, debout dans un coin et se tenant enlacées à la taille, selon l'habitude fréquente là, en une chaîne étroite et harmonieuse. Neele se détacha, s'en vint vers eux, un peu rougissante… Elle avait ses plus beaux atours. Joos se mira dans ses bijoux, se regarda dans ses yeux, qui étaient clairs comme de l'or. On dansait. Les couples tournaient sur la vaste musique d'un orgue, bruit grondant comme la mer, rythme qui déferle. C'était une sorte de valse avec glissements de pieds souvent répétés, et terminée par un baiser. Au plafond, se déployait la Couronne de la Jeunesse, un grand lustre à plusieurs branches formé de verdure et de fleurs rouges. La jeunesse dansait, libre, amoureuse, s'empoignant à pleine étreinte, dans ce jour de galante tolérance qui est le signal de presque toutes les rencontres et fiançailles. Les doigts tressés aux doigts ! Les lèvres cherchant les lèvres ! Et tout cela si ingénu, si conforme à l'idylle éternelle ! Des jeux d'amours puérils, comme d'offrir à la femme un verre rempli de liqueur et de tenir le verre par le pied entre ses dents, tandis que la femme boit, le visage tout proche.

Suave harmonie des choses en ces pays qui sont voisins de la Nature ? La liqueur qu'on y boit surtout est ce schiedam onctueux, d'argent fluide, couleur du soleil dans les brumes, qui est d'argent aussi, et réchauffe aussi, en silence. D'autre part, c'est la région des tulipes, y occupant des plaines immenses, formant des tapis colorés et frêles ; et les verres dans lesquels on boit ont à leur tour la forme des tulipes. Analogies subtiles, harmonies unanimes, qui mettent tout d'accord selon un rythme initial, lequel n'existe plus que dans quelques îles vierges.

Donc Joos s'était assis avec Neele, en un coin isolé. Ils étaient plus graves que tous ces joyeux couples buvant et dansant, comme ceux qui sont déjà plus avant dans leur amour. Ils parlaient peu, étourdis par le vacarme, la poussière soulevée et les danses. Joos tenait les mains de Neele dans les siennes, mais il les sentait plus calmes, presque indifférentes ; on aurait dit qu'elles étaient endormies. Où est le premier temps où leurs mains se rencontraient, si impressionnables ? Elles se touchaient alors, comme des flammes qui s'augmentent de se joindre. Joos s'inquiéta de cette froideur de Neele. Elle avait l'air changée, depuis quelques semaines. Elle rêvassait, les yeux ailleurs, quand il lui parlait. Et il avait l'impression de devoir, chaque fois, *ramener* ses yeux à la conversation. Elle n'en était que plus jolie, avec ses yeux où était l'horizon, ses yeux d'eau, comme on en trouve dans les îles et les provinces de canaux. Et puis, aujourd'hui elle avait mis tous ses falbalas de fête.

— Tu es toi-même une kermesse, chuchota Joos. Tes bijoux carillonnent… Il disait cent choses tendres, s'efforçait de plaire ; et Neele souriait un peu, serrait d'une petite pression meilleure les mains de Joos, inquiètes et toujours dans l'attente.

Soudain il se passa on ne savait quel incident sur la Grand'Place. On aperçut, à travers les hautes vitres, que du tulle ornait comme des fleurs de gelée, des rassemblements, des remous de foule, des cris, un vaste émoi. Les danses s'interrompirent. La plupart coururent au dehors pour s'informer, voir. La vieille Barbara Lam s'était rapprochée de Joos, un peu alarmée. Qu'était-il arrivé ? On voyait, au loin, le bourgmestre et aussi le pasteur Tyteca, l'air très ému, le visage décomposé, attendant au coin de la Grand'Rue, tandis que la police repoussait la foule, cherchait à frayer un passage libre jusqu'à l'hôtel de ville. Tout à coup il y eut un immense silence. La ville instantanément cargua toutes ses rumeurs. Un cortège déboucha. Quelques hommes portaient un corps — un cadavre, peut-être. Quel accident était arrivé dans le pays ? La vieille Barbara Lam s'était signée comme elle en avait coutume devant la mort… Il y eut une soudaine brume sur les yeux d'eau de Neele.

Joos était allé aux nouvelles. Il revint bientôt près de sa mère et de Neele. Un horrible événement ! Il s'exprima en mots brefs, à voix entrecoupée : « Au grand chêne des Trois-Chemins… Un pendu… On l'a trouvé, dans les hautes branches. Mort !… Et depuis des heures sans doute ! Il était tout froid. » La foule avait fait cercle, écoutait… Tous demeuraient épouvantés, et se taisaient, perdus dans de graves songeries : Un pendu ! Un suicidé ! Donc un homme s'était tué lui-même. Cet acte horrible, ce crime inconnu chez eux, dont les pasteurs, immémorialement, parlaient en vagues allusions comme d'un péril contagieux contre lequel il ne fallait qu'à peine les mettre en garde, un vice de civilisation dont ils étaient exempts, voici tout à coup que le spectacle en éclatait dans l'évidence du soleil. Pour que nul n'en ignorât, le suicidé avait montré sa face blanche, ses lèvres vertes, son ricanement d'agonie devant les habitants de toute l'île réunis en kermesse. Le cadavre du pendu leur avait tiré la langue : « Qui est-ce ? Qui est-ce ? » crièrent, autour de Joos, les danseurs qui étaient demeurés dans l'auberge. Joos ne savait pas encore. Tout le monde resta dans l'attente. L'orgue n'avait plus osé recommencer sa mugissante musique. Il se taisait. Les voix aussi avaient peur, se répondaient en chuchotements, s'interrogeaient avec une stupeur que rien ne satisfaisait. Comment cette action criminelle, qui s'accomplit parfois, paraît-il, dans les grandes villes perdues, avait-elle pu se commettre dans l'île ? Quel malheureux osa attenter lui-même à sa vie, par conséquent à la vie de l'Univers, à la vie de Dieu ? C'est le plus grand péché, celui qui n'avait jamais souillé l'île.

Tout à coup, les curieux obstinés qui avaient continué de guetter aux fenêtres, crièrent : « Le pasteur Tyteca va entrer. Nous allons savoir ! » Le silence s'agrandit. Un instant après, le vieux pasteur, qui était l'orgueil et la sagesse de l'île, le phare continué des vieux âges, pénétra, en effet. Il était un peu plus pâle. Sa barbe en parut moins blanche, comme la neige quand passe un nuage. Toutes les têtes s'étaient découvertes. Il y eut dans l'air quelque chose de religieux. Les regards interrogeaient. Tyteca était très ému : « C'est un grand malheur, fit-il. La face de Dieu se détourne d'ici en ce moment ! » Sa voix tremblait, en s'élargissant. Il avait la voix qu'on a dans les cimetières en parlant devant une tombe.

Il reprit : « Heureusement que ce n'est point un indigène de notre île bien-aimée. Le scandale a été donné par un des étrangers, un de ces maudits étrangers qui décidément apporteront chez nous tous les vices. Prions Dieu, mes frères, qu'il nous en délivre au plus tôt. » Une colère contenue avait agité sa voix, qui fut contagieuse. Des cris de haine montèrent. On entendit un cliquetis de couteaux qui s'enhardissaient hors des gaines.

Joos, involontairement, mit la main au sien, le beau poignard à manche d'argent ciselé qui, selon l'habitude, pendait à sa ceinture. Il avait d'instinct, lui aussi, la détestation de ces intrus, au verbe haut, et qui traitaient l'île en pays conquis. En même temps, il regarda Neele, d'un regard plus tendre, elle, la belle fleur intacte de la race, le miroir qui réfléchit le seul ciel natal. Il fut stupéfait. Neele avait pâli, offrait un visage bouleversé.

— Qu'as-tu ? Tu es malade ?

— Non ! un peu !... cette histoire... le mort que j'ai vu passer... comment s'appelle-t-il ?

À ce moment, un groupe nouveau avait entouré le pasteur Tyteca, l'interrogeait derechef, demandait des détails, le nom de l'étranger...

— Je l'ignore encore, répondit le pasteur. C'est, paraît-il, un homme qu'on désigne sous un sobriquet : *l'homme roux*, à cause de la couleur de ses cheveux.

Neele parut bientôt se remettre. Le sang revint en marée haute sur ses joues incolores. Tout ce qui avait chaviré dans ses yeux recommença. De calmes reflets y régnèrent... « Je vais mieux ! » Elle voulut partir. Joos ne comprenait rien, répondait machinalement. En lui-même il examina, chercha la cause possible du singulier émoi de Neele, construisit et renversa en un moment cent hypothèses. Certes, elle n'avait pas pu cacher un trouble immense, une émotion qui la fit blême et chancelante, et comme on n'en éprouve que pour le malheur d'un proche, un accident qui vous atteint au cœur. Le plus étrange, c'est qu'elle parut soudain rassurée quand le pasteur nomma *l'homme roux*. Est-ce que, par hasard, elle connaît quelques-uns de ces étrangers, toujours rôdant autour des belles vierges de l'île ? A-t-elle craint pour l'un d'eux, qu'elle rencontra, qu'elle n'aime pas assurément, mais qui l'aime et le lui a dit peut-être ? Sinon, comment expliquer un tel désarroi et une anxiété qui ne cessa qu'avec l'identité divulguée du mort ? La jalousie mordit le cœur de Joos. La logique le mena à une évidence. Il rejointoya de minimes indices… La certitude apparut… Malade, disait-elle. C'est le prétexte vulgaire.

Elle se montra bouleversée, puis rassurée instantanément. C'est donc qu'elle avait craint pour quelqu'un, pour un de ces étrangers, qu'elle connaissait par conséquent, qui n'était pas le mort, et qui, lui, vivait… C'était simple. Et c'était terrible. Joos éprouva une sensation atroce, une sensation, vraiment physique, de naufrage et de chute au fond de son cœur. Il lui sembla que son cœur était de l'eau et qu'il y sombrait un navire ; il lui sembla que son cœur était de la terre et qu'on y descendait un cercueil.

Neele insista : « Si nous partions ? » Elle avait même pris le bras de la mère Lam et l'entraînait vers la sortie, quand un nouvel afflux de foule entra, les repoussa, accula les danseurs vers les angles, tournoya dans une bousculade énorme qui avait commencé au dehors et ne cessa pas… Houle humaine, remous de jambes et de dos, et les mains en écume blanche, au-dessus ! Il y avait des hommes et des femmes, mêlés inextricablement, et qui combattaient, eût-on dit, mais avec plus de désir âpre que de colère. C'était comme un tourbillon de vendangeurs se disputant des grappes. La vieille Barbara Lam, qui avait des peurs nerveuses d'enfant, s'effraya : « Qu'est-ce qu'ils font ? » Tout à coup un cri retentit : « La corde ! » C'était, en effet, la corde du pendu à laquelle on n'osa pas toucher d'abord ; mais quand le cadavre traversa la Grand'Place, un groupe s'enhardit, s'étant ressouvenu de la vieille croyance superstitieuse et coupa la corde. Alors, ce fut une bataille. Chacun en voulait un morceau. La corde ne cédait pas. Elle lia bientôt des groupes frénétiques, sans cesse renaissants, les affola, les tirailla, les mena en tous sens, sans se donner… Elle venait d'aboutir à la salle de danse où tous ceux qui étaient là, à leur tour, s'en mêlèrent, se ruèrent à l'assaut. Comment la vaincre, obtenir pour soi un fragment du serpent mortel qui avait déjà glissé indemne entre des milliers de doigts, et se refusait toujours ! Ah ! s'assurer un tel talisman, cette chance, unique dans l'île, de la corde que la mort immunise et doue d'un miraculeux pouvoir !

La violence du désir faillit amener une vaste rixe… Quelques-uns avaient coupé, avec leurs couteaux aigus, la corde récalcitrante. Les autres s'obstinaient avec rage. Le pasteur Tyteca intervint, calma les ardeurs. Il dit : « Rien ne porte bonheur. On empêche seulement le malheur. Et vous croyez que des choses comme la corde d'un pendu empêcheront le malheur. Pauvres de nous ! Vous avez beau vous prémunir… Le malheur est entré dans l'île ! »

Joos, à l'écart, songeait ; il s'ancra dans son soupçon, se sentit envahir par une immense tristesse, n'entendit même plus le tumulte, eut la sensation d'être seul…

Neele s'était rapprochée de lui. Elle lui demanda : « Toi, tu n'en prends pas ? Tu ne veux pas nous porter bonheur ? » Joos tressaillit. La jalousie le mordit au cœur, plus loin ; il souffrit davantage, comme un fruit qui n'était qu'entamé et où toutes les dents voraces s'enfoncent… Neele le regarda, si délicieuse ! Il était naturel que d'autres l'eussent aimée et dussent l'aimer. C'était un trop beau trésor ! Mais la seule pensée qu'il ne serait pas seul à le posséder lui apparaissait insupportable et une douleur pire que la mort. Oui ! la mort, qui est le remède toujours proche, et facile sans doute. Ceux de l'île l'ignoraient. L'étranger venait de l'apprendre. Joos ne répondit pas à Neele. Celle-ci, définitivement cette fois, entraîna la vieille Lam vers la sortie. Joos suivit machinalement et répétant en lui-même : « Le mort doit dormir si tranquille ! »

IV

Le Mort.

Les rendez-vous de Joos et de Neele au grand chêne des Trois-Chemins étaient devenus plus rares. Plusieurs fois Neele y manqua. Joos se plaignait, reprochait avec des mots fâchés ou tristes.

— J'ai peur maintenant, depuis que l'étranger s'est pendu à l'arbre, disait Neele. Joos en était d'autant plus aigri et amer. Le mort avait troublé sa vie, enseigné le criminel amour du néant aux habitants de l'île ; il avait encore et surtout couvert d'un assombrissement éternel l'arbre de l'amour et des rendez-vous où, à jamais, son cadavre s'interposerait entre les amants heureux. C'est dans cette crainte que Neele désormais s'abstenait. Joos l'attendait parfois des heures, au crépuscule, tandis que la campagne se colorait d'ambre et de violettes. Les moulins s'assagissaient. Les nuages versatiles s'arrêtaient, à l'ancre dans le canal. Joos allait et venait dans l'ombre du grand chêne comme dans un préau. Il était prisonnier de cette ombre. Il attendait Neele, déjà très en retard et qui, cette fois encore, ne viendrait pas sans doute. Et comme ceux habitués à vivre trop seuls, il parlait tout haut en d'étranges monologues.

« Elle n'arrivera plus. C'est un prétexte, sa peur du pendu ! Elle change de plus en plus. Elle m'aime moins. Peut-être qu'elle ne m'aime plus du tout. »

Il rappelait ses souvenirs, les précisait. Ah ! ce premier éveil de son soupçon, dans l'auberge des danses, le dimanche de la kermesse ! L'immense trouble de Neele, sa pâleur chancelante, à la nouvelle qu'un étranger s'était tué. Depuis, il avait su qu'elle les connaissait, ces maudits étrangers. Un moment, ceux-ci s'étaient mis à fréquenter assidûment l'auberge de la Demi-Lune, où elle habitait avec Pieter De Roo, son vieux père. Y en eut-il un qu'elle préféra et remarqua ? Un commencement d'intrigue s'était noué peut-être. Joos avait vainement cherché à recueillir des indices, des signes vraisemblables dans un sens ou dans l'autre. Douter ! C'est le pire. Garder en soi d'impérieux soupçons comme un nœud de serpents qu'on ne peut même pas tuer en cessant de les nourrir !

En tout cas la froideur de Neele augmenta sans cesse. Joos se disait : « Il est impossible qu'elle n'aime pas ailleurs, pour s'être ainsi détachée de moi ! » Elle venait encore aux rendez-vous, parfois ; mais une contrainte semblait immobiliser ses traits ; il y avait une gêne en tous ses mouvements ; et, au bout de ses paroles, se refermait une porte derrière laquelle s'allongeaient des silences mystérieux. Joos s'inquiétait :

— Qu'as-tu ?

— Rien.

— Tu ne m'aimes plus ?

— Pourquoi veux-tu que je cesse de t'aimer ? Et elle lui reprenait les mains, les serrait un peu, mais d'une étreinte où il n'y avait plus que de l'apitoiement, et comme celle durant laquelle on glisse une aumône... Joos se laissait vite leurrer, rasséréner. On croit aisément en ce qu'on espère. Mais quand elle n'était pas venue, manquait une fois de plus au rendez-vous promis, et qu'il se trouvait seul devant le crépuscule qui s'aggrave, la mort des reflets dans le canal, les croix des moulins, alors tous ses soupçons, ses inquiétudes, ses jalousies, ses tristesses renaissaient. Son amour s'était multiplié, compliqué comme un arbre, comme ce grand chêne des Trois-Chemins... Arbre fraternel ! Il porta aussi le nom de Neele, qui naquit, en lui, clair et joyeux, régna, s'enfonça jusqu'au cœur du bois, s'agrandit parmi l'écorce... Mais le temps avait accompli son œuvre. À force de s'agrandir, le nom se défit sur le tronc ; les lettres, trop accrues, s'étaient déformées, changées en signes indistincts, en rides soucieuses. Le nom de Neele déjà périssait à l'arbre de leur amour, qui de plus en plus se fonça dans une obscurité grandissante — avec le sinistre corps du pendu, au travers !

Ah ! ce cadavre ! Il avait fait tout le mal. C'est depuis sa découverte que Joos fut malheureux, devint jaloux, vit périr sa confiance devant l'insolite bouleversement de Neele. Depuis, il sentait toujours le fantôme pendre à travers son amour, ainsi qu'à travers le grand chêne… Et il se répéta comme une obsession : « Le mort doit dormir si tranquille ! »

On avait raconté dans le pays que l'étranger s'était suicidé pour un chagrin d'amour. Une femme l'avait trahi, délaissé, après l'avoir accompagné jusqu'ici. Ah ! les cœurs fantasques des femmes ! Joos songeait à Neele. Le mort lui devint moins ennemi. C'était l'étranger, mais c'était le frère en destinée et en douleur. Il s'intéressa à lui, à sa vie, aux circonstances, au chemin de manigances qui l'avait conduit jusqu'au chêne des Trois-Chemins pour y mourir. Il chercha à reconstituer même sa mort. Il le suivit en pensée jusque-là. Il aurait voulu savoir à quelle branche il fixa la corde homicide, comment il s'y prit, ascensionna, se passa le nœud, s'élança dans l'espace et la délivrance.

Joos suivait tous les détails, un par un ; il les savait, il connaissait maintenant le désespéré ; il s'était fait de lui une image qui devait être ressemblante.

À force de penser à lui, il arriva à l'entrevoir, à le voir. D'abord imprécis, forme vague et balancée, à l'endroit de la vaste ramure où il était probable que la corde fut attachée.

Puis net et ressuscité, rôdant autour de l'arbre, fantôme qui a gardé le visage roux de son signalement. Ainsi Joos crut l'apercevoir auprès de lui, un soir que Neele n'était pas venue et qu'il s'attardait sur le banc. Naguère, il se disait à lui-même, tout haut : « Le mort doit dormir si tranquille. » Maintenant la voix d'un autre, semblait-il, voix de l'écho ou d'un revenant, avait murmuré : « Dormir si tranquille ! » La tentation se précisait. Le pendu agissait en personne, comme pour prouver que la mort, en effet, n'est rien. Elle n'est que facile oubli et bon remède.

« Dormir si tranquille ! » La première partie de la phrase était tombée comme un masque. En la phrase simplifiée apparaissait désormais le visage tentateur du mort lui-même. Joos s'épouvanta, dans le premier moment. Les morts ne nous veulent que du mal, quand ils reviennent. Il s'enfuit, n'osa même pas regarder en arrière vers le carrefour des Trois-Chemins où le grand chêne, sur le couchant encore jaune, agrandissait sa masse noire.

Durant des jours, Joos demeura hanté. La vieille Barbara Lam, qui s'affligeait du chagrin visible de son enfant, prit peur à le voir hagard, épars, désemparé. Elle le questionna : « C'est-il Neele qui te fasse des misères ? Tu es beau, mon fils. Il y aura bien des autres filles belles pour toi. »

Joos disait très doucement : « Laisse-moi ! Ne me dis rien. » Mais il restait près d'elle, tremblait d'être seul, ne sortait plus. Il redoutait le pendu des Trois-Chemins qui, à présent, dès qu'il se trouvait sans personne, surgissait derrière lui, le suivait, parlait au-dessus de son épaule, le brûlait avec sa barbe rouge comme une flamme, lui soufflait à l'oreille des mots sentant l'alcool et la tombe.

Il n'osa pas en parler à sa mère dont la peur aurait accru sa peur. Toutes les histoires effrayantes de son enfance lui revinrent. Donc il avait aussi son revenant. Comment s'en délivrer ? Par quelle obéissance ou quels accomplissements ? Les revenants sont parfois exigeants. Ils n'en agissent que pour eux-mêmes. Ils ont des buts qu'il faut deviner, sous peine de les voir s'éterniser autour de soi. On connaissait dans le pays des obsessions de ce genre qui avaient tourmenté les villages. Entre autres un revenant, qu'on voyait chaque nuit entre deux champs, portant une lourde pierre et implorant sans cesse : « Où dois-je la mettre ? Où dois-je la mettre ? » Cela dura des années. Un ivrogne, passant, répondit au hasard : « Mets-la où tu l'as prise ! » Le revenant laissa choir la pierre qui tomba à l'endroit où elle fut primitivement, borne séparant sa terre de celle du voisin, qu'il avait déplacée à son profit et par fraude. Ainsi son âme fut délivrée.

On citait encore d'autres revenants dans les veillées, celui surtout qui, ayant tué une jeune fille rebelle à son amour et s'étant suicidé ensuite, apprit en Enfer que sa victime était en Purgatoire. Il revenait demander des messes pour elle, pour qu'elle entrât au Paradis…

Que voulait le revenant du grand chêne des Trois-Chemins ? Joos n'essaya même pas de deviner. Il lui semblait, d'ailleurs, qu'il ne désirait rien pour son propre compte. Il était tranquille d'âme et de visage. Il ne s'inquiétait plus d'ici-bas ? Il se trouvait bien, de l'autre côté de la vie ; si bien, qu'il conseillait de l'y suivre, en paroles négligentes, d'une allure de bon conseil qui consent à faire bénéficier quelques-uns de son expérience. Mais il ne se démasquait point, s'en tenait à des propos vagues sur l'agrément d'être un mort.

Un soir, tout se précipita… C'était à un crépuscule d'octobre où la campagne plus que jamais se colorait d'ambre et de violettes. La mort de l'été traînait dans l'air. Les nuages faisaient des meules de rayons d'or. Une odeur de fruits trop mûrs affadissait. Il y avait la tristesse de ce qui va finir…

Joos eut avec Neele une conversation décisive. Elle était revenue, cette fois, sous l'arbre mémorable où son nom déjà périssait, faisant place à d'autres. Joos la questionna, insista, voulut savoir, à n'importe quel prix ! Mais plus cette incertitude, qui le tuait ! Qu'était-il arrivé ? Comment étaient-ils tombés, après une telle aube d'amour, à cette obscurité où ils ne se cherchaient même plus. Joos querella Neele, tout de suite :

— Qu'as-tu ? Tu ne viens plus jamais aux rendez-vous ! Tu en aimes un autre ?

Neele ne répondit pas, ne protesta pas. Elle parut très triste. Tout chavira dans ses yeux. Elle implora : « Ô Joos ! épargne-moi… Souviens-toi de nos anciens soirs. Je te disais : « Mets ta main gauche sous ma tête et que ta droite caresse mon visage ! »

— Ne me rappelle pas mon bonheur ! cria Joos. Il était hagard, furieux ; sa voix tremblait…

— Réponds-moi. Tu en aimes un autre ?

— Je n'ai jamais aimé que toi…

— Et l'étranger ?

— Quel étranger ?

— Celui qui t'a fait pâlir, pour la vie duquel tu as tremblé le jour de la kermesse. J'ai bien vu, Neele. J'ai compris. Je ne suis ni aveugle ni sot. Et puis je me suis renseigné.

— Alors tu sais tout. Eh bien ! tant mieux. J'en ai assez des cachotteries et de toujours mentir.

Neele crut que Joos avait appris le cruel secret qui l'emplissait de honte et de douleur. Elle espéra mériter du moins la pitié par sa franchise. Et perdant la tête tout à fait : « D'ailleurs, je le jure sur ma vie, je n'ai jamais aimé que toi. L'autre m'a eue, je ne sais comment, à force de me circonvenir, de me vouloir. Je ne sais vraiment pas pourquoi cela s'est fait… C'est la destinée. Il m'a prise de force, comme le pays. »

Joos s'était levé, tragique : « Ah ! ces affreux étrangers ! Celui-là, je le tuerai ! » Il parut un fou, marcha dans une grande agitation, cria. Ses mains semblaient tenir des coups et la mort. Il maudit, jeta sa douleur dans le vent comme s'il avait vomi du sang !

Puis la crise évolua… Ses larmes ruisselèrent… Il s'en revint vers Neele qui pleurait, accablée, sur le banc. Il lui prit les poignets, les serra, dans une rechute de colère : « Malheureuse ! Misérable ! Qu'as-tu donc fait ?… » Il fut impitoyable, la tortura, exigea toute la confession : « Où, quand ? Et comment ? Est-ce bien vrai qu'elle n'a pas voulu ? Pourtant l'étranger ne l'a pas violée. Cela, elle n'ose pas le dire. Elle est donc coupable. Elle a très bien consenti… Ah ! Et le nom du galant ? »

Neele résista.

— Tu vois bien que tu l'aimes… Tu trembles encore pour lui !

— Non ! il est reparti…

— Ah ! il est reparti… C'est admirable ! Il t'a cueillie, en passant, n'est-ce pas, comme une belle fleur, la plus belle fleur de l'île…

Joos éclata en sanglots. Neele pleurait aussi. Consolation des larmes qui se mêlent et qui en semblent moins amères, comme si le sel se délayait, se perdait dans le flot, ruisselant d'être double… Joos se remémora les anciennes heures, sous ce même arbre. C'étaient alors leurs cheveux et leurs mains qui se confondaient ingénument. Les beaux soirs, en allés ! Joos s'apercevait alors dans les yeux clairs de Neele. Il y regardait les moulins agités, le ciel jaune, le grand chêne miré, la cime en bas ; en ce moment-ci, il ne voyait plus dans ces yeux que de la pluie et le naufrage de tous reflets…

Et il répétait sans cesse comme un refrain dont la douleur se berce : « Malheureuse ! Malheureuse ! » Elle, elle s'obstinait dans son serment. « Je le jure pourtant, je n'ai jamais aimé que toi. »

Tout à coup Joos se rapprocha d'elle. On ne sait quelle pitié amollit son désespoir et sa rancune. Les larmes, dirait-on, quand la source cachetée s'en est rouverte, ne s'écoulent pas toutes au dehors. Il s'en égoutte une part sur le cœur, dont la dureté cède et devient impressionnable comme l'argile quand elle a été mouillée.

Joos s'attendrit, s'apitoya, devint bénévole au récit de Neele, accepta l'excuse de sa chute. Et puisque l'homme était parti, la faute s'effacerait. Il n'en resterait que le souvenir indécis, la vapeur d'un mauvais rêve, quelque chose qu'on ne sait que par ouï-dire et qui est presque comme s'il n'avait jamais été. Joos tenait les mains de Neele dans les siennes. L'heure était triste et douce… Il chercha des paroles et n'en trouva pas. C'était meilleur de ne rien dire. Il éprouva une émotion dont il n'aurait pas pu dire si elle était douloureuse ou délicieuse. Impression équivoque de la convalescence. Il se rappela les jours d'enfance, ses maladies infantiles, quand il faisait tiède soleil et qu'on allumait quand même un grand feu dans sa chambre, où il grelottait. Sensation de chaud et de froid. Les mains de Neele étaient deux ailes de neige dans le feu des siennes. Mains si menues de Neele ! Elles semblaient fondre. Joos les serra davantage... Il essaya de parler un peu.

— Ainsi, c'est bien sûr ? Tu n'as jamais cessé de m'aimer ?

— J'ai juré ! je dis vrai, répondit Neele.

Alors Joos eut l'air de sortir vainqueur d'un grand effort. Son visage se rapprocha du visage de Neele. Il se chercha dans ses yeux. Puis, éclatant :

— C'est décidé. Je te pardonne. D'ailleurs, je ne pourrais pas vivre sans toi. Nous allons nous marier, cette fois, tout de suite.

Brusquement Neele se leva, comme si un péril longtemps craint l'avait assaillie, enfin ! Au lieu de la joie, une immense détresse altéra sa face. Encore une fois, ses yeux chavirèrent, comme il lui arrivait chaque fois aux minutes graves. Elle murmura : « Oh ! non ! pas cela !... »

Et avant que Joos, stupéfait, eût pu la questionner, la retenir, Neele s'évada de l'ombre grandissante du vieux chêne et, comme talonnée par l'épouvante, s'enfuit à grands pas, droit devant elle, tandis que sa jupe sombre balayait les derniers rayons du jour sur la route.

Joos, demeuré seul, s'affala sur le banc qui circule autour du tronc. Tout de suite, il entendit le pendu descendre dans un bruit de feuilles, s'asseoir à côté de lui. C'était le moment favorable, l'heure de crise qu'il épiait dès longtemps, pour enfin préciser et vaincre. Joos perçut sa voix au-dessus de son épaule.

— Tu souffres ?

— Oh ! je souffre, comme quand on a une rage de dents et qu'on ne sait plus ce qu'on dit, où on est, ce qu'on fait, criait Joos, voulant se parler à lui-même, mais répondant au pendu. Celui-ci insista : « Tu pourrais, si tu voulais, ne plus souffrir. » Joos lui répondit encore, sous l'apparence d'un soliloque : « Le mort doit dormir si tranquille ! » Il avait déjà émis cette phrase, tout de suite, à la première nouvelle du suicide, dans l'auberge où on dansait, le dimanche de la kermesse. Ce fut un présage, un signe de sa destinée en chemin.

Les événements se vérifiaient. En ce moment, la phrase revint, plus obsédante, toute chaude de la bouche de tentation qui la proférait, chaude de la barbe rouge toute proche… Maintenant Joos connaissait *l'homme roux*. Il le voyait de près. Il n'en avait plus peur. Il conversa, discuta avec lui, l'approuva, se laissa convaincre : « Oui ! Vous avez bien fait ; vous êtes délivré, heureux. En une minute, vous avez cessé de souffrir. Moi aussi je voudrais cesser de souffrir. Ah ! si j'avais prévu, j'aurais apporté ce qu'il faut… »

Joos songea : « Où trouver une corde ? » Il chercha aux alentours, sonda la campagne obscurcie. Peut-être celle d'un mouton à l'attache ? Le soir était vide… Joos se buta aux ténèbres. L'homme roux le suivit, mais à distance. Joos se ressaisit un peu. Un coup de vent dans les feuilles fit le bruit d'une foule. Le grand chêne sembla s'ameuter, crier après l'homme roux qui voulait faire de l'arbre d'amour, qu'il est, un arbre de mort.

Joos prit peur comme s'il avait conspiré avec le revenant contre la vie. La colère du soir allait l'atteindre aussi. Il voulait vivre ! Vivre ! La vie était belle ! Le soleil était beau ! Il irait dans un autre village, ne verrait plus Neele et l'oublierait. Et, pris d'une terreur panique, de la peur de mourir, il s'enfuit dans la direction où il y a des fermes, regagna sa maison.

Les jours suivants, il demeura dans l'angoisse. La vieille Barbara Lam se désolait de le voir si pâle, inquiet, épars, désœuvré, sans cœur à l'ouvrage, ne mangeant même plus.

Elle comprenait bien qu'il avait un irrémédiable amour ; il ne se consolerait pas avec les autres filles.

— Si c'est Neele qu'il te faut, mon fils, j'irai lui parler, moi !

Joos écoutait, devenait plus triste. Il avait pitié de la bonne vieille. Ah ! sa mère, qu'il devrait bientôt, à son tour, aider à marcher, faire marcher à lents pas, comme elle fit pour lui, tout petit ! Comment la laisser seule sur les vieilles routes ridées de la terre ? Sans elle, il se serait déjà tué, dès le premier jour.

L'obsession continua. L'idée que le pendu était bien tranquille ne le quitta plus. Il essayait, pour se délivrer, de penser à sa mère, au devoir filial. Il se mit aussi à boire pour échapper au pendu ; mais celui-ci revenait au moment le plus trouble de son ivresse, se battait avec lui, voulait l'emmener : « Viens avec moi. Tu seras si tranquille ! Je te montrerai la branche qu'il faut choisir au grand chêne des Trois-Chemins. » La tentation maintenant était directe.

L'idée du suicide se développe comme un amour. On rencontre une femme… Elle a passé, fugitive, troublante déjà. C'est la première entrevue. On la revoit. Et on découvre qu'on en est impressionné, accaparé, beaucoup plus qu'on ne le croyait. Que s'est-il passé ? Une incubation, un accroissement dans les limbes de l'inconscience. L'amour s'est augmenté à notre insu, entre la première rencontre et la seconde, où il apparaît déjà que c'est pour la vie. L'obsession était vague à l'origine, intermittente. Elle devient aiguë, quotidienne. Elle est permanente. Ainsi l'idée du suicide, qui provoque de même, et ne fait plus grâce.

Joos voulut s'exorciser encore, oublier, mais par d'autres moyens. Or, chaque fois qu'il se mettait à boire, le pendu, — il le connaissait bien maintenant, avec sa barbe de feu, son visage de neige — venait s'asseoir à côté de lui, le tourmentait : « Ce sera long jusqu'à ce que tu sois tout à fait ivre. Mon moyen vaut bien mieux pour oublier. » Et le pendu lui tirait la langue, secouait le banc de l'auberge d'où il tombait à la renverse et se bossuait la tête. Souvent il le menaçait : « Si tu ne m'obéis pas, je reviendrai jour et nuit ; je te rendrai fou ; je t'arracherai de ton lit ; j'étirerai tes draps en un câble blanc comme la lune, le câble blanc du vaisseau démâté, qu'est la lune. Et je te pendrai moi-même à ton plafond noir. »

Joos, épouvanté, s'enivra davantage. Durant des jours, il rôda comme une bête par les champs. Pourtant le plein air le pacifia un peu. Il y eut une accalmie, une embellie. Non pas qu'il se reprît à l'espoir et à la vie, mais il communiqua avec la mort, d'un esprit tranquille et purifié. Il eut des yeux sages, des gestes nobles, pour acquiescer à la destinée, déjà inévitable. Surtout que le pendu, de son côté, se montra cauteleux, s'excusa de l'avoir entraîné (ce n'est pas de sa faute si le suicide est contagieux), colora la mort volontaire, dans un cas comme *le leur*, de bonnes raisons, spécieuses et raffinées :

— Il en arrivera pour toi comme pour moi — l'homme roux le tutoyait à présent — le moyen d'être le mieux aimé par une femme est de se tuer pour elle. Il n'y a, en effet, que les morts qu'on puisse aimer toujours. Toi, Neele, te repousse. Quand tu auras suivi mon conseil, elle versera toutes les larmes de ses yeux et te regrettera à jamais !

Joos tergiversait ; il lui restait l'émoi physique, la peur du mal et surtout de se manquer… Mais ici encore, le pendu l'avait rassuré : « C'est l'affaire d'un instant ; on ne souffre pas. Un bond dans le vide. On est arrivé à la mort, sans s'en douter… » Et il ajoutait avec un sourire : « Je le sais par expérience, n'est-ce pas ? » Joos hésitait encore. Il avait choisi une corde, pas très solide, en somme. Il se dit : « Elle cassera peut-être. Tant pis ! C'est que c'est écrit. On ne peut pas changer le sort. » Il voulait mourir. Puis il ne voulait plus. Un soir, il sembla décidé. Il s'achemina vers le chêne des Trois-Chemins, muni de la corde adoptée, qui ne le quittait pas.

L'arbre s'offrait, auguste, dans le jour finissant. Architecture compliquée, voûte vivante d'une cathédrale que le rêve de chacun achevait… Ç'avait été le temple de toutes les amours de l'île. Les feuilles avaient un remuement de lèvres, comme si elles étaient les bouches des millions d'amants venus là. Elles balbutiaient ; elles frémissaient comme d'un baiser ; on aurait dit qu'elles cherchaient, ces lèvres vertes, à baiser encore, sur le vieux tronc, le nom survécu qui fut leur amour en d'autres âges. L'amour et la mort ont des analogies étranges, des attirances énigmatiques ; et ils communiquent par des corridors dont on ne trouve la clé que dans l'Éternité. Le chêne des rendez-vous d'amour était devenu le chêne de la mort. Pourquoi ce fantasque étranger l'avait-il choisi pour se pendre ? Et maintenant Joos à son tour allait s'y tuer. Certes, l'homme roux qui l'avait entraîné là, voulut lui faire suivre son exemple point par point. Néanmoins Joos sentait confusément qu'aucun autre arbre ne l'aurait accueilli, n'eût été complice ainsi. Celui-ci, qui fut le temple de l'amour, était déjà le temple de la mort. Et les noms des anciens couples, sur l'écorce, lui apparurent tristes et à demi effacés comme ceux des morts sur les pierres tombales d'une église.

Joos chercha, parmi l'ascension de la ramure, la solide branche où l'homme roux s'était pendu. Lui-même, un jour, la lui avait indiquée. Le feuillage en resta éclairci, autour. Il s'était creusé comme un tombeau dans le feuillage, de la dimension de son corps, à la place où il s'élança. D'autres massifs, parmi l'arbre immense, s'approfondissaient encore comme des alcôves. Mais il y avait ce trou béant dans la verdure, cette fosse creusée. Et d'autres fosses s'ouvriraient. La mort était dans l'arbre et dormait avec l'amour. Arbre éternel ! Arbre des premiers jours humains ! Arbre des derniers soirs, sur la planète refroidie ! Arbre unique du Bien et du Mal, où l'homme n'a le choix que de la femme ou du serpent, de l'amour ou de la mort. Tentation monotone, scène unique de la Genèse, après quoi c'est toujours la fuite hors du Paradis et la recherche d'une terre privilégiée où on dormira du sommeil sans réveil.

Joos subissait le funèbre enivrement qu'on goûte à considérer la mort, non plus comme une idée abstraite ou lointaine, mais comme un fait immédiat. L'homme roux se tenait près de lui. Il insista : « Dépêche-toi ! » Le jour tombait tout à fait : « Tu ne verras plus clair. » Il lui montra la branche résistante où lui-même avait fixé la corde. Joos atermoyait. Il voulut revoir encore une fois, sur le tronc vénérable, le nom de Neele, le doux nom gravé naguère avec la pointe de son couteau, et qui était à demi effacé, couvert par d'autres, déjà comme un nom mort, pour lequel il allait mourir lui-même. Un vent froid monta du canal. Le feuillage frémit, se déplaça comme une foule. Joos ne vit plus le trou profond, la fosse dans la ramure. On aurait dit que cette fosse — la sienne — s'était comblée. Une fois encore, il accepta l'augure, eut peur de mourir. D'un pas de fuite il s'éloigna, si vite que l'homme roux ne put le suivre ; et il s'achemina encore une fois vers les demeures des hommes, songeant à sa vieille mère, repris à la vie. Et il marcha longtemps, avant d'oser se retourner, vers le grand chêne des Trois-Chemins qui, de loin, sur le soir obscur, se fonçait, s'identifiait avec l'ombre, cessait d'être…

V

La Saint-Nicolas.

Le jour de la Saint-Nicolas, il y eut fête dans tout le pays, joyeux train de violoneux et de danses parmi les auberges. Ce jour-là est la grande fête immémoriale, fête pour les enfants devenue la fête pour tous, où on échange des cadeaux, des amitiés, des visites. Les routes résonnaient de rondes populaires, de traîneaux aux formes de barques, qui filaient sur la neige avec le bruit des grelots du cheval, carillon de cuivre, petit bruit salé, très doux dans le silence ouaté de l'air. En ce début de décembre, l'hiver était rude déjà. Depuis des jours, la neige s'accumulait en couche épaisse. Les moulins émergeaient, noirs et blancs, ailes en demi-deuil, moins blanches de la farine que de la neige. Ils donnaient l'impression de moudre des flocons. Il gelait en même temps. Le canal, qui traverse l'île, était pris. Des bandes de patineurs le sillonnaient. Et il y avait, installées sur la glace, des échoppes, où on vendait de l'anisette, du punch chaud, des crêpes, et aussi des fichus, de la bimbeloterie pour les cadeaux de Saint-Nicolas.

À l'auberge de la Demi-Lune, chez Pieter De Roo, la foule surtout afflua. Liesse bruyante ! On venait d'y installer un orgue nouveau, un grand orgue mécanique, venu des continents, véritable orchestre aux bruits vastes et compliqués : on y entendait tour à tour un gazouillis d'aube, cent oiseaux chantant, perchés sur de petites notes, des sons de flûte ; puis des airs allègres, guerriers, passionnés ; une mélodie qui s'enfle ; et soudain comme des coups de tonnerre de musique. L'orgue jouait aussi des danses. Chacun avait voulu le voir, l'entendre. Tout le jour ce fut un long défilé. Il fallut défoncer plusieurs tonnes de capiteuse bière blonde pour contenter tous les buveurs, dont la gaîté un peu ivre faisait une cour de bruyants galants autour de Neele, immobile au comptoir et surveillant les servantes.

Même le bourgmestre et le pasteur Tyteca étaient venus honorer de leur présence l'inauguration de l'orgue chez Pieter De Roo. Ils le félicitèrent, le firent s'attabler avec eux. Et le compère alla chercher, à leur intention, dans sa cave, un de ses plus vénérables cruchons de vieux schiedam. Il dit avec fierté : « Hein ? cela brûle doux comme nos soleils d'hiver. » Le pasteur le complimenta également sur le bel orgue. Mais il ajouta : « C'est dommage qu'il provienne de l'argent étranger… » De Roo prit un air embarrassé : « C'est vrai ; mais, de l'argent, cela ne se refuse pas. »

Le bourgmestre interrogea :

— Vous voilà tout à fait riche ?

— Riche ! riche ? Les étrangers ont voulu une partie de ma terre pour le chemin de fer. D'abord il devait passer beaucoup plus loin. Puis ils ont décidé qu'il passerait par ici. Et ils ont scindé mes pâtures. Il fallait bien m'indemniser.

— Il paraît, fit Tyteca, que vous leur avez mis un rude marché à la main.

— Ne fallait-il pas en profiter ? Des étrangers !

— Oh ! là-dessus vous avez raison… Donc ils vous ont donné une fortune…

Le bourgmestre questionna :

« Il paraît que cela vous a brouillé avec votre frère ?

— Oui ! répondit De Roo ; j'en suis même désolé ! » Et il eut un gros soupir. « Est-ce ma faute ? Mon frère fut déraisonnable. C'est l'envie, voyez-vous ! Il reçut en partage, de feu notre père, juste le même bien que moi. Il ne peut pas supporter que nous ayons à présent un pécule différent. »

— C'était le secret du bonheur dans l'île, dit le pasteur. Tous pareils ; ayant la même part, comme ils font la même ombre au soleil. J'avais bien prévu les divisions, les haines, les jalousies, le malheur de tous, quand l'égalité serait rompue. Vous, maintenant, vous avez plus que les autres. Donc vous avez trop.

— Dites simplement que je ne suis plus pauvre, observa De Roo, d'un ton navré. J'ai de quoi partager avec Neele, quand elle aura un épouseur.

Tyteca demanda : « Mais je croyais qu'elle était promise à Joos, le fils de Barbara Lam ? »

— Elle a voulu ; et puis, elle n'a plus voulu. Les jeunes filles, ça ne sait pas. C'est fantasque. Moi, je donnais mon consentement. À présent, j'ignore où en sont ses idées. Elle est absorbée, elle est triste. Elle doit avoir un chagrin caché, quelque chose qu'elle ne me dit pas.

Le bourgmestre et le pasteur, d'un même mouvement, s'étaient tournés du côté du comptoir où Neele trônait, un peu pâlie et soucieuse, en effet, dans ses fichus de fête et ses clairs bijoux.

— C'est égal ; elle est ravissante, dit Tyteca. Et elle est si bien la fleur de notre race, le type unique de l'île. Le bourgmestre acquiesça, et il ajouta :

— D'ailleurs, aujourd'hui, tout s'harmonise ici. On s'aperçoit que ces maudits étrangers sont partis. L'île redevient elle-même. Où trouver ailleurs ce spectacle ? Regardez.

À ce moment, l'auberge de la Demi-Lune regorgeait. Toute une jeunesse attifée et galante buvait, riait, dansait, ainsi qu'aux soirs de kermesse. Dans les verres comme des tulipes, tremblaient des liqueurs comme un soleil de brume.

Les femmes offraient le tabernacle des corsages, les cloches brimballées des jupes, les multiples bijoux, où des lueurs ricochent. Linges, dentelles, rubans fleuris, galons de velours, colliers de corail, tous les détails des costumes séculaires. Et les hommes mêmement, glabres, vêtus de drap noir, coupé selon des formes étranges et immuables, avec des bijoux multiples aussi, toujours pareils à leurs ancêtres qu'on voit peints dans les vieux portraits de syndics et d'échevins.

Tyteca exulta. Son patriotisme jaloux et particulariste s'enfla d'orgueil. « Nous sommes restés nous-mêmes, cria-t-il. Encore une fois, les étrangers n'ont rien pu contre nous. Rien n'a changé. Qu'ils aillent ailleurs porter leur farce du progrès, de la civilisation. Tous les grands mots — pour cacher tous les grands vices ! »

Tyteca vaticina, ouvrit des gestes de triomphe, défia le monde et l'avenir !

Tout à coup la conversation du pasteur et du bourgmestre fut troublée par la cessation brusque des danses, tandis que l'orgue continuait à jouer. Une nouvelle, apportée du dehors par de nouveaux arrivants, avait fait s'immobiliser tous les couples. Une stupeur était peinte sur les visages. Un instant après, on avait arrêté la manivelle de l'orgue, comme si la musique devenait sacrilège en présence de l'événement. Qu'était-il arrivé ? Le bourgmestre courut s'informer. Aussitôt il s'en revint, livide, vers la table où Tyteca et Pieter De Roo étaient restés assis : « C'est horrible ! leur jeta-t-il. Joos, le fils de la vieille Barbara Lam, s'est pendu. On l'a trouvé au chêne des Trois-Chemins, mort et tout froid. Des hommes l'ont rapporté déjà chez sa mère… Il paraît que la vieille Lam est folle et court, en criant, sur les routes… »

Il n'avait pas fini de parler que la porte s'ouvrit violemment. Barbara Lam entra… Si blême, qu'elle semblait une morte. Ses vieux cheveux gris s'étaient défaits. On aurait dit que, démente, elle s'était couvert la tête et le visage de toiles d'araignées. D'un trait, elle bondit vers Neele qui, seule au comptoir, ne savait pas encore. On s'interposa, car ses mains se tendaient comme des griffes. Elle cria : « Joos est mort ! Mon Joos est mort. C'est la faute de Neele. Ah ! la coquine. Mon Joos est mort. »

Un silence immense avait, d'un coup, régné. Tous se découvrirent devant cette douleur, auguste comme la mort. Les hommes restaient debout, tête nue, rangés. Les femmes avaient agenouillé les cloches de leur robe et elles prièrent. Barbara Lam criait toujours, avec sa voix de corneille dans des ruines : « Joos est mort, Joos est mort. »

Neele s'était évanouie dans les bras des servantes accourues. Le pasteur, le bourgmestre s'approchèrent de la vieille Barbara, eurent des mots calmants de vieillards qui connaissent la vie. Ils cherchèrent à l'interroger, à savoir tout le drame.

Sa colère alors devint de la douleur, une douleur prolixe qui laissait aller des paroles avec les larmes. Elle raconta ce qu'elle savait : Joos aimait trop Neele. Et elle ne l'aimait plus. C'est depuis l'arrivée de ces maudits étrangers. Elle avait connu l'un d'eux. Elle l'avoua elle-même à Joos. Mais Joos avait un si grand cœur. Il lui pardonna. Il voulut l'épouser quand même et tout de suite. Neele refusa. C'est son fils lui-même qui, un soir, lui avait raconté l'histoire, tous les détails.

Après ce refus de Neele, Joos tomba en mélancolie. Il n'eut plus goût à rien. Il renonça à sortir, passa toutes les journées dans sa chambre, les volets clos. Il ne dormait plus, la nuit. Et il se mit à errer, dès qu'il ne faisait plus clair, à courir par la campagne. Ah ! tout ce qu'il a dû remuer d'idées noires, et souffrir ! Aujourd'hui, il aurait souffert davantage, parmi la fête de saint Nicolas et la joie de tous. Il n'a pas voulu voir cette joie. Ce matin, il n'était pas rentré. Elle s'inquiéta, chercha partout. Et tout à l'heure, on l'a trouvé au grand chêne des Trois-Chemins, à la même place où s'est pendu l'étranger. Barbara Lam cria de nouveau : « Mon Joos, mon Joos est mort ! » Puis, réfléchissant tout à coup : « Mais pourquoi Neele avoua-t-elle elle-même qu'elle avait connu un étranger et pourquoi, puisque Joos lui avait pardonné, refusa-t-elle de se marier. Voilà ce que je n'ai jamais compris. »

À ce moment, Neele revenait à elle.

Elle ouvrit de grands yeux, si tristes, si mouillés, si effarés. On aurait dit qu'il y avait plu longtemps. La conscience lui revint. Elle éclata en sanglots. Les larmes débordèrent, inondèrent son visage. Barbara Lam, reprise de fureur, voulut s'élancer ; elle l'aurait piétinée, griffée, tuée. Des mains s'interposèrent. Alors elle se dirigea vers le pasteur : « Mais demandez-lui donc ! Pourquoi n'a-t-elle pas voulu, puisque Joos pardonna ? Pourquoi ? Pourquoi ? » Elle se tourna vers Neele, suppliante : « Neele, dis-le-moi ? Je te pardonnerai aussi. Dis-le-moi. Je saurai du moins pourquoi mon Joos est mort. »

Alors Neele, comme si, dans cette confession publique, elle allait se faire absoudre de ses fautes et se régénérer par la franchise, lasse, au surplus, du poids de son péché qui, invisible aux autres jusqu'ici, était déjà lourd en elle, fit un effort et, avec une voix d'agonie, répondit :

— Barbara Lam, approche ; je te le dirai.

Un moment après, tous surent à leur tour la terrible vérité. Quelques-uns s'attendrirent sur Neele qui, en effet, ne pouvait pas épouser Joos, lui imposer l'enfant de l'étranger. La plupart s'indignèrent.

Le pasteur Tyteca s'exalta, frémit d'une patriotique douleur. « Nous ne sommes plus nous-mêmes. Nous sommes atteints dans le sang de la race. C'est un crime de lèse-patrie. Neele est indigne. Il faut qu'elle subisse l'*indignité*. »

Dans le silence, le mot redoutable avait jailli, comme un arrêt. C'était le nom d'une peine publique, le châtiment ancestral, la coutume du passé de l'île, toujours observée : une sorte de *dégradation* civile, appliquée, sans appel, par les habitants, sur l'ordre du pasteur, à ceux qui avaient failli. Ici, puisqu'il s'agissait d'une jeune fille, ce sont toutes les jeunes filles présentes qui durent exécuter la sentence. Elles s'avancèrent, l'une derrière l'autre, vers Neele, passive et toute en larmes, soutenue par les bras des servantes. Chacune, à tour de rôle, eut à lui arracher quelque chose de sa parure : l'une, la guimpe de dentelle de son corsage ; l'autre, les tire-bouchons d'or de son bonnet ; une autre encore, la plaque ciselée de son front ; d'autres, le collier de corail à trois rangs de son cou, les galons de velours des manches, son fin tablier d'un bleu de ciel de mai, ses larges bagues occupant les doigts jusqu'à la phalange. Chaque fois, elle apparaissait plus dénudée, assombrie, perdant, un à un, chacun des détails colorés qui constituent le costume original de l'île.

Tyteca s'écria : « Voyez ce qu'il en adviendra de nous. Neele n'est plus vêtue comme les nôtres… Elle est vraiment la femme de l'étranger. »

Neele pleurait, grelottante dans sa toilette dont les ornements clairs étaient tombés, sa toilette déjà comme celle des autres pays, sa toilette sombre. Elle semblait en deuil d'elle-même, en deuil de l'île…

Le pasteur Tyteca, que ces révélations avaient bouleversé, ne cessait pas de s'exalter, de vaticiner le pire avenir… « Nous devrions, nous aussi, arracher nos habits, nous couvrir de deuil et de cendre. Le malheur est parmi nous. Les étrangers nous ont perdus. Ils nous ont apporté tout le mal : l'ivrognerie, la haine, la luxure — et aussi le suicide qui était ignoré ici, et qui maintenant va sévir. Car le suicide est contagieux. C'est pour cela que Joos est allé se pendre au chêne des Trois-Chemins, à l'endroit même où l'étranger se pendit, enseigna ce péché abominable. Joos, à son tour, y a été entraîné par une occulte attirance, les miasmes de cette épidémie mentale qu'est le suicide. D'autres maintenant vont se tuer… »

— Abattons l'arbre ! cria une voix.

— L'arbre sera la mort quand même, répondit le pasteur. Abattu, il continuera la contagion. Qu'on l'enterre, il nous attirera dans la terre. Il est la mort, vous dis-je. Nos cercueils sont déjà dans son bois. Nous sommes morts ! L'île est morte !

— Abattons l'arbre, répétèrent des voies grossies, décidées, bientôt innombrables. Soudain, il y eut une poussée violente du côté de la porte. Toute une foule sortit, se rua, s'élança, muette et noire, à travers la campagne blanche de neige… On arriva au carrefour des Trois-Chemins. Des hommes, en route, s'étaient munis de haches, de torches. Il y eut une minute d'indécision. Fallait-il abattre l'arbre ou l'incendier ?

Le chêne défiait. Il s'élançait, compliqué et vaste. Sa ramure ouvrageait l'air, solide et délicate ferronnerie. Il semblait qu'il fût invulnérable, à l'abri du feu et des coups. Une neige bleuissante adhérait aux branches, les habillait d'argent mat et de tulles dociles. C'était comme de la douceur sur de la force. Un printemps d'hiver, eût-on dit, qui mettait sur la vieillesse de l'arbre la floraison des flocons.

Le tronc gardait sa patine de bronze. Même dans les ornières des lettres gravées, aucune gelée n'avait insinué des galons. Les noms des amants nouveaux régnaient, récents et vainqueurs sur les anciens noms effacés. Chacun y retrouva un peu de soi. Personne n'osa donner un coup de hache dans le vieux tronc plein d'amour et qui éternisait toutes les fiançailles de l'île. Le frapper, ç'aurait été comme se frapper soi-même au cœur. Mais l'arbre aussi avait failli. Arbre des soirs d'Éden, Arbre du Bien qui était devenu l'Arbre du Mal. Arbre d'Amour qui était devenu l'Arbre de Mort. Il allait maintenant vouloir des pendus, comme naguère des amants. Lui aussi était indigne.

Soudain l'arbre fut rouge. Des torches incendiaires l'avaient atteint. Les flammes une à une procédèrent. Ce fut aussi comme une dégradation de l'arbre. L'une fit fondre aussitôt toutes les ganses de neige, les tulles, l'argent vif de la gelée au long des branches. La ferronnerie des hauts rameaux céda. Mais le tronc résista comme une tour de fer où le feu ne pourrait pas mordre. Les flammes s'éteignirent, sous les souffles d'un grand vent glacé. L'arbre survécut et n'en fut que dénudé ; il s'obstina, noir, sur le ciel. Tous pensèrent à Neele. Le chêne des Trois-Chemins était comme elle. Il n'avait perdu que ses ornements, la parure de la neige, des fines branches, quelques détails. Mais tout ce qui fut, était…

Neele continuerait à dire l'amour de l'étranger. L'arbre continuerait à dire la mort de l'étranger. Dans l'île, heureuse d'être restée toute proche de la Nature, un mal inévitable, nommé la Civilisation, était entré qui avait dégradé Neele, qui avait dégradé l'arbre. Le mal serait contagieux…

Et chacun rentra, pensif, dans sa demeure, songeant à l'enfant futur de l'étranger, qui allait commencer dans l'île une autre Race.

Les Maîtres de cérémonie

Par Gérald Duchemin

ALLAIS ALPHONSE (1854-1905)
Né à Honfleur (Calvados). Un de nos grands humoristes, un sacré farceur, et un écrivain de premier ordre. Il fut rédacteur en chef à la revue *Le Chat Noir*. Nous lui devons *Vive la Vie !*, *Ne nous frappons pas*, ou encore *On n'est pas des bœufs* (tous trois disponibles au Chat Rouge), mais aussi *Le Parapluie de l'escouade*, ou *Le Bec en l'air*.

APOLLINAIRE GUILLAUME (1880-1918)
Né à Rome. Nourri par la poésie symboliste et décadente, il parvient à la dépasser, ou plutôt à s'inventer poète de l'imagination et de l'intuition. Il crée le mot de « surréalisme » (Breton, Aragon, Soupault, l'admirent sans réserve) et son œuvre, entre modernité et tradition, est toujours très lue. Nous lui devons les recueils *Alcools* et *Calligrammes*, mais aussi le roman érotique *Les Onze Mille Verges*, délectable…

BANVILLE (DE) THÉODORE (1823-1891)
Né à Moulin (Allier). Ami de Gautier, Hugo, Baudelaire, il publie les *Odes funambulesques* (1857), *Les Cariatides* (1842), *Les Stalactites* (1846). Nous lui devons un utile, savoureux, mais contesté *Petit Traité de poésie française* (1871), par lequel il se fâche, plus tard, avec les Symbolistes. Ses poèmes furent admirés par toute la génération du Parnasse, dont il fut l'un des chefs de file. Dans *Fusées*, Baudelaire loue en Banville un poète « lumineux ».

BAUDELAIRE CHARLES (1821-1867)
Né à Paris. Ce romantique écrit classique. Ce parnassien s'enrage. Ce dandy chante la charogne… Auteur des *Fleurs du Mal* (1857), de *Petits Poèmes en Prose, ou Spleen de Paris* (1869), de *l'Art Romantique* (1852), des *Paradis artificiels* (1860), Baudelaire est aussi le traducteur d'Edgar Allan Poe. « Baudelaire est le premier voyant, roi des poètes, un vrai Dieu » : Rimbaud récapitule bien le prestige du Parisien. Baudelaire ne fut pas, loin s'en faut, un poète de la Nature… ou alors seulement de la nature humaine, ce qui est déjà beaucoup. Mais son aversion pour le « naturel » est une sorte d'hommage renversé.

DAUDET ALPHONSE (1840-1897)
Né à Nîmes. Il fut répétiteur au collège d'Alès, ma ville natale. Mais c'est bien évidemment à Paris qu'il accèdera à la gloire. Un des écrivains de mon enfance… Mais que je redécouvre ! de lui, il faut lire son *Petit Chose* (1868), *ses Lettres de mon moulin* (1869), ou encore ses *Aventures prodigieuses de Tartarin de Tarascon* (1872), ses *Contes du lundi* (1873). Son fils Léon Daudet fut, avec Charles

Maurras, fondateur de l'Action Française, organe du nationalisme intégral (monarchisme). Il meurt noblement des complications d'une syphilis.

ELSKAMP MAX (1862-1931)
Né Anvers (Belgique). Etudes à la faculté de Droit de Bruxelles, mais déjà il enlumine ses feuilles de cours par des poèmes… Il dessine également. Diplôme en poche, il plaide un peu, nonchalamment… Il écrit surtout, avec ferveur. Il publie dans diverses revues. Sa première œuvre, *L'Eventail japonais*, 6 poèmes à peine, est uniquement imprimée pour ses proches. C'est un spleenétique dans l'âme… Il devient par la suite relieur, ébéniste, horloger. Mais il finira dément… Le recueil *Enluminures* (1898) est un de ses plus connus.

FABRE JEAN-HENRI (1823-1915)
Né à Saint-Léons (Aveyron). Ecrivain d'abord, passionné par la nature. C'est aussi un homme de science, entomologiste, éthologue (scientifique du comportement animal) avant l'heure, mais aussi poète occitan… Au Japon, son œuvre est mise au programme des enseignements en primaire. Ses *Souvenirs entomologiques* (1891 à 1907) ont été un succès mondial ; ce sont d'authentiques chefs-d'œuvre d'observation et de style. Voilà bien un écrivain de premier ordre pour les années à venir…

FABRE D'OLIVET ANTOINE (1767-1825)
Né à Ganges (Hérault). Ecrivain et magnétiseur. En 1795, il dévore la *Philosophie de la Nature* (1769) de Delisle de Sasles. *La Langue hébraïque restituée* (1817), et *Les Vers dorés de Pythagore* (1813), sont ses œuvres les plus connues. Une bonne partie de son œuvre est en langue occitane (*Azalaïs et le gentil Amar*, 1794). C'est en ce sens un des précurseurs du groupe mistralien des Félibres.

FRANCE ANATOLE (1844-1924)
Né à Paris. Grand écrivain français, romancier, poète, dramaturge, et critique. Il aurait inspiré Proust pour créer son personnage Bergotte (écrivain dans *A la recherche du temps perdu*). Parmi ses livres les plus connus, citons *Les Dieux ont soif* (roman, 1912, où il critique la Terreur révolutionnaire), *Le Crime de Sylvestre Bonnard* (roman, 1881), *Histoire contemporaine* (roman en 4 parties, 1897 à 1901), *Crainquebille* (contes, 1904). Les Surréalistes le détestent. Il défend plusieurs causes, dont celle des Arméniens, et se lie avec Zola lors de l'affaire Dreyfus. De nombreux éléments féeriques et fantastiques abondent dans son œuvre un peu oubliée…

GAUTIER THÉOPHILE (1811-1872)
Né à Tarbes. Un des grands Romantiques, ami de Baudelaire… Nous lui devons *La Comédie de la Mort* (disponible au Chat Rouge), *Emaux et Camées*, ou encore *Le Capitaine Fracasse* et *Mademoiselle de Maupin*. Sa fille, Judith Gautier, écrivain et

auteur prolifique, est aujourd'hui republiée par les éditions Le Chat Rouge. Au *Livre de Jade*, déjà disponible, succèderont bien d'autres volumes bientôt...

HEREDIA (DE) JOSÉ-MARIA (1842-1905)
Né à La Fortuna (Cuba). Né espagnol, naturalisé en 1893. Très tôt, il lit et relit Leconte de Lisle, pour lequel il voue un culte. Il devient l'un des chefs de file du Parnasse. Il ne publie qu'un seul recueil de poèmes, *Les Trophées* (uniquement des sonnets, 1893), qui lui assure la renommée.

HUGO VICTOR (1802-1885)
Né à Besançon. Génie à l'état pur. Il incarne la France à lui seul. C'est Le Romantique français par excellence. Poète (*Les Contemplations*, *La Légende des siècles*, *Les Chants du crépuscule*), romancier (*Notre-Dame de Paris*, *Les Misérables*), dramaturge, chroniqueur, philosophe, mage, dessinateur, il a tous les talents et tous les appétits. C'est un monstre littéraire, un ogre de volonté et de réussite. S'il est un chêne dans notre littérature, c'est bien lui. Même si Rabelais est un très beau châtaignier...

JAMMES FRANCIS (1868-1938)
Né à Tournay (Hautes-Pyrénées). Poète, romancier, dramaturge et critique. Lecteur de Baudelaire, il voyage avec André Gide en Algérie, en 1896. Son premier, et peut-être meilleur recueil de poèmes, est *De l'Angélus de l'aube à l'Angélus du soir* (1898). Il fréquente Claudel. Il correspond avec Mallarmé ou Albert Samain. En 1905, il se convertit au catholicisme. Sa poésie devient nettement plus religieuse... Jammes est admiré par Rainer Maria Rilke, ou encore Georges Brassens...

LAHOR JEAN (un des pseudonymes de Henri Cazalis, 1840-1909)
Né à Cormeilles-en-Parisis (Val-d'Oise). Médecin de métier, il est aussi poète symboliste français. Il correspond avec Stéphane Mallarmé. Ses recueils, *Melancholia, Le Livre du Néant*, ou *les Quatrains d'Al-Gazali*, lui assure une bien faible postérité. Mais qui dit que sa postérité soit un dossier clos ?

LAMARTINE (DE) ALPHONSE
Né à Mâcon. Poète (*La Mort de Socrate*, 1823 ; *Méditations poétiques*, 1820 ; *Jocelyn*, 1836), romancier (*Raphaël*, 1849, *Graziella*, 1849), historien (*Histoire des Girondins*, en huit volumes, 1847), mémorialiste (*Voyage en Orient*, 1835), et académicien dès 1829. Alphonse de Lamartine connaît une carrière diplomatique et politique : attaché d'ambassade à Naples en 1820, élu député du Nord en 1833, ministre des affaires étrangères. Poète et politicien, il mène ces deux trajectoires de front. Il meurt ruiné... Son œuvre est énorme : presque 130 volumes... Sa sensibilité poétique, ses harmoniques, sont démodées. Flaubert parle de « lyrisme poitrinaire». Selon

Rimbaud, toutefois, Lamartine est « quelquefois voyant ». Ce désuet cherche le secret du monde. Il crée par le poème une communication avec Dieu. Pour ce rêveur, le chant de l'âme c'est la poésie même. Si l'âme existe, alors le poème est sa langue native. Il assigne à la poésie un devoir presque religieux... Voir la nature, chez lui, ce n'est pas l'observer en scientifique, mais vibrer avec elle, se mettre à son diapason, s'unir intimement, personnellement à elle, presque avec une touche érotique...

LAPRADE (DE) VICTOR (1812-1883)
Né à Montbrison (Loire). Professeur de Lettres à la faculté de Lyon, académicien, député, et poète. Parmi ses recueils citons *Les Poèmes évangéliques*, *Les Voix du silence*, et *Odes et poèmes*.

LEMONNIER CAMILLE (1844-1913)
Né à Ixelles (Belgique). Père wallon et mère flamande... Il a pour cousin Félicien Rops (dont il signe en 1908 une monographie). En 1863, il publie un *Salon de Bruxelles*, et défend l'art réaliste avec ferveur : c'est son premier livre. Mais il ne devient écrivain reconnu qu'avec ce chef-d'œuvre réaliste, *Un Mâle* (1881). Les critiques l'ont souvent surnommé le « Zola belge ». Mais son style est trop recherché, intrépide et flamboyant, hors des codes du réalisme littéraire, tel un Léon Cladel en France, pour que ses livres soient réduits à une imitation, servile ou non, de Zola. A preuve, cet extrait que nous donnons de l'ouverture de ce roman, *Un Mâle* : un vrai morceau de bravoure, poétique et sensuel. Plus tard dans sa carrière, Camille paraît plus proche des décadents, genre Jean Lorrain ou Rachilde. Stefan Zweig l'admire. Son roman *Le Possédé* (1880) est aussi à dévorer.

LECONTE DE LISLE (1818-1894)
Né à Saint-Paul (La Réunion). Son prénom est Charles, mais il n'a jamais daigné en user pour ses publications, ni dans sa correspondance. Après La Réunion, il habite un temps en Bretagne, puis s'installe à Paris. Trois recueils lui assurent la célébrité : *Poèmes antiques* (1852), *Poèmes barbares* (1862), et *Poèmes tragiques* (1884). Il est un des chefs du mouvement parnassien, qui a succédé au romantisme, et a précédé le symbolisme (et décadentisme). Son goût pour la mythologie pourrait, même aujourd'hui, séduire un lectorat avide de comprendre par le biais du Mythe, lequel revient à la mode dans les journaux. Sa métrique est parfaite ; elle sert un paganisme de bel aloi. Peu est de dire que la Chrétienté ne trouve pas grâce à ses yeux...

LOTI PIERRE (1850-1923)
Né à Rochefort. Louis-Marie-Julien Viaud est son vrai nom. Cet excentrique est officier de marine. Ce voyageur adore sa Bretagne, et chérit son Pays Basque. Ce fin lettré prône le sport pour se laver l'esprit. Amoureux tantôt d'hommes, tantôt de

femmes (dont il aura cinq enfants), cet énigmatique, bien plus profond qu'on ne dit, vit entre l'ici et l'ailleurs ; incapable de se fixer, Loti ne vit que pour la joie de partir, et le plaisir de revenir. Il renaît d'où il meurt, phénix enragé de vivre plusieurs vies. Jamais à sa place, à moins que sa place ne soit partout sur cette planète, autrement dit... nulle part. On entrevoit alors, chez lui, une tristesse sourde, une mélancolie qui ne s'avoue pas, un baissé de paupières, un fado, qu'il n'aura de cesse de combattre par son écriture, son sens de la fête, son goût des parures (autre manière de sortir de soi), son amour du costume d'officier, et toutes les joies du corps. Lire *Aziyadé*, *Madame Chrysanthème*, ou *Mon frère Yves*.

LOUŸS PIERRE (1870-1925)
Né à Gand (Belgique). Principalement poète et romancier. C'est aussi un érotomane à ses heures. Il se fait passer pour un traducteur d'une poétesse grecque (contemporaine de Sappho), dans ses *Chansons de Bilitis* (1894), qui devient alors son œuvre la plus connue. Mais le vrai succès déboule sur grand écran avec son roman *Aphrodite (mœurs antiques)*, en 1896. Suit en 1898 un autre roman *La Femme et le Pantin*, plus ou moins inspiré par les mémoires de Casanova. Il finit cependant ruiné, partiellement aveugle, et seul…

MAUPASSANT (DE) GUY (1850-1893)
Né à Tourville-sur-Arques (Seine-Maritime). Flaubert fut son mentor attitré. Un génie, un inclassable, nous lui devons *Le Horla* (1887), ou *Bel-Ami* (1885). Son œuvre, abondante, oscille entre naturalisme et fantastique : mais il ne s'agit pas d'une hésitation de sa part : Maupassant conçoit juste que le rêve et ses productions, notre part nocturne, appartiennent aussi bien à la nature humaine que nos petits faits vrais de tous les jours. Sa noirceur est parfois dérangeante, je dirais plutôt addictive…

MENDÈS CATULLE (1841-1909)
Né à Bordeaux. Son père est Juif d'origine portugaise, sa mère est catholique. Apprenti journaliste, il monte à Paris. Il fréquente la bohème, Henri Murger par exemple. Il se lie avec Léon Cladel et Villiers de l'Isle-Adam. Il rencontre Baudelaire. Il est à l'origine d'une reconnaissance éditorial du mouvement parnassien par le biais d'une anthologie qui fait date, en cinq volumes : *Le Parnasse Contemporain*. Il épouse Judith Gautier, la fille de Théophile, contre l'avis de ce dernier… Puis il divorce et se remarie avec une autre… Mendès est un touche-à-tout, un monstre de travail, une sorte de Simenon fin de siècle, tant il est prolixe : romans, contes, poèmes, pièces de théâtre, critiques, etc. Son premier roman a pour titre *La Vie et la Mort d'un clown* (1879). Citons aussi *Le Roi Vierge* (roman, 1881), ou encore, tous deux disponibles au Chat Rouge, *Les Oiseaux bleus* (1888), et *Le Rose et le Noir* (1885), deux magnifiques recueil de contes. Il meurt par

accident. Dans *Portraits-Souvenirs* (1935), Jean Cocteau le croque magnifiquement, pour la postérité.

MÉRAT ALBERT (1840-1909)
Né à Troyes. D'abord poète parnassien, avec Banville, Heredia, et Gautier, il fréquente ensuite Rimbaud (avec qui il se dispute, mais qui ne s'est pas disputé avec ce chenapan de grand chemin ?...), et surtout Paul Verlaine qui lui dédie son poème *Jadis*. Parmi ses œuvres, citons *L'Idole*, *Poèmes de Paris*, *Les Villes de marbre*, *Les Souvenirs*, *Au fil de l'eau*. Paul Verlaine lui consacre une belle monographie, que nous avons publiée dans le recueil *Les Poètes Maudits* de Verlaine, disponible au Chat Rouge.

MICHEL LOUISE (1830-1905)
Née à Vroncourt-la-Côte (Haute-Marne). Voilà bien là une séditieuse de belle carrure. Institutrice, anarchiste convaincue, c'est aussi une féministe franc-maçonne. A elle seule elle pourrait incarner la Commune de Paris. Capturée lors de la Commune justement, elle est envoyée en Nouvelle-Calédonie, suite à quoi elle devient parfaitement anarchiste et se bat bec et ongles pour ses idées. Elle fera de la prison, et ce à plusieurs reprises... Parmi ses nombreuses publications, ouvrez et lisez ses *Mémoires*, ses *Contes et légendes*, *La Commune (histoire et souvenirs)*, ou/et *Le Claque-dents*.

MONTESQUIOU (DE) ROBERT (1855-1921)
Né à Paris. En lui aura vécu l'essence du dandy. Cet élégant poétise sa vie au point de marquer toute une époque. Il fascine. Il irrite. De sujet de moquerie, il passe à diva, égérie ; c'est le centre névralgique de toute la mondanité parisienne. Sa vie, ses manières, le mauve précieux de son élégance, l'aiguë même de son regard, sont chapardés pillés réinventés par Huysmans, Lorrain, et Proust. Sorte de Cocteau Fin de siècle et Belle Epoque, mais sans le génie protéiforme du poète de *L'Ange Heurtebise*. Toutefois, il convient de ne pas le mépriser, même d'un point de vue littéraire. Ses recueils, *Les Chauves-Souris*, *Les Hortensias bleus*, contiennent de très beaux poèmes, savoureux comme peu. Il a manqué à ce poète de bien choisir ; il a commis le tort, mortel, de tout publier...

MORÉAS JEAN (1856-1910)
Né à Athènes. Poètes symboliste d'abord (*Les Syrtes*, 1884 ; sans oublier son article-manifeste relatif au symbolisme, dans *Le Figaro*, 1886, où il prend ses distances avec l'ésotérisme décadent). Puis il fonde l'Ecole romane (1892), mouvement littéraire auquel participe le jeune Charles Maurras, lequel se veut une renaissance d'un art plus classique (*Les Stances*, 1899).

NOUVEAU GERMAIN (1851-1920)
Né à Pourrières (Var). Sorte d'ovni en poète... Fin 1873, il rencontre Arthur Rimbaud, et dès 1874, il part avec lui à Londres... Professeur de dessin, par ailleurs il enseigne le français au Liban. Ce poète est essentiellement publié après sa mort. C'est un fou furieux, parfois sujet à des crises mystiques. Mendiant et pèlerin. Un Beatnik avant l'heure... Aragon, qui s'y connaissait en poésie, le voyait comme l'égal de Rimbaud, non son épigone. *Les Poèmes d'Humilis* (1910), et *Valentines et autres vers* (1922), sont à découvrir.

NERVAL (DE) GÉRARD (1808-1955)
Né à Paris. Un des plus grands Romantiques français. Au collège Charlemagne, il a pour condisciple et ami Théophile Gautier. Gérard participe activement à la bataille d'*Hernani* (1830). Ses accès de folie ne l'empêcheront pas d'écrire de très belles pages enfiévrées. C'est un fou d'Orient et d'Allemagne. Son œuvre, entre rêve et réalité, cherche justement des ponts entre ces deux pôles. Lire, parmi ses grands livres, *Les Chimères*, *Les Filles du feu*, ou bien entendu *Aurélia ou le Rêve et la Vie*. Sa traduction du *Faust* de Goethe est absolument géniale.

PROUST MARCEL (1871-1922)
Né à Paris. Marcel Proust, ou comment un jeune salonnard, cultivé à l'excès, dilettante, asthmatique, homosexuel honteux, mondain, et insupportable sensible, devient un génie littéraire universel... A partir de 1907, il écrit *A la recherche du temps perdu*, suite romanesque, monstre littéraire, et d'une puissance inégalée à ce jour. Entre 1913 et 1927 sont publiés sept volumes d'une densité étourdissante. En 1919, le volume *A l'ombre des jeunes filles en fleurs* obtient le Prix Goncourt, notamment grâce à Léon Daudet, polémiste à *l'Action Française*. Lire Proust, c'est lire la Vie. C'est beau et cruel. Qui ne le lit pas ne comprendra jamais la profondeur humaine que le roman peut atteindre.

PRUDHOMME SULLY (1839-1907)
Né à Paris. Poète et premier lauréat du Prix Nobel de Littérature en 1901. Au début, il travaille chez un notaire. Mais ses efforts poétiques se traduisent par de vraies publications et une reconnaissance de Sainte-Beuve, dès 1865, avec *Stances et Poèmes*. Suivront *Les Epreuves*, *Les Solitudes*, ou *Les Vaines tendresses*. Outre la poésie, il s'intéresse à la philosophie et à l'esthétique. Sa recherche formelle l'apparente aux parnassiens, mais son ambition philosophique, lui donne une saveur particulière. Plus qu'un contemplatif, c'est un spirituel.

RÉGNIER (DE) HENRI (1864-1936)
Né à Honfleur (Calvados). Etude de droit, mais très tôt, il participe aux revues littéraires du mouvement symboliste. Il fréquente les « mardis » de Mallarmé. Il dévore Leconte de Lisle et José-Maria de Heredia.

Il publie des recueils de poèmes, *Tel qu'en songe*, *La Cité des eaux*, *Le Miroir des heures*, mais aussi des contes (*La Canne de Jaspe*), des romans (*La Double maîtresse*, ou *Les Vacances d'un jeune homme sage*).

RENARD JULES (1864-1910)
Né à Châlons-du-Maine (Mayenne). Mère catholique et bigote, père franc-maçon et anticlérical. Ses débuts sont laborieux. En 1892, il publie un roman, *L'Ecornifleur*, ce sera son premier vrai succès. Il fréquente Alphonse Allais, Sarah Bernhardt, ou Edmond Rostand. Son roman le plus connu est bien entendu l'immortel *Poil de carotte* (1894), dont l'actualité n'est toujours pas morte... Son *Journal* est un autre de ses chefs-d'œuvre. Lire aussi ses délicieuses *Histoires Naturelles* (1894).

RIMBAUD ARTHUR (1854-1891)
Né à Charleville (Ardennes). Poète, génie, explorateur et négociant, marchand de café à ses heures... Sa modernité est hors-concours. A lui seul, il dynamite et revitalise la poésie française, rien que ça. Son couple avec Verlaine, mâtiné de violences et de poésie, sans oublier sa gueule d'amour, l'ont rendu mythique et iconique. *Une Saison en enfer* (1873), et *Illuminations* (1872-1875) n'ont pris aucune ride à ce jour.

RODENBACH GEORGES (1855-1898)
Né à Tournai (Belgique). Il compte Emile Verhaeren parmi ses amis, se lie avec Mallarmé et assiste à ses « mardis ». Il devient célèbre avec son roman *Bruges-la-morte* (1892). En 1896, il publie *Les Vies encloses*, poèmes. Autre superbe recueil de poèmes, *Le Règne du silence*, en 1891, dont un extrait, *Le Piano*, figure au menu de l'anthologie sur les *Décadents* (publiée au Chat Rouge en 2017, Prix littérature 2018, lors de la Nuit du Livre, Odéon). Rodenbach appartient au mouvement symboliste.

ROLLINAT MAURICE (1846-1903)
Né à Châteauroux (Indre). Poète, il a pour mentor à ses débuts rien moins que George Sand. Tiraillé entre son goût pour la Nature et ses Névroses... Cette tension fait tout le charme étrange de sa poésie et de sa prose. Avec son recueil de poèmes, au titre si mode d'alors, *Les Névroses*, il devient célèbre en 1883. D'emblée il suscite la jalousie de Verlaine. Rollinat chante aussi au *Chat Noir*, habillé de noir, accompagné d'un piano tout aussi noir, c'est un *Gothique* avant l'heure. Mais en 1883, en plein succès donc, il se retire à la campagne, et part dans la Creuse...

SAMAIN ALBERT (1858-1900)
Né à Lille. Il fréquente les Hirsutes et les Hydropathes, deux parmi les tribus fin de siècle les plus remuantes. Il publie très vite des poèmes symbolistes un peu partout. Il en récite au *Chat Noir*. Son

ouvrage le plus célèbre est *Au Jardin de l'infante* (1893).

SAND GEORGE (1804-1876)
Née à Paris. Ecrivain prolifique : romans, contes, nouvelles, essais, pièces de théâtre. Elle correspond avec Hugo, mais ne le rencontre pas. Elle incarne la part féminine du romantisme français. Ses histoires d'amour avec Alfred de Musset, et Chopin ont marqué toute son époque, et jusqu'à nous. Parmi ses livres les plus reconnus, citons *François le Champi*, *La Petite Fadette*, ou *La Mare au diable*, ou sa colossale autobiographie, *Histoire de ma vie*. Certes, Baudelaire et Barbey la détestaient. Ce n'est pas une raison valable pour s'abstenir de la lire, car oui, elle a du génie. Cela donnait des boutons à ces deux derniers dandys pour qui une femme ne saurait avoir du talent, encore moins du génie. La forêt de Fontainebleau tient une place précise, ô combien *romantique*, dans le cœur de la romancière, faut-il le rappeler ?...

VERHAEREN EMILE (1855-1916)
Né à Saint-Amand (Belgique). Poète flamand, d'expression française. Il vocalise avec une touche assumée de symbolisme et de naturalisme. Il admire Monet et Rembrandt. Il parle des villes lyriquement, et porte un intérêt particulier aux questions sociales (il s'illustre par exemple dans la presse libertaire). Nous lui devons des recueils devenus célèbres comme *Les Villes tentaculaires*, ou *Les Campagnes hallucinées*. Cet écrivain de premier plan était admiré par Stefan Zweig, qui lui a consacré une bien belle monographie.

VERLAINE PAUL (1844-1896)
Né à Metz. Son premier recueil, *Poèmes saturniens* (1866), annonce déjà la génération future des Décadents... Jusqu'en 1884 il s'auto-publie péniblement. Léon Vanier, éditeur, le prend alors en charge, et édite ses *Poètes Maudits* (suite au succès de presse de ces articles dans *Lutèce*. L'essai est disponible au Chat Rouge), puis toute son œuvre. Sa prose, un peu méprisée par certains, est à redécouvrir. Verlaine est, pour la génération des Décadents, un mage et une statue. Il est, à ce jour, un de nos poètes les plus connus au monde.

PETITE BIBLIOGRAPHIE SYLVESTRE
par Gérald Duchemin

THOREAU (Henry David), *Walden ou la Vie dans les bois*, Gallmeister, 2017.
WOHLLEBEN (Peter), *La Vie secrète des arbres*, Noyelles, 2017.
RUBERCY (Eryck de), *La Matière des arbres*, Klincksieck (collection De Natura Rerum), 2018.
JEAN (Georges), *L'Arbre en poésie*, Gallimard Jeunesse, 1998.
TESSON (Sylvain), *Dans les forêts de Sibérie*, Gallimard, 2011.
BACHELARD (Gaston), *La terre et les rêveries de la volonté*, Corti, 1947.
BACHELARD (Gaston), *La terre et les rêveries du repos*, Corti, 1948.
PRÉVERT (Jacques), *Arbres*, avec gravures de Georges Ribemont-Dessaignes, Gallimard, 2015.
ISABELLE VIALLE, *Une grande forêt d'arbres dénudés* (peintures et dessins), Atelier du livre, sans date.
TSVETAEVA (Marina), *Les Arbres*, Harpo &, 2013.
BOBIN (Christian), *La présence pure*, Le Temps qu'il fait, 1999.
GIONO (Jean), *L'homme qui plantait des arbres*, Gallimard, 1983.
LANE (Charles), *La Vie dans les bois*, Finitude, 2010.
MELIS (Luciano), *L'Arbre philosophe*, préface par Pierre Rabhi, Presses du Châtelet, 2017.
THEURIET (André), *Contes de la forêt*, Charpentier et Cie, 1888.
LA HÉRONNIÈRE (Edith de), *La Sagesse vient de l'ombre*, Klincksieck (collection De Natura Rerum), 2017.
PICARD (Georges), *Le sage des bois*, Corti, 2016.
ROUSSEAU (Jean-Jacques), *Rêveries du promeneur solitaire*, GF Flammarion, 2012.
DELTEIL (Joseph), *La Deltheillerie*, Grasset (Les Cahiers Rouges), 2016.
DHÔTEL (André), *Le Grand rêve des floraisons*, Klincksieck (collection De Natura Rerum), 2018.
LONDON (Jack), *L'Appel de la forêt*, traduction de Jean-Pierre Martinet, Finitude, 2015.

TABLE

Préface, *Tous ces bruits de force et de vie que le silence multiplie*, par Gérald Duchemin
9

Une famille d'arbres, par Jules Renard
17

Les sapins, par Guillaume Apollinaire
18

L'arbre, par Emile Verhaeren
19

Wood'stown, par Alphonse Daudet
21

Aux arbres, par Victor Hugo
27

La forêt vierge, par Leconte de Lisle
29

Les Hamadryades, par Pierre Louÿs
31

La petite Roque, par Guy de Maupassant
33

Mais dans les arbres j'ai vu, par Max Elskamp
71

Le grand arbre, par Albert Mérat
72

Le chêne abandonné, par Anatole France
73

Les arbres, par Maurice Rollinat
74

Conseil, par Théodore de Banville
76

Première soirée, par Arthur Rimbaud
77

Du côté de chez Swann (extrait), par Marcel Proust
79

La parole est cet arbre majestueux, par Antoine Fabre d'Olivet
87

Le Dieu Hêtre, par José-Maria de Heredia
89

Chœur des cèdres du Liban, par Alphonse de Lamartine
90

Le pin des Landes, par Théophile Gautier
94

Notes sur des oasis et sur Alger, par Francis Jammes
95

En forêt, par Germain Nouveau
105

L'arbre, par Pierre Louÿs
106

Les petits arbres, par Albert Mérat
107

Notes sur quelques arbres, par Francis Jammes
109

La forêt de Fontainebleau, par George Sand
113

Fragment d'une lettre écrite de Fontainebleau, par George Sand
124

Forêts, par Albert Samain
127

Les arbres qui ont peur des moutons, par Alphonse Allais
131

Le figuier des ruines, par Pierre Loti
135

L'arbre sacré, par Catulle Mendès
137

Chant d'automne, par Charles Baudelaire
143

Ballade du châtaignier rond, par Maurice Rollinat
144

Le cyprès, par Henri de Régnier
145

La branche d'amandier, par Alphonse de Lamartine
146

Le chevalier double, par Théophile Gautier
147

Le sang de Marsyas, par Henri de Régnier
159

Les arbres, par Jean Lahor
166

Le chêne — Suite de Jehova, par Alphonse de Lamartine
167

Chênes mystérieux, forêt de la Grésigne, par Jean Moréas
170

La vieille Chéchette, par Louise Michel
171

Aurélia (extrait), par Gérard de Nerval
175

La confession d'un châtaignier, par Jean-Henri Fabre
179

Le figuier, par Robert de Montesquiou
183

Silence et Nuit des bois, par Sully Prudhomme
184

La louange des eaux, des arbres et des dieux, par Henri de Régnier
185

La biche, par Maurice Rollinat
187

Dans les bois, par Paul Verlaine
188

Un mâle (extrait), par Camille Lemonnier
189

Le poème de l'Arbre, par Victor de Laprade
197

L'arbre, par Georges Rodenbach
207

Les Maîtres de cérémonie, par Gérald Duchemin
249

Petite Bibliographie Sylvestre, par Gérald Duchemin
258

OUVRAGES
De ***Gérald Duchemin***
Aux éditions Le Chat Rouge

CARMÉLIA, *roman*

L'ECHAFAUD OU L'EXCENTRIQUE MONSIEUR CÉRASTE, *roman*

PETITS CONTES MACABRES, *recueil*

LA LAITEUSE ET SON CHAT, *roman*

LA MAISON-LIVRE, *roman*

CONTES DE LA CHOUETTE AVEUGLE, *recueil*

LA MERVEILLE DES PETITS LIVRES, *essai*

LES DÉCADENTS, *anthologie* (dir.)
Prix Littérature 2018 à la Nuit du Livre

LES ARBRES, *anthologie* (dir.)

Attention :
Contes de la Chouette aveugle réunit *La Laiteuse et son chat*, et la majeure partie des *Petits Contes macabres*.

Achevé d'imprimer
En octobre 2019 par CPI

Dépôt Légal
Deuxième semestre 2018.
N° d'impression : 155446